JN122675

偽鰻

保坂祐希

ポプラ文庫

カバー写真
mirahands/Adobe Sotck

装丁
bookwall

プロローグ

三十年に一度と言われる大寒波は、滅多に雪が降らない九州南部の海岸線にも記録的な降雪をもたらした。

一夜明けてもまだ、湾の上空は分厚い雲に覆われている。

曇天を映した重油のような色の波が、のたりのたりと寄せては返し、コンクリートの岸壁を舐めていた。

その岸から少し離れた海面に、白衣の裾を広げた骸《むくろ》がひとつ、内海の緩慢な流れに身を委ねている。

やがて、黒いウエットスーツにくるまれた頭がふたつ、波間にもこりと浮かび上がった。

まだ肺に空気を残している骸は水面に浮かんではいるものの、衣類は水を吸って重く張りつき、極寒の海を泳ぎながらの引き揚げ作業は難航した。

ゴムボートの上に立つ男が無言で遺体にロープをかけ、水中にいるダイバーふたりが黙々と遺体を押し上げる。

ようやく、ボートの底にごろりと転がされ、仰向けになった中年男性の目は薄く開いていた。

そして、ぽっかり開いている口の中に、水ぶくれのようなぶよぶよした瘤を持つ、魚類とも両生類ともつかない黒い物体がある。

深海魚の頭のような不気味な部位から異様に飛び出したふたつの大きな目玉が、小雪を降らせる曇天をギョロリと見上げていた。

第一章

一

二〇二〇年六月／大阪

午前七時の時報がショッピングモール全館に響き渡る。

開店二時間前。モールの一階フロアの半分以上を占める食品売り場は慌ただしく活気に満ちていた。

従業員通用口から売り場へと続く銀色のスイングドアはひっきりなしに開閉し、更衣室で白いシャツとズボンの上にグレーのエプロン、髪の毛をしっかり覆う黒いキャップや三角布を身に着けたスタッフたちが次々と現れては売り場に一礼して、自分の持ち場へと散って行く。

「おはようございます！」

エプロンの紐を背中で結びながら鮮魚コーナーのバックヤードに駆け込んだ蔵本《くらもと》里奈《りな》の明るい声が、打ちっぱなしのコンクリートの壁に囲まれた室内に響く。

「おう、おはようさん！」

業務用の巨大な流し台の前に立って仕込みの手を止めないまま挨拶を返したのはチーフの芝浦《しばうら》だ。ここスーパー『ヴィアンモール』北大阪店水産部門の責任者である。

高校卒業後、この店舗に就職して以来、鮮魚コーナーひと筋二十年のベテランは、豆アジを庖丁も使わず、指だけでさばいていた。

それは手開きという方法だ。両方のエラと胸ビレを摘んで引っ張ると内臓も一緒に取れる。庖丁を使わなくても腹を開けるのだ。里奈はいつも芝浦の熟練した手さばきに見惚れてしまう。

「それ、南蛮漬けにするヤツですよね？」

「おっ。さすが蔵《くら》もっちゃん、わかってるねえ」

惣菜用の魚は種類や大きさによって調理法が変わる。

南蛮漬けはアジに小麦粉をまぶして骨ごとからっと揚げ、スライスした玉ねぎやパプリカを漬け込んだ甘酢にからめる人気の惣菜だ。少し小ぶりなアジの方が骨も柔らかく、しっかり味が染みて美味しい。

里奈はさっき結んだサロンエプロンの紐の余り具合で、最近また少し太ったことを気にしながらも、甘酸っぱい惣菜の完成品を想像して口の中に唾が湧く。

食欲旺盛、物心がついた頃からずっとぽっちゃり体型の彼女は、スーパーでの売場研修に入ってから更に三キロ増量した。仕事が終わって帰宅前の一番空腹な時、食べ物が目に入る職場のせいだ。わかってはいるが、閉店前の半額セールの魅力には抗えない。

「こっちのブリは照り焼き用ですよね？　もう、これも調理場に回していいですか？」

頭から南蛮漬けを追い払った里奈は、既に下ごしらえの終わった魚をさした。一メートルほどの長さがあるまな板の端にブリの切り身が寄せられている。これはきっと調理場で濃厚な砂糖醬油に生姜シロップを混ぜたタレを塗られ、香ばしい照り焼きになって惣菜コーナーに並ぶはずだと予想した。

「うん。それも持って行ったって」

芝浦の指示を受けた里奈は下処理の終わった魚を種類ごとに分けてトレーに入れ、バックヤードから運び出した。

ヴィアンモールでは老舗の名店や人気レストランなどから入荷する特別な商品を除き、ほとんどの調理を外部委託せずに完璧に衛生管理された店内で一気に行う。鮮度のよい商品を提供する、いわゆるインストアを売りにしているから、朝の調理場は戦場だ。

鮮魚だけでなく、精肉や青果などそれぞれのバックヤードで下処理された食材が次々に調理場へ運び込まれ、定番の揚げ物やチャーハン、ハンバーグや餃子など数えきれない種類の惣菜に生まれ変わる。

「蔵もっちゃんはほんまに覚えが早いわ」

「ただ、食いしん坊なだけですよぉ。生の魚を見ただけで料理が勝手に頭に浮かんじゃって涎が出そうです」

照れ隠しに笑う蔵本里奈はこの春、東京の国立大学を卒業し、『株式会社ヴィアン・リテーリング』に新卒入社したばかりだ。

東京に本社を置くヴィアン・リテーリングは流通業界では日本最大規模を誇る複合型のスーパー『ヴィアンモールチェーン』の全店舗を束ねている。このヴィアン・リテーリングの前身、『コウムラ商店』創業者であり、九十歳の今も尚、名誉会長として君臨するのは伝説の商人、幸村《こうむら》将太《しょうた》。彼が掲げる企業理念は『接客の最前線を知らずして仕事を語るべからず』だ。その社訓どおり社員には、新卒入社、中途採用問わず、入社の翌々週から約一年間の売り場研修が課せられる。

中でも食品部門でのＯＪＴが重視されており、研修生の最初の配属先は生鮮三品。つまり、青果部門、精肉部門、水産部門である。特に専門的な知識とスキルが必要だと言われている水産部門での研修は三カ月にも及ぶ。

幸村の企業理念に共感した里奈が、第一希望だったヴィアン・リテーリングに採用された決め手は、意外にも彼女が小学校一年生の時に始め、高校三年生まで続けていた剣道だった。

採用試験の最終段階で行われたグループディスカッションにおいて、自身のアルバイト経験を発表する場面があった。そこで里奈はバイト先のコンビニで強盗を撃退した顚末を披露して面接官や他の学生を大いに驚かせたのだ。

売り物のビニール傘を竹刀の代わりにして犯人を打ち据えた武勇伝を、自らも剣道有段者である人事部長がいたく気に入った。それも採用に繫がった理由のひとつだと、里奈は入社後に聞かされた。

「せやけど、蔵もっちゃん。この売り場に配属されてまだ二カ月足らずやんか。歴代の研修生の中でも食へのこだわりっちゅうか、食への情熱っちゅうか、食への執着っちゅうか、とにかく食欲はピカイチやで」

「食欲……。その食欲のせいで、三キロも太ってしまいました。全てはウナギのせいです」

「え？　ウナギ？」

「はい。ここのうな丼が美味しすぎてヤバいんです」

このところ里奈は少なくとも二日に一度、このコーナーで閉店前の半額シールが貼られた売れ残りのうな丼を買っている。

ヴィアンモールに外国産のウナギは置いていない。

日向灘《ひゅうがなだ》に面する漁港、宮崎県小木曽《おぎそ》町の漁協が出荷するウナギのみを扱っている。

この小木曽漁港については鮮魚とヴィアンモールへの愛着が凄まじい芝浦チーフ

からよく聞かされていた。

明治から昭和初期にかけて、小木曽は良質な天然の『藍ウナギ』の産地として名を馳せた。

普通のニホンウナギの背中は黒または濃いグレーだが、小木曽で水揚げされるウナギの背中は光の加減で濃い青色に見えることからこの名が付いたと言われる。

さすがに今は国産の天然ものは激減してしまい、入手は困難だ。稀に獲れた場合、藍ウナギはその日のうちに都内の有名な鰻店に空輸されるらしい。

だが、現在の小木曽ではウナギの養殖、いわゆる養鰻《ようまん》業が盛んであり、五十年以上の歴史を持つ養鰻業者が十軒以上あるという。これは全国的に見てもかなりの規模だ。

ヴィアン・リテーリングが日本国内に展開する郊外型の直営店、ヴィアンモールおよそ二百店舗に国産ウナギを安定供給できているのは、この小木曽漁協との専売契約によるものだ、と芝浦は胸を張っていた。

養殖ものとはいえ、気候や水質のいい南九州の養鰻場で、実績ある業者の手で育てられたウナギだ。肉厚で上質な甘い脂が乗っている。味も歯触りも国内トップクラスだと定評がある。

それでも価格は通常の国産養殖ウナギより二割ほど安い。近年、ウナギの漁獲量は減り、市価が年々高騰しているというのに。それはチェーン店で販売する全てのウナギを提携漁協から一括で仕入れるスケールメリットによるものだと里奈は教えられた。

その大半が既に出荷元の漁協で串打ちして素焼きされ、瞬間冷凍の状態でコンテナに詰めて納入されるというスタイルも、店舗内での工数削減に寄与している。あとは店内で甘辛い秘伝のタレを二度付けし、香ばしく焼き上げるだけ。

——皮はかりっと、身はふっくら。

里奈はその食感を思い出すだけでもうっとりしてしまう。

が、いくらよそのスーパーより安く、そのまたセール品とはいえ、新卒の給料で買えるものは限られていた。同じ国産の養殖ものでも惣菜の種類によって最終値下げ率が違うからだ。

その理由は調理される前のウナギの買い付け価格が違うせいだ、と芝浦から聞いている。小木曽にある養鰻場の中でも餌や環境にこだわって養殖されるウナギは成育にかかるコストが高く、仕入れ値もそれに比例して高くなるからだ、と。それなら仕方ない、と里奈は肩を落とした。

そんな里奈はウナギのコーナーを見る度に、今日も一番安いうな丼が残りますようにと念じてしまうのだった。

「こっちはラップしますねー」

下ごしらえが終わった惣菜用の魚介類を調理場に運び終えた里奈は、生のまま販売する商品を発泡スチロールのトレーに載せてラップをかけ、値付けを行ってから鮮魚コーナーに並べる、いわゆる品出しに入った。

昨日品出ししたマグロの短冊を片手に里奈がバックヤードを覗き込んだ。

「チーフ、これ、結構ドリップが出てますけど、どうします?」

ドリップとは切り身から出る血や汁のことだ。劣化によって流出するのだが、ドリップには旨みも含まれている。つまり、鮮度にこだわる目利きの客はけっして手を出さない。

「半額にしといて。それでも売れんかったら廃棄で」

「はーい」

店によってはブロック肉や赤身の魚から出る汁を、ドラキュラシートと呼ばれる白い紙を敷いて吸収させる所もある。見た目の悪さや鮮度が落ちていることを隠すためだ。ひどいスーパーになると、汁を吸ったシートの重みまで量り売りの対象とする。

里奈はそういう小細工をしないヴィアン・リテーリングを誇らしく思っている。売れ残りの商品の値下げや廃棄は利益を圧迫する。それでも、顧客が納得する誠実なマニュアルに基づく店舗経営によって、ヴィアンモールは年々業績を伸ばしているのだ。

「安全、新鮮、美味しい食品をどこよりも安く」

全ての店舗の入口に掲げられているこの看板にも、里奈は会社の自信とプライドを感じていた。ヴィアン・リテーリングに就職を決めた一番の理由は、消費者に対して真摯に向き合う姿勢だった。

里奈の両親は検察庁で働く事務官だ。彼女自身もルールから逸脱しない、正義感の強い子になるようにと育てられた。

そのせいだろう、小学生の頃には掃除をさぼる子や、ゲームやスポーツでもルールを守らない子を厳しく注意し、煙たがられることもあった。が、中学に上がると教師の覚えもめでたく、毎年、学級委員か風紀委員を任されるようになった。

クラスメイトの生活態度や校則違反を指摘するのだから、自分自身はもちろん清廉潔白でなければならない。ルールに縛られる生活を窮屈に感じる時期もあった。だが、いつしか「正しいこと」が里奈の行動基準になっていた。将来は警察官か検事になったらどうだ、と周囲は勧めてくれた。それらの職業は自分に合っているような気もしたが、両親と同じような将来にはあまり面白みが感じられなかった。そして、美味しい食材を求めて国内のみならず海外まで飛び回ってリサーチする食品バイヤーの魅力には敵わなかった。

「蔵もっちゃん。こっちのは丸ごとアイスの上に並べといて」

「はい！」

『チーフのイチオシ』はクラッシュアイスを敷き詰めた売り場の中央に、丸ごと一匹の状態で並べて販売する。

真鯛や黒ムツを並べて、手書きの値札を添える里奈の手元が不意にパッと明るくなった。

と同時に店内の照度が増して、軽快なポルカのような音楽とともにアナウンスが流れ始める。

――開店十分前です。開店十分前です。お客様をお迎えする準備は整っていますか？

この時間に毎日、ヴィアンモールのテーマソングと録音された女性の声が天井に響く。

すぐに品出しの手を止めた里奈は小走りに入口へ向かい、既に自動ドアの両脇に並んでいる他のスタッフたちの最後尾に付いた。

店舗の前で開店を待ち、入口が開くのと同時に入って来るのは、朝刊の折り込みチラシ持参のヘビーユーザーたちだ。

「いらっしゃいませ！」

「おはようございます！」

スタッフ全員が深々と頭を下げて常連客を迎え入れる。

「いらっしゃいませ。どうぞ、お使いください」

先頭に並ぶキャリア社員である店長と副店長が買い物カゴを持ち上げて客へ手渡す。

彼らの後には正社員、パートやアルバイトといった雇用スタイルに関係なく入社年次の順に並ぶ。決められているわけではないが、自然とそんな風に並んでいる。

「これ、開きにしてくれへん？」

お客様の出迎えを終えて売り場に戻った里奈に、年配の女性客がアイスの上の鮮魚を指さしながら声をかけてきた。いつも開店と同時に来店する中年の女性だ。自宅の庭にでも出るような感覚なのか、色の抜けたスエットを着て、浅黒い顔はノーメイク。髪には寝癖が残っている。

「はい。こちらの真アジですね？」

丸ごと一匹の状態で売られている魚を買うのは自分でさばける人なのかと思いきや、半数以上がバックヤードでの下ごしらえを頼む。

意外とこのサービスを知らずに、魚を丸ごと買うのを敬遠する客は多いのだが。

「はい。お待たせしました！」

芝浦の手で芸術的なまでに美しく三枚におろされたアジをパックして手渡すと、その女性客がそれをカゴに入れながら尋ねた。

「ねえ。今日は『嘉津乃《かづの》』の西京焼き、ないのん？」

女性客が金沢にある老舗料亭の惣菜を指名する。地方の名店から入荷するブランド商品は、日によって品薄になることがある。

「すみません。石川県の方、このところ天候が悪いみたいで今朝は『入荷なし』でした」

「えー？　そうなん？　ほんなら、これも要らんわ」

頭を下げている里奈の目の前に、三枚におろしたばかりのアジのパックが突き返された。「は？」と里奈は客の顔を見る。

「せやかて、このアジを塩焼きにして鰆の西京焼きと一緒に夕飯に食べるつもりやってんもん。甘いのんと辛いのん、両方食べたかったんよ。ええわ、今日はお肉にするわ」

「ええ!?　そんな……」

既に三枚おろしにしたアジを返品され、里奈は途方に暮れる。

「あ。じゃあ、京都の老舗料亭のカレイの味醂焼きと一緒に召し上がってはいかがですか？　今の時期、脂が乗ってて、甘くて美味しいんですよー」

「そうなん？　どれ？」

相手も嫌がらせで言っているわけではないので、里奈の代替案に乗ってくる。

「これです！　味噌の甘さとは違いますけど、焼くと上質な味醂がちょっぴり焦げて香ばしいんですよ」

「ふーん。美味しそうやね。ほな、これと一緒にもろとくわ」

無事に三枚おろしのアジも引き取ってもらえそうだ。

「ねえ、お姉さん。これ、どうやって食べるんが美味しい？」

今度は白いポロシャツの襟元にループタイをした上品な老人が、マグロの赤身を切り落としにしたお徳用パックを片手に聞いてくる。

「私はよく漬《づ》け丼にしますよー。醤油と味醂を混ぜて、そこに大葉とネギを刻み込んで、少しだけワサビを溶かした中にマグロを一晩、漬け込むんですよ。アツアツの御飯に載せたらもう最高です！」

「ええなぁ、うまそうや」

こうやって調理方法を聞かれたり、今日のオススメ品をアドバイスしたりすることも多いのが、鮮魚コーナーの特徴だ。

ここでは客の本音をストレートに感じることができる。将来は食品バイヤーとして世界中を飛び回ることを夢見ている里奈には、この売り場での経験がきっと役に立つという確信があった。国内外のどこで買い付けをしていても、手に取った食品の向こうにお客様の顔が見えるようになるために。

――接客の最前線を知らずして仕事を語るべからずだ。

二

一九九〇年六月／東京

これは政治資金規正法が改正される少し前、俺が進学のために南九州の漁村を離れて十年目の話だ。

バブル景気に沸き立つ日本列島の上空に梅雨前線が停滞していたあの日、議員会館の中にある片瀬昭三《かたせしょうぞう》事務所に一本の電話が入った。

「港北リアルエステートの中根《なかね》ですが」

当時、片瀬の政策秘書だった俺は相手が口にした社名に緊張した。

港北リアルエステートは間もなく東証一部に上場を予定している不動産会社だ。

そして港北リアルエステート代表取締役社長の山田順次《やまだじゅんじ》は、片瀬昭三の大学時代の同級生である。

それまで専務取締役だった山田順次が社長になった去年の中旬辺りから、港北リアルエステート名義で片瀬代議士の口座に多額の寄付が入金されるようになった。

事務所の主要な収入源であるパーティー券の購入額も群を抜いている。

入金の事前連絡をしてくるのは決まってこの中根という男で、山田社長の金庫番であり、裏社会とも繋がりがある懐刀だと専らの噂だ。

片瀬事務所の最古参、といっても俺より七歳年上のまだ三十代前半の第一秘書、富永《とみなが》からは「中根は執念深い毒虫みたいな男だ。絶対に機嫌を損ねないように」と言い含められている。

「いつもお世話になっております。秘書の西岡《にしおか》でございます」

壁に向かって頭を下げながら丁寧に挨拶を述べた俺に、中根は一方的に押しつけるような口調で言った。

「片瀬先生がこれ以上の現金による献金は受け取れないと言われるんで、今後はそちらの事務所への貸し付けの形でお渡しするとお伝えください」

「え？　貸し付けですか？　それは片瀬が承知している案件でしょうか？」

「当たり前じゃないですか」

中根の声に苛立ちのようなものを感じた瞬間、俺は第一秘書の忠告を思い出した。

「わ、わかりました。片瀬に申し伝えます」

「では、書類は西岡さん宛てに親展で送らせてもらいますんで、よろしく」

なぜ片瀬本人ではなく自分宛てなのか疑問に思ったが、これ以上質問できるような空気ではない。

山田社長が片瀬代議士に心酔していることは熟知している。

パーティーでの来賓挨拶では毎回、同じ大学のラガーマンだった頃の逸話を披露し、「片瀬を総理にするためなら、僕は何でもします。それだけの男です」と涙ぐむ。

ふたりの絆が強いことはわかっているが、本人に確認せずに金額もわからない借用書を自分宛てに送らせていいものだろうか。

「あの……」

「それじゃ」

せめて金額を確認しようとしたが、短い言葉で遮られ、電話を切られた。

何とも言えない嫌な余韻だけが胸に残った。

三

二〇二〇年六月／大阪
その日の午後、里奈の職場であるヴィアンモールの鮮魚コーナーでちょっとした事件が起きた。

若い男が売り場にぶらっと寄って来て、いきなり写真を撮り始めたのだ。

洗いざらしのデニムに白いTシャツ。その上に羽織っている黒いフード付きのベストにはイタリアンハイブランドのロゴ。足許はいかにもプレミアがついていそうな底の厚いバスケットシューズ。

カジュアルな装いの中にも、どこか洒落た空気が漂う。

バックヤードと売り場を仕切るスイングドアの丸窓から何気なく売り場を見た里

奈だったが、男が構えているカメラが本格的な一眼レフであることが気になった。

「チーフ。あの人、何を撮ってるんですかね？」

「うん？」

庖丁を持ったまま里奈の方へ寄って来た芝浦も丸窓から売り場を覗く。

「何やろ……。売り場を撮ってインスタにでも上げるんやろか」

「映《バ》えるとは思えないんですけど、鮮魚コーナーの写真。しかも、一眼レフですよ？」

「せやなあ。何にしても店内は許可なく撮影禁止やねんけど」

それは店内ルールだが、実際には客が売り場で写真を撮る姿は珍しくない。

菓子を片手に笑顔を見せる我が子の成長記録だったり、商品の最安値を比較するための備忘録だったり。

が、使っているのがスマホや一般的なデジカメではなく、プロが使うような一眼レフとなると、目的は他にありそうだと里奈は訝る。

「ちょっと注意してこよか」

「チーフ。庖丁は置いてってください」

「せやな」

軽く笑った芝浦が、まな板の前まで戻って大きな出刃庖丁を置いた。

「私も行きます！」

男が悪意のある企みを持って撮影しているのなら自分も文句を言ってやろうと、

里奈も芝浦の後から勢いよく売り場へ出る。

カシャカシャカシャッ。

連写の後、ゆっくりとカメラを下ろした男の顔に、里奈は見覚えがあった。

「あれ？　春樹《はるき》？」

「え？　蔵本？」

驚く男の様子を見た芝浦は、拍子抜けしたような顔で里奈を振り返る。

「もしかして、知り合いなん？」

「すみません、チーフ。よく見たら、大学の同級生でした」

「なんやぁ。ほな、あとは蔵もっちゃんに任せるわ」

「お騒がせして、すみませんでした。私からよく注意しときます」

再びバックヤードへと戻って行く芝浦の後ろ姿にペコリと頭を下げる里奈に、春樹がぽかんとした表情で尋ねる。

「注意って？」

「店内の撮影には許可が必要なの。最近は不衛生な画像や動画をSNSに流す輩もいるし……ていうか、春樹、なんで大阪にいるの？　ていうか、なんでウチの店にいるの？　就職先、都内だったよね？」

矢継ぎ早に聞かれた春樹は言葉に詰まったように一瞬沈黙した。

里奈は大学時代から口数が少なかった男の顔を見ながら、卒業式の日のことを思い出していた。

香川《かがわ》春樹は釣りが趣味で、里奈と同じ釣りサークルに所属するメンバーのひとりだった。

釣りサークルの活動はゆるく、週末や長期連休中に集まれるメンバーで四季折々、旬の魚を求めて近場から関東圏以遠の釣り場にまで足を延ばす。

サークルの公式ホームページには活動の釣果だけでなく、大学周辺の美味しい魚介類を食べさせる店の紹介や、メンバーたちの自慢の魚料理の写真やレシピがアップされている。

基本的に自由参加のサークル活動だったが、里奈と春樹は特に熱心だった。

春樹は少し気が弱いところはあるものの、慎重派で心根の優しい男だ。冗談のネタになりやすかった里奈の少し太めの外見についても、けっして口に出さなかった。

本人は見た目もすらりとして端整な容貌をしているが、里奈は春樹を異性として意識したことはなかった。

その理由は当時、彼には近隣の女子大に通う一歳年下の可愛い彼女がいたこと、それ以上に彼の顔が弟に似ているせいだと里奈は自己分析している。

弟に似ている限り、自分にとっての恋愛対象にはなりえないと。

春樹が卒業間際に彼女と別れたと聞いた後もそれは変わらなかった。

結局、何でも言い合える家族のような存在になった同級生は、卒業式の日、里奈にとって最も別れがたい相手になっていた。

「駅まで送るわ」

一緒にキャンパスから出た時に春樹が口にしたその言葉は、お互いに誤解を生まない、それでいて離れがたいクラスメイトとの時間をもう少しだけ共有できる最善の申し出だった。

そのひと言で、里奈は彼が自分と同じ気持ちでいてくれたことを確信し、驚くほど嬉しかったのを覚えている。

ふたり並んで学舎から駅へと続く坂道を歩きながら、里奈は次に春樹と会うための口実を探した。

前日の雨に叩き落とされた桜の花びらや蕾を無残に敷き詰めたようなアスファルトに視線を落としながら考えてみたが、恋人でも家族でもないふたりにはどんな「約束」も似つかわしくなかった。

駅の改札を抜けた後、里奈は笑顔で言った。

「何かあったらLINEして」

それが四年間、性別を超えて友情を育んだふたりの門出にぴったりの「さよなら」だと里奈は思った。

何か相談したいことがあれば連絡を取るし、連絡がなければ順調な証拠だ。

あれから約三カ月、春樹からメッセージが届くことはなかった。

里奈自身も大阪への転居や研修、日々の生活に忙殺され、春樹のことを思い出す暇もなかった。

——まさか、こんな所で会うとは……。

大手流通企業のバイヤーになると宣言した自分がエプロンに長靴姿で鮮魚コーナーの売り場に立っている理由を説明したい気持ちに駆られたが、先に春樹の方が「研修？」と察した。

「うん。そっちは？」

軽く返しながら、売り場撮影の核心に踏み込むと、春樹はまた言葉に詰まった。

無理に笑おうとするぎこちない表情に里奈は嫌な予感を覚える。

「そういえば、春樹の会社、三井《みつい》出版だったよね？」

常々「普通のサラリーマンにはなりたくない」と言っていた春樹は新聞記者を志していた。

そして大手三紙の最終面接までいったものの、どの新聞社も採用されるに至らなかった彼が選んだのは出版社だった。

三井出版は大手出版社のひとつで主に新書や社会派の雑誌を手掛けている。十年前に創刊した『チェイサー』というスクープ雑誌が大当たりし、業績を牽引している右肩上がりの出版社だ。

つい先だっても、全国展開しているファストフード店が一度廃棄した食材を回収して再加熱、再加工して販売していたことをすっぱ抜き、そのチェーン店は売上を大きく落としている。

「まさかウチのスーパーのこと悪く書く気じゃないでしょうね？」

里奈は半ば詰め寄るように確認した。

「あ、いや……。えっと……。グルメ雑誌の特集で……。大手のスーパーが扱ってる鮮魚についてそれぞれの産地を調べてて、まずは売り場の写真を……」

里奈の勢いに圧されるように、春樹はしどろもどろになった。

「春樹、もしかして『チェイサー』の記者になったの？」

「は？『チェイサー』？まさか。あんな所、新入社員が入れるわけないだろ」

春樹の口からようやく感情のこもった言葉が返ってきた。

あの過激な記事を作る編集部は三井出版の中でも一目置かれているらしい。

春樹の頰が上気するのを見て、そこに嘘はなさそうだと里奈は胸を撫で下ろす。

嘘を吐いている後ろめたさを隠しながら逆ギレするというような高度な芸当ができる男ではないことを里奈は知っていた。

「とにかく、変なこと書いたら承知しないからね！」

今度は笑いながら凄み、念を押したが、春樹は真顔のままだ。

「だから各スーパーの産地調査だって」

そこに偽りはないらしい。断言する口調の強さと、彼の人間性を里奈は信用した。

「ふーん。それなら存分に見てちょうだい。ウチはどの魚介類も産地にこだわってるの。安全、新鮮、美味しい食品をどこよりも安く、をモットーにね。そこんところ、しっかり記事にしてよ！　ただし撮影許可を取ってからね！」

里奈は自分の手のひらが痛くなるほど強い力で春樹の背中を叩いた。背は高いが胸板に厚みのない同級生は、それだけで前のめりに重心を崩す。

「で、春樹、いつまで大阪にいるの？」

「週末はこっちでブラブラして、明後日の夜、最終の新幹線で東京帰る予定」

と彼はカメラをショルダーバッグに収めながら答える。

「マジで？　奇遇！　私、明日と明後日休みなんだけど！　じゃあ、久しぶりに釣り、行かない？　せっかく大阪にいるんだから南紀の方、行こうよ」

里奈の父方の祖父、蔵本庄助《しょうすけ》は南紀の漁村に住んでいる。大学時代、釣りサークルの有志を五人ほど連れて祖父宅に押しかけたことがあった。そのひとりが春樹だ。

「ああ、蔵本のおじいちゃん、元気か？」

五年前に祖母が他界し、里奈の両親は祖父を東京に引き取ろうとしたが、頑として応じなかった。さすがに漁師は引退したものの、八十を目前にして、いまだに漁業組合の世話役を務めている。

「元気よ。年金暮らしになっても漁業権返納しないで、気が向けば素潜りでアワビやらウニを獲ったり、小さな釣り船で沖に出たりしてるみたい」

マジか……と呟く春樹の目が、里奈にはもう大海原を眺めているように見える。

「行こうよ、明日から一泊で。明後日の夕方までに大阪に帰ればいいじゃん」

相変わらずいきなりだなぁ、と言いながらも悩んでいる。それは心が傾いている証拠だと里奈はほくそ笑む。

「いいじゃん。前に春樹がでっかいイシダイ釣った所、また行ってみようよ」

だめ押しのひと言を加えると、春樹は「わかった。電車の時間決めたらＬＩＮＥくれ。新大阪で待ち合わせよう」と、財布から一万円札を抜いて指定席でよろしくと言って渡した。

「やった！　じゃ、明日の朝、在来線の改札前で！」

と売り場から遠ざかって行く春樹の背中に声をかけたが、飲料が入荷したことを売り場チーフに告げる「田中《たなか》さん、五番です！　田中さん、五番です！」というアナウンスに搔き消された。

同級生の後ろ姿を見送った里奈は品出しに戻ろうと売り場を振り返る。

そしてふと、春樹は何を撮影していたのだろうかと気になった。

「ウナギ？」

彼がレンズを向けていた辺りはウナギ売り場だ。

一本丸ごと濃厚なタレを付けて香ばしく焼いた蒲焼き、薄口醤油であっさり柔らかく焼いた白焼き、焼いた切り身をご飯の上に載せたうな重にひつまぶし、うな丼。他にも、刻んだ蒲焼きを玉子焼で巻いたう巻きに、キュウリやわかめと一緒に三杯酢で和えたうざく。

これらバラエティに富んだ商品のパッケージには「国産」もしくは「国産ウナギ使用」と表記されている。もちろん、全て小木曽漁協から出荷されたものだ。

――ま、ウチのウナギなら、どこをどう記事にされても問題ないか。

安心した里奈は何げなく売り場の上に飾られたディスプレイ用の水槽に目をやった。

水槽の中では一匹のウナギがにょろにょろと身をくねらせている。青みがかった背中と純白の腹を交互に見せて。

それはチェーンの中でも各地方の核となる店舗、基幹店の水槽でだけ飼われている小木曽漁港のシンボル。――かつては小木曽漁港で大量に水揚げされていた幻の『天然藍ウナギ』だった。

四

一九九〇年六月／東京

「なんだ。沢木《さわき》のヤツ、もう捕まったのか」

俺は電話番をしていた議員事務所で、夕刊の一面に載っているかつての同級生の写真を眺めた。

モノクロの紙面でも派手な柄だとわかるアロハシャツに膝が破れたダメージジーンズ。

手錠をかけられていると思われる手首の辺りは大判のハンカチで隠されている。

最後に小木曽で見た学ラン姿の沢木と全くと言っていいほど変わっていない。

すらりとした体形と自信に満ち溢れた表情には嫉妬を覚えるというよりも呆れ果てた。

「二十八にもなって」

外見もそれなりに落ち着いてきたという自覚がある自分と、紙面の男が同い年とは到底思えなかった。

この男、沢木隆一《りゅういち》と俺は同じ年に宮崎県の漁村、小木曽村で生まれた。

沢木は小学生の頃から手の付けられない悪童で、対照的に俺は神童と呼ばれて育った。

といっても、小木曽には小学校から高校までそれぞれ一校ずつしかなく、沢木とはずっと一緒だった。

しかし、接点があったわけではない。

全国模試で小木曽開村以来という優秀な成績を修めた俺が東京の国立大学を目指

して勉強に励んでいた頃、沢木は隣町のヤクザがスカウトに来るような立派な不良になっていた。目を合わせたことすらなかったが、「沢木の学生鞄には鉄板が仕込まれている」とか「隆一のロッカーにコンクリートブロックが入っていた」とかいう噂は俺の耳にも入ってきた。鉄板やブロックを何に使うのか想像するのも恐ろしかった。

君子危うきに近寄らず。

親から言われるまでもなく、沢木とは距離を置いていた。

だが、沢木はヤクザの組事務所に入ることはなく、高校三年に上がってすぐ村から消えた。

その後、どうやら大阪辺りにいるらしいという噂だけが風の便りに聞こえてきた。

次に俺が沢木の名前を聞いたのは五年前、衆議院議員である片瀬昭三の政策秘書になったばかりの頃だ。

ある週刊誌のスクープで、西日本最大の都銀である『大淀銀行』が沢木の作ったペーパーカンパニーに二百億以上の金を不正融資しているという疑惑が報道され、世間は大騒ぎになった。

ヤツはヤクザではなく、「総会屋」になっていたのだ。不祥事で荒れることが予想される企業や銀行と手を組み、他の総会屋や物言う株主を時には撃退し、時にはこれを取り込んで収め、株主総会をしゃんしゃんと無事に終わらせることを条件に金を受け取る、いわゆる「与党総会屋」に。それも沢木が仕切る総会にはヤクザも手を出さないと言われるような武闘派の総会屋に、だ。

そんな沢木の足許には死屍累々、敵対した人間が数えきれないほど埋められているという噂だ。相手が堅気だろうがヤクザだろうが歯向かえば容赦はしない。風のように人を攫い、飯を食うように人を殺す。そんな話がまことしやかに囁かれている。だが、沢木が殺したという証拠はどこにもないらしい。ただ、ヤツに不都合な人間はいつの間にか蒸発している……。

週刊誌には沢木が大淀銀行からだけでなく、銀行の口利きで他の企業からも融資という名の謝礼を引き出している疑惑があると書かれていた。そしてその全てが、数億から数十億単位だと。

――あれから五年か。沢木のヤツ、この五年で一体どんだけの金を手に入れたんだよ。

もちろん、恐喝まがいの方法で銀行や企業を食い物にし、最後には刑務所にぶちこまれるような輩など軽蔑の対象でしかない。

だが、株主総会を穏便に終わらせるだけで数百億もの金を手に入れる男に日本中が驚愕したのは事実だ。

それに引き換え俺は……。同じ小木曽村で生まれ育ち、神童と呼ばれていた俺は……。政治家の秘書といっても、ごく一部の関係者に名前を知られるだけの存在だ。

――俺はまだ何者でもない。

五

二〇二〇年六月／大阪

「春樹！　こっちこっち！」

翌日、新大阪駅の東口改札前で里奈は春樹の姿を見つけて二枚の切符を握った右手を振った。

「なんだ。もう来てたんだ、早いな」

自分が一番乗りだと思っていたのか、リュックを背負った春樹は意外そうな表情を見せる。

「久しぶりの磯釣りだと思うと眠れなくって」

「小学生か」

笑いながら言う春樹の顔も、里奈の目には期待に満ちているように見えた。

海岸線をドライブしたいという春樹のリクエストを受け、とりあえず特急で白浜《しらはま》駅まで行き、そこからレンタカーを借りることにした。もう少し南下した周参見《すさみ》辺りからの海岸線が雄大で見事なのだが、和歌山県きっての観光地白浜に比べると寂れていていてレンタカーの手配が難しい。

三番線のホームは、『はるか』が出発した途端、人気《ひとけ》がなくなり、閑散とする。それでも、新宮行きの『くろしお』が入線する頃には徐々に乗客が増えてきた。同じホームでも電車の種類によって乗車位置が異なる。慣れていない乗客は迷って駅員に尋ねたり、ホームの上に吊るされた札を見たりしながら列を作り始める。

「窓側、座っていいよ」

「サンキュー。ほんと言うと俺も久しぶりの太平洋が楽しみで、朝早く目が覚めたんだ」

里奈は「小学生か」と春樹に言われたセリフをそのまま返す。ふたり分の荷物を網棚に載せた春樹は溜息交じりに呟いた。

「俺も実家が和歌山ぐらいなら、しょっちゅう帰省すんだけどさ。やっぱ九州は遠いわ」

春樹の実家も太平洋に面した風光明媚な場所にあると聞いたことがあった。が、県内には九州新幹線の停車駅がなく、実家は空港へのアクセスも悪いという。帰省するとなると東京の下宿から一日がかりだと言っていたのを里奈は懐かしく思い出す。

春樹が電車の窓にかかっているカーテンを開けた。都内にある全寮制の高校に進学して以来、九州の実家には数えるほどしか帰っていない、と嘆きながら。

まだ朝日が眩しかった。

「思えば、大学に入ってからは一回も田舎に帰ってないんだよな、俺。マジでいい所なんだけどさ」

「春樹の所よりはマシかも知れないけど、うちのおじいちゃんちも東京からだと半日がかりだよ。小さい頃は電車に乗ってる時間がひどく長く感じてさあ。お母さんが持たせてくれたお弁当とかおやつとか、電車に乗って一時間もしないうちに食べちゃって。そしたら、することなくなって退屈で」

幼い頃の里奈は夏休みなどの長期休暇には、ひとりだけ父方の実家である南紀の漁村に預けられ、そこで過ごすことが多かった。

両親が弟の世話にかかりきりだったせいだ。弟の正登《まさと》は自閉スペクトラム症という障がいを持って生まれてきた。

幼少期、口さがない親戚が「姉と顔が入れ替わればよかったのに」と言ったほど、正登はとても綺麗な顔をしていた。が、異常なほど変化を嫌い、口数が少なく、コミュニケーションを取るのが難しかった。

里奈の母親は弟のために一時、休職していた。が、生来の完璧主義が災いした。小学校に上がるまでに息子を何とか普通学級で勉強できるまでに教育しなければという焦りと、目が離せない息子の面倒を見ながらもちゃんと家事をこなさなければならないという責任感とで、精神的に追い詰められたのだった。

どうしても里奈のことがなおざりになり、夫婦で話し合った結果、父の実家の力を借りることになった。

保育園の頃は父親が実家まで里奈を送ってくれた。しかし、彼女が小学校に上がるのと同時に父親の職位も上がり、多忙となった。結果、両親のどちらかが東京から名古屋まで同行し、名古屋からはひとりで関西本線に乗せられた。そこから四時間、三重県回りの特急『南紀』で祖父の実家の最寄り駅まで行く。すると、到着時刻に合わせて祖母がホームで出迎えてくれる。

車中では、和歌山に着いたらいっぱい泳ごう、磯で蟹を捕まえよう、という楽しみが半分、祖母がホームにいなかったらどうしよう、電車が停まったらどうしよう、という不安が半分。自宅や東京の友達が恋しくなって半泣きで電車に揺られることもあった。

それでも、東京の狭いマンションで忙しい両親が弟のことばかりを気にかける生活から抜け出し、太平洋に面した入り江の田舎町で祖父母の愛情をたっぷり注がれる日々には何とも言えない解放感と充足感があった。休みが終わる頃には東京へ帰りたくない、と思うほどに。

そんなことを思い出しながら、ふと隣の座席を見る。

まだ和歌山市内にも入っていない。車窓に映るのは線路脇の雑草や住宅地だけだが、それでも春樹はずっと外を眺めている。

「仕事、どう?」

と里奈は新大阪駅のホームで買った麦茶のペットボトルを差し出しながら声をかけた。

「え？　あ、ありがと。ああ。仕事、面白いよ」

質問が唐突だったのか、虚を突かれたようにハッとした顔を見せたわりには素っ気なくシンプルな返事だった。

「今の仕事に何か悩みでもある感じ？」

そう思わせるような表情だった。

「いや、別に。そっちは？」

春樹が不自然なほどすぐさま切り返してきた。

「え？　私？　うん。マジ面白いよ。ますます食品バイヤーになりたくなってきた。当たり前のことなんだけど、日本列島は縦に長いから同じ野菜とか魚でも獲れる時期と場所が違うでしょ？　カメラマンや養蜂家が桜の花を追いかけて九州から北海道まで北上して行くみたいに、バイヤーもベストな食品を追いかけるの。例えば、同じ春菊でも西に行くほど茎が柔らかいのよ。ジャガイモも玉ねぎも産地によって全然味が違うし、旬の時期も違う。サンマなんて同じ漁港でも、年によって漁獲量も違えば、脂の乗り具合も全然違うのよ。一番美味しい産地と時期を頭に入れておくのは当然で、災害やら不漁に備えて、第二、第三の収穫候補地を探さないといけないし」

春樹の近況を尋ねようと思っていた里奈だったが、食品の話を始めると止まらなくなった。実際、スーパーでの研修で、食品流通の奥深さを思い知ったからだ。

「ああ、早くバイヤーになって日本中、いや、世界中の美味しいものを求めて飛び回りたい。良品廉価をモットーに」

「蔵本は食い意地が張ってるからな」

言われるまでもない。里奈には自分自身が食いしん坊だという自覚がある。

「そもそも私が魚釣りを始めた理由は、美味しくて新鮮な魚を安く食べるためだからね」

「ははは。釣りサークルの最初の自己紹介でも同じこと言ってたよな」

結局、春樹が自分の仕事について触れることはなかった。

南紀を走る在来線特有の横揺れのせいで、里奈はやがて眠り込んでしまい、気が付いたら電車は白浜に着いていた。

六

一九九〇年六月／東京
沢木は証拠不十分であっけなく釈放された。夕刊に逮捕の第一報が載ってから一カ月も経たないうちにだ。

大淀銀行から二百億といわれる金を供与され、あちこちの企業からも大金をせしめておいて、ひとつの証拠も出ないなんてことがあるんだろうか。その記事を読んだ時、首を傾げながらも、心のどこかでホッとしている自分に気付いた。

新聞記事を読み進めると、多額の金を沢木に対して不正に供与したとされる大淀銀行側は、「その現金は総会屋への不正融資などではなく、若い行員ひとりが着服したものであると発表した」と書いてある。

しかもその行員は、全て自分がやったことだという遺書を残し、自殺してしまった。一瞬、自殺に見せかけて沢木が殺したのではないか、とも思ったが、その行員が死んだ時、沢木本人は勾留されていた。これ以上のアリバイはない。

沢木が釈放されたと知った時に俺が抱いた微かな安堵は、何とも不思議な感覚だった。何しろ俺は学生時代、沢木とはほとんど会話らしい会話をしたことがない。むしろ、関わりを避けていた。

ただ、沢木のことで忘れられない出来事がある。この不甲斐ない検察への失望感と個人的な安堵が混ざり合う複雑な感情には、その時の記憶が大きく影響しているような気がした。

それは高校二年の秋のことだ。

文部省の役人が調査のために小木曽村を訪れ、当時、村長を務めていた俺の父親が一行を案内することになった。

その日の朝、父は珍しく緊張した面持ちでいつにも増して神経質に身なりを整えていた。

文部省の一行が小木曽村を訪れた目的は、都会の子供たちを夏休みの間、農村や漁村に滞在させ、自然の素晴らしさ、田舎暮らしのよさを体験させる『里村留学』という学習プロジェクトの下見だったと記憶している。

ついぞ見たことがないような立派な車が連なって校庭に入って来た。俺はその光景に興奮した。

だがその直後、いつも堂々としている父親が文部省の役人に対して米つきバッタのようにペコペコしながら接しているのを見て衝撃を受けた。省庁の職員とはそれほど権威があるものなのかと驚いた。

さんざん町をあげての接待を受けた後、退屈そうな顔で高校をさらっと見学した帰り際、一行の代表が周囲にも聞こえるような声で、

「ここはないな。あまりにも寂れすぎだ。都会の子供たちが田舎暮らしに失望しては無意味だ」

と言い放った。

それを聞いた父親は悔しそうに唇を噛みしめていた。が、一言も反論することなく一行の後ろをとぼとぼと歩いて行く。

——なんで何も言い返さないんだ。自分が村長を務める村が馬鹿にされたという

のに。

家の中ではもちろん、村でも一番偉いと思っていた父親がひどくちっぽけな存在に見えて失望した。

だがその直後、尊大な一行が校舎を出た瞬間を狙うように、上から何かが降ってきた。

「わっ！」

と声を上げて頭のてっぺんを押さえた調査団代表の足許に、汚れて雑巾のような色に染まった上履きが転がっている。

「誰だー！」

教頭が怒鳴り、校庭にいた全員が二階建ての校舎を見上げた。

窓という窓から野次馬の生徒たちが顔を覗かせている。

これでは犯人を特定するのは困難だと思われた。

が、俺は気付いた。教頭に怒鳴られて全員が顔を強張らせた中、ひとりだけ窓枠に肘をついたまま薄く笑っている生徒がいることに。

——沢木……。

その顔は「村長だろうが役人だろうが関係ない。不快な人間には不快だということを知らせてやる」と言っているかのようだった。

文部省から来た役人の代表は忌々しげな顔をして校舎の窓を睨み回していた。が、やがて髪を手で払いながら、そのまま足早に車へと乗り込んだ。

褒められたことではない。だが、わけもなく気持ちが晴れた。

俺は辛うじて「沢木」と読める文字が書かれた上履きをこっそり拾い、彼の下駄箱にそっと返した。俺にはとても真似できない、と思いながら。

その時、俺は偉大な父親の呪縛から解き放たれた気がした。

世界で一番偉いと思っていた父親を圧倒する中央の役人。その代表に、こんな田舎の不良ごときが天誅を下した。方法はどうであれ、一日で俺の頭の中のヒエラルキーがぐちゃぐちゃに壊れたのは事実だ。

今でも父親のことは尊敬している。だが、あの日、父親は俺の中で一番ではなくなった。あの時初めて、心のどこかでけっして超えられないと思い込んでいた父親をこの先自分は抜き去ることができるような気がした。——いや、超えなければ、生まれてきた意味がない。

世界が一変したような気分で教室に戻り、何気なく窓枠に肘をついている沢木の手を見てぎょっとした。

指のつけ根の関節が全て固まったように大きなタコができていたのだ。

——どんだけ人を殴ればあんなことになるのか……。

七

二〇二〇年六月／南紀

地図アプリを立ち上げるまでもなく、改札を抜けるのと同時にレンタカー店の緑の看板が目に入る。

駅のすぐそばにあるレンタカー店に用意されていたSUVを見て、春樹が目を輝かせた。

「お。意外といい車じゃん」

それは最近よく見かける人気の小型車で、車内の匂いからして思いがけず新車のようだ。

春樹がプレハブの事務所に入って手続きをしている間に、里奈は自分と春樹の荷物をトランクに積み込んだ。

その時ふと、里奈は積み込んだ春樹のリュックのジッパーの引き手に「小木曽」のロゴと青いウナギのイラストが入った小さな和柄のキーホルダーが揺れていることに気付いた。

彼が九州出身だということは聞いていた。が、詳しい住所までは尋ねたことがない。

「春樹、小木曽町に行ったことがあるの？　実家、南九州だよね？　近いの？」

　里奈は助手席に座ってシートベルトを締めながら、運転席に乗り込む春樹に聞いた。

「う、うん……、となぜか歯切れの悪い返事をした後で、彼は続けた。

「前に言わなかったっけ？　俺の実家はその小木曽にあるんだよ。俺が住んでた頃は日向郡小木曽村だったけど、何年か前に『町』に格上げになった」

「へえぇ！　奇遇！　私、小木曽のウナギが大好物なんだ。いつもヴィアンモールで閉店前に半額になったうな丼、買って帰るの！」

　思わず里奈は声を弾ませたが、なぜか春樹は顔を強張らせて押し黙る。

「どうかした？」

　訝る里奈に、春樹はハッと我に返ったような表情になった。そして、

「あ、いや。まあ、小木曽の名産品は養殖ウナギぐらいしかないしな。俺はあんまりウナギは好きじゃないけど。蔵本に大好物認定されたらあっという間に絶滅しそうだな、小木曽のウナギ」

　と冗談めかして笑い、ＳＵＶのエンジンをかける。

「よし。出発！」

　里奈は春樹が見せた動揺を隠すような態度が気になったが、話したければ祖父の家で打ち明けてくれるだろうと気楽に構え、助手席のシートにもたれた。

車はリゾートホテルや旅館が立ち並ぶ白浜の市街地を抜けた。

四十二号線に出て、高速よりもはるかに時間のかかる海岸沿いの道路をわざわざ走ると決めていた春樹は、湾岸線に出ると同時に感嘆の声を上げる。

「うおー。天気がいいうえに風が強い。最高じゃん」

いくら天気がよくても、波のない海はつまらない。

真っ青な波がごつごつした黒い岩に当たって砕け、純白の飛沫を撒き散らす景色が太平洋の醍醐味だと、春樹はハンドルを握って前を向いたまま主張する。

「運転、私がした方がよかったんじゃない？　景色、見られないでしょ」

「湾岸線をペーパードライバーの運転なんて怖《こえ》えわ」

里奈が免許を取って以来、ほとんど運転したことがないのを春樹は知っている。

「あ。嘘……。田中《たなか》商店、閉まってるじゃん」

観光地を過ぎた国道沿いにはコンビニもなく、里奈が小さい頃に日用品を売っていた個人商店の雨戸も固く閉ざされていた。

その廃《すた》れ具合からして定休日という雰囲気ではない。

「ヤバいな。ガソリンスタンド見つけるのも難しくなってきたぞ」

二時間ほど走って国道から海岸沿いの細い県道へ入ると、その辺りには珍しくない過疎の漁村ばかりが目立ち始める。

河口や入り江に係留されているぼろぼろの小さな漁船は、現役なのか放置されているのかさえわからない。沿道の食事処や商店も、下ろされたシャッターが錆びている。

「たしか、ここを左に入るんだったよな？　蔵本のおじいちゃんち」

県道を一時間以上走り、民家も途切れた辺りで、春樹が次の小さな信号を顎でさす。

「そう。よく覚えてるね」

二年ほど前に一度来たきりなのに、と里奈は彼の記憶力に感心する。

春樹が示した交差点を左折し、ふたりが乗った車は県道よりも更に細い入り江に面した道をゆるゆると徐行した。対向車が来たら、どこか広い所までバックせざるをえないような道だ。

その狭い道路に沿って海側に、高さ一メートルほどの防波堤が続いており、等間隔に空いている出入口から漁船が見える。

右手は背後から山がせり出しているため、一戸一戸の土地は狭く、こぢんまりした集落が続く。

道端を歩いたり、海を眺めたりしているのは腰の曲った老人ばかり。

「俺の実家も十年ぐらい前までは、ここと同じで限界集落みたいな雰囲気だったんだけどさ」

「小木曽はウナギの養殖で復活したんだよね？」

五十年ほど前からニホンウナギの稚魚、シラスウナギの漁獲量が激減し、養鰻業者は養殖用にヨーロッパウナギの稚魚を輸入してきた。

だが、約十年ほど前にこのヨーロッパウナギが絶滅危惧種に指定され、ワシントン条約により輸入が許可制になった。

結果、現在もアジア全体でシラスウナギの争奪戦が繰り広げられている。

ところが、不思議なことに小木曽港に注ぐ小木曽川の河口にだけは、いまだに大量のニホンウナギの稚魚が戻って来るという。

早くからこの小木曽漁港に目を付けて漁協と専売契約を取りつけたヴィアン・リテーリングは先見の明があった、という話を里奈はチーフの芝浦から聞いたことがある。

「強いよねえ、高級な特産品のある町は」

里奈は声を弾ませ、小木曽とヴィアン・リテーリングとのＷｉｎ－Ｗｉｎの関係を語りながら春樹の横顔を見た。

しかし、彼は何かに気を取られている様子で「そうだな」とおざなりに短く答えただけだった。

仕事のことといい、故郷のことといい、今日は盛り上がる話題がない。

仕方なく里奈が黙ると、今度は春樹が「あれ？」と声を上げた。

二年前にレンタカーを停めた場所を記憶しているのか春樹は、いつも里奈の祖父が軽トラックを停めている空き地を見て首を傾げている。

駐車場と呼ぶにはあまりにも粗末な、砂利を敷いただけのスペース。端の方には雑草が生えているような場所だ。

里奈が生まれた頃までは、そこに工場があったのだと里奈は祖父から聞いていた。近海で獲れるアジやサンマを干物に加工する会社の建屋で、かつては大勢の村人を雇って活気もあったそうだ。が、工場主が経営に行き詰まって社長一家は夜逃げし、今は工場も解体されて更地になっているのだという。

跡地は転売されたのか、元の所有者のままなのかはわからない。が、車を停めても文句を言う者はなく、地元の人間や、盆や正月に都会から帰って来る人たちが勝手に利用している。

だから、そこに古びた軽トラック以外の車があってもおかしくはないのだが、里奈も「あれ？」と春樹と同じように目が釘付けになった理由はその車種だ。

こんなうらぶれた漁村には似つかわしくないパールホワイトの高級外車が停まっている。それほど車に詳しくない里奈でも知っている、ドイツのメーカーのエンブレムが見えた。

「すげえ。マイバッハだ」

車に詳しい春樹が、高級車の中でもひときわハイグレードな車種だと感嘆の声を洩らす。

　里奈は首を傾げた。

「観光地の白浜ならともかく、こんな田舎にあんな車が走ってるの、見たことないんだけど」

「たしかに似合わないな」

　やがて、重厚なセダンのタイヤがゆっくりと回り始め、白い花をつけている地面の雑草を踏み潰しながら方向を変えた。

「あ、動いた」

　慎重に切り返しながら滑らかに走り出す大きな車体。

「道を間違えて入って来たヤクザか大富豪かな」

　里奈の口からそんな言葉がひとりでに洩れたのは、高級車だったこと、そして横を走り抜けた車の運転席でハンドルを握っている男と、助手席に座った男の両方がサングラスをかけていたからだ。ふたりはまるで用心棒かＳＰのような精悍な雰囲気を醸し出していた。

　残念ながら、リアウインドウには後部座席の人間の姿が全く見えないほど濃いスモークフィルムが貼られている。

　その時、不意に「え？」と声を上げた春樹の目が、走り去る車をサイドミラーの中で追う。

「どうかした？」

「いや、今の……。後部座席にいた男……」

「バックシート、見えたの？　知ってる人？」

里奈の位置からはフロントシートしか見えなかった。

「いや。気のせいだと思うけど……沢木隆一に似てる気がした」

そう呟くように言った春樹の顔が青ざめている。

「沢木隆一？」

里奈はきょとんとして聞き返しながら、頭の隅に留めていた人物の記憶を掘り起こす。

「沢木って、バブル時代の総会屋の、あの沢木のこと？」

「そう。大阪の都銀や企業から何百億もの金を引き出したって言われてるあの沢木」

「伝説の総会屋でしょ？　テレビで見たことあるわ」

里奈が沢木を見たのは昭和の終わりから平成初期にかけての未解決事件を集めた特番だった。

その番組によれば、一匹狼の総会屋、沢木隆一は大手の都市銀行や大企業から二百億とも三百億円ともいわれる不正な無担保融資を引き出したそうだ。

その後、利益供与の罪で逮捕されたが、証拠不十分で釈放されている。

沢木が勾留されている間に彼と繋がっていたとされる行員が、全ての金は自分が着服し、遊興費に使ったという遺書を残して自殺したためだ。

しかし、総会屋が受け取った金を若い行員が掠め取るなど信憑性が低い話だ、と言われている。

実際、自殺した行員によって浪費された形跡もなく、結局その都銀が失ったとされる二百億以上の金の行方はわからないまま……。

「就活中にヴィアン・リテーリングのことをネットで検索してた時、よく沢木の名前が出てきたよ」

第一希望だったヴィアン・リテーリングの最終面接まで漕ぎ着けた里奈は、ワクワクしながら意中の会社のことをさらに調べていた。

すると、ヴィアン・リテーリングの不祥事がいくつも検索に引っかかった。

それは日本中が狂乱したバブル期、三十年以上前のことだ。

鳴り物入りでオープンしたヴィアン・リテーリング直営のレストランで、ある事件が起きた。

勝浦産の伊勢海老として提供された料理の原材料が実は『ウチワエビモドキ』という、伊勢海老とは似ても似つかない水棲生物だったことが発覚したのだ。

ウチワエビモドキは主にオーストラリア北部に広く棲息し、現地では『サンドバグ』、つまり砂地に生息する虫と呼ばれ、二束三文の価格で取引されている。

ヴィアン・リテーリングはこの安価なウチワエビモドキを冷凍して輸入し、使い回しの伊勢海老の殻を添え、一皿一万円以上で提供していた。——いわゆる食品偽装だ。

親会社の不祥事で連鎖的に信用を失ったヴィアンモールは売上不振に陥り、株価は暴落した。

結果、配当はゼロになり、株主の利益は大きく損なわれた。

ヴィアン・リテーリングには脅迫めいた嫌がらせの電話が殺到し、その年の株主総会が荒れることは明らかだった。

「あの食品偽装が発覚した年の株主総会を無事に乗り切るために、経営陣が頼ったのが沢木隆一なんでしょ?」

当時ヴィアン・リテーリングのメインバンクだった関西最大手の都銀、大淀銀行が二者の仲を取り持ったと言われている。

結果、沢木は期待どおり、何の騒動もなくヴィアン・リテーリングの株主総会を終わらせた。

「そうだ。その沢木だよ。けど、あの男が面倒見てたのはヴィアン・リテーリングだけじゃない。同じ日にもっとヤバい企業五社の総会を掛け持ちして見事に仕切ったって話だ。その謝礼は一社あたり十億から二十億だって」

春樹が付け加えた武勇伝に里奈は「へええ!」と目を丸くした。

「たった一日で最低でも六十億稼いだわけ? ほんと、どこ行ったんだろうね、そのお金」

その後、ヴィアン・リテーリングは創業者である幸村将太を残して経営陣を一新し、商品の生産者や農協、漁協、個人ファームなど、流通経路を全てオープンにすることで信頼の回復に努めてきた。

今ではヴィアンモールは安全で高品質な食品を安定供給するスーパーとして人気を博している。

あの狂乱の時代から三十年。総会屋の時代は終わったと里奈は認識していた。

「今頃どうしてるんだろうねえ、沢木」

「実は……。沢木は同郷なんだ。俺のオヤジと二歳違いで、中学までは同じ学校へ通ってたみたいだ」

「え？　沢木って小木曽の人だったの？　関西人ってイメージなんだけど」

「地元の公立高校を中退して大阪の有名なフィクサーに弟子入りしたらしい。俺は本人を見たことないんだけどさ」

ふうん、とうなずいた後で、里奈はふと思い出した。

「私が見た映像の中の沢木は、逮捕されて連行されるところだった。お祭りが終わった後みたいな、つまんなそうな顔してたんだけど、どこか清々しい顔してた。一重にしては大きな目で、少し吊り上がった目尻が印象的だったな。男前だったよね、若い頃の沢木って」

里奈がテレビで見た沢木は手錠をかけられていた。それでも、暴力団関係者とは一味違う、知性と凄みが全身から滲み出ているように見えた。

「里奈が犯罪者のことをそんな風に言うなんて珍しいな」

「もちろん、悪いヤツだってわかってるんだけど、その一言で片付けられない何かを感じたんだよね。そもそも、大企業を相手に脅しや暴力だけで何百億もの金を引き出すことなんてできないと思うの。恐怖以外の何かがあるんだよ、きっと」

里奈が頭の中に若かりし日の沢木の姿を描いた時、春樹がそれを遮るように言った。

「蔵本は本当の沢木を知らないから、そんな呑気な感想が言えるんだよ」

本人を見たことがないという春樹が、報道されていない真実を知っているような口ぶりで言う。里奈は首を傾げずにいられなかった。

「本当の沢木って？」

里奈が聞き返しただけで、春樹の頬が血色を失った。

「あの男は、風のように人を攫い、飯を食うように人を殺す、って」

「は？　何、それ。ちょっと風林火山っぽいんだけど。人を攫うこと風の如く、殺すこと飯を食うが如し、みたいな？」

「笑いごとじゃない。何人も殺してるって、地元じゃ専らの噂だよ。それでも沢木が捕まらなかった理由は死体や凶器が出ないからだって。死体や凶器は酸で溶かしてるって噂だ」

少々のことでは動揺しない里奈も、溶かされる死体を想像して一瞬言葉を失った。が、すぐに空気を変えたくなって、からっと笑う。

「ま、いくら元総会屋のご隠居でも、こんな何にもない田舎町に来るほど暇じゃないでしょ」

「ご隠居はひでえな。逮捕されたのが三十年ぐらい前だから、今まだ五十七ぐらいだよ」

ついさっきまで萎縮していた春樹も、言い返す声が少し弛んできた。

「そっか。企業でいうならまだ定年前なんだね」

「つっても、俺も沢木の写真とか映像とか三十年前のしか見たことないし、似てるだけの別人かも知れない。自信ないわ」

口ではそう言いながらも、まだ何かに気を取られている様子の春樹がハンドルを切る。

存在感のある外車が去った後の、軽トラック一台だけがぽつんと残った空き地に春樹はＳＵＶを停めた。

八

一九九〇年六月／東京
港北リアルエステートから電話がかかってきてから二週間あまりが経ち、書留で五千万円の借用書が届いた。

予告どおり、受取人は俺になっていた。

封を切って中を確認してから片瀬昭三に渡すと、六期連続当選の巨漢はむっつりとした顔で黙って受け取り、契約書を見もしないで執務机の引き出しに放り込んだ。

その様子を怪訝に思っていると、片瀬はすぐに頬を緩め、

「西岡。由布子《ゆうこ》とはうまくいってるのか」

と静かな口調で尋ねた。

片瀬由布子は昭三のひとり娘であり、片瀬自身の勧めで俺と交際を始めたばかりの女子大生だ。

「はい。お蔭様で。ありがとうございます」

「そうか。それなら、結納も考えないといけないな。由布子も君を気に入っているようだ」

つまり、片瀬の娘と正式に婚約するということなのだ、とワンテンポ遅れて気付

く。

「あ……ありがとうございます！」

歓喜の声を上げ、俺は深々と頭を下げた。天にも昇る思いだった。

高校を卒業するまでの俺なら、この縁談を大してありがたいこととは思わなかっただろう。九州の田舎町で物心ついた頃から「神童」と呼ばれていた俺には、自分の身の丈を知らない尊大さがあった。

だが、上京して初めて、自分の立ち位置がわかった。

超難関と言われる一流大学での俺の成績はどんなに頑張っても「中の下」だった。

それを思い知った途端、学業への興味と情熱が冷めた。

それでも、小さな漁村の村長を務めていた父親から、

「何事も一番でなければ意味がない。村に銅像が建つぐらいの人間になれ」

と叱咤されて育った俺の頭の中に二番手の文字はなかった。

勉強に身が入らない状態でも志だけは高く、省庁のトップである事務次官を目指した。そこには、かつて文部省の役人が村長だった父親を米つきバッタのようにペコペコさせたという記憶が大きく影響している。

だが、国家公務員一種に合格することはできず、卒業の日を迎えてしまった。

慌てて就職活動に転じた。

が、青田買いどころか種籾買いと言われた当時の就職戦線において、名のある企

業の採用試験は全て終了しており、大企業は既に翌年の採用に向けて大学三年生へのアプローチに動き出していた。

結果、採用通知を寄越したのは度胸試しのつもりで受けた中小企業だけ。むせかえるほどの野心を抱えていた俺のプライドは粉々に打ち砕かれた。

かといって就職浪人をする言い訳も思いつかず、実家には大手企業に就職が決まり、今は研修中だと嘘を吐いた。

どうしても中小企業に勤める決心がつかず、就職浪人を余儀なくされた俺は、諦め悪く、公務員試験の勉強を続けながらアルバイトを始めるほかなかった。

俺の故郷に生まれたふたりめの神童が頭角を現し始め、それまで誰にも破られなかった俺の全国高校模試八十位の記録をあっさり塗り替えたことも俺を憂鬱にしていた。

しかも、その全国十三位の秀才は、うだつの上がらない、小さな養鰻業者の息子だった。

九

二〇二〇年六月／南紀
「おー。懐かしい」

車を降りた春樹が辺りを眺め回す。

「潮の匂いがするー」

助手席から降りた里奈も伸びをしながら海の方角に向かって大きく息を吸った。

「おじいちゃん、家にいるかな？」

「え？　連絡してねーの？」

「驚かせようと思って」

「はあ？」

いなかったら今夜の宿はどうするんだ、と文句を言いながら春樹は荷物を降ろし、自分の分だけでなく里奈の荷物まで両手に抱えて空き地から道路へ出る。

「大丈夫、大丈夫。家にいなくても湾のどこかにはいるから。夜には帰って来るって」

生まれてから数えるほどしか漁村を離れたことがない祖父だ。

空地からすぐの所にあるブロック塀で囲まれた家の門扉を開けながら、里奈が気安く請け合う。

かつて、庄助は町会議員を務めていた。そのため建てた家の門構えと玄関は周辺の家屋よりも少しだけ大きい。

「おじいちゃーん！　いるー？」

小さな実をつけているトマトや薄紅色の花が咲いているホウセンカ。

里奈は狭い畑とも広めの庭ともどちらとも言えない敷地を横切り、玄関の呼び鈴を押した。

「こりゃたまげた。里奈か？」

もう何年も、夏場は薄手のステテコに下着ともTシャツともつかない白い丸首シャツという姿しか見たことのない祖父が、ポロシャツに麻のズボンという恰好で玄関先に現れたのを見て、里奈は思わず「寄り合いにでも行ってたの？」と聞いた。

「ついさっきまで、昔の知ったある人が来たあってよう」

庄助はそれだけ言った。

「その人、まさかベンツに乗ってないよね？」

「何？　べんつ？」

きょとんとする庄助を見て里奈は「冗談だよ」と笑い、上がり框の前に靴を脱いで揃える。

ふと顔を上げると春樹は玄関先で所在なく立ち尽くしていた。その目が早く紹介しろよと催促している。

「おじいちゃん、彼、覚えてる？　二年前に釣りサークルの遠征で一緒にここへ来たことのある香川春樹」

「ああ。イシダイを釣った子やろ？　あらデカかったのぅ」

その言葉に一瞬、春樹がまんざらでもない顔になる。

「まあまあ、上がらんし。泊まって行くんやろ？　なんや美味いもんでも取ろかいのぅ」

「やった！　あと、釣り具も貸してほしいんだけど」

「ああ、倉庫から好きなん持って行きやんし。最近は船で沖まで行かんでも、磯に下りたら南方系のレッドなんとかいう大きなイカが釣れるらしい。疑似餌で釣れるんやて。安上がりやなあ、外国のイカは」

「レッドモンスター？　おっきなアオリイカでしょ？」

「そうそう。それや、それ。テレビの釣り番組でもやっとった」

と言いながら、庄助はちゃぶ台の上の器と大吟醸の一升瓶を片付け始める。

ついさっきまでいたという知り合いと酒を酌み交わしていたのだろうか。庄助は寿司桶を三つ流しに運んで行く。立派な塗りの器には数十キロ先にある温泉街の有名な割烹料亭の名前が見えた。

あそこの寿司は一番安いものでも、一人前五千円は下らない、と昔祖母が言っていたのを里奈は思い出す。

「なんか……豪勢だね……」

年金暮らしの祖父が客のために高価な昼食を奮発したらしいことに、里奈は少なからず驚いていた。

が、庄助はそれっきり客のことには触れず、

「香川君はここに来るの、二年ぶりか」

と春樹に話しかける。

「はい。あの時は三年生だったんで」

「ほうか。あの頃あった店も、もうなかったりするやろ？　年々、この辺も年寄りばっかりになってもうて」

扇風機のスイッチを入れて、その前に置いた座布団を春樹に勧める。

「もう『限界集落』っちゅうアレや。かなり空き家が増えてなあ。崩れかけの家も結構あるんや。この前も二軒先の家で九十近いひとり暮らしの婆さんが死んだんやが、葬儀をやろうにも都会に出とる親族と連絡が取れんいうて、和尚が嘆いとったわ」

里奈は二軒先に住んでいたという老女の顔を思い出せないまましんみりする。

「そうなんだ……。どんどん寂れるね。ほんとに無くなっちゃいそう、この村」

「県がこの湾に企業誘致したいて言うてるらしい。この前の漁協の寄り合いで組合長が言うとったけど、こないな所に何を建てるてゆうんやろうなあ言うて、皆、本気にしてへんかったわ」

町議時代の経験からか、庄助は誘致の話に懐疑的だった。

「さてと、倉庫の釣り竿、見てみよか」

庄助が腰を上げる。

倉庫には釣具屋が閉店した時に譲り受けたというプロ仕様の竿から、庄助自身がグラスファイバーに糸道を付けてリールを装着した手製の釣り竿まで雑多な釣り具が置いてある。

「イカならタックルとエギで十分だよな」

春樹が既にリールが装着されている八フィートの竿を手に取る。

「私も八フィートのミディアムにしとくわ」

春樹より少し軽めのロッドに決めた里奈は、エギと呼ばれるエビの形をした疑似餌を物色した。

「念のために小アジも持って行き。太公望も餌の誤りゆうこともあるで」

庄助のアドバイスを受け、里奈は冷蔵庫にあった小アジをクーラーボックスに入れた。

「地磯でも一メートル近い化けもんイカを釣ったていう漁師がおるらしいで」

そんな武勇伝をはなむけに、庄助はふたりを送り出した。

地磯というのは船で渡るような岩場ではなく、陸続きに海へせり出している磯のことだ。

一メートルのイカを釣り上げる時の手応えを想像し、里奈は気持ちを高ぶらせる。

再び駐車場へ向かう春樹の横顔も引き締まっていた。

どっちが大物を釣り上げるか、里奈の気持ちはもう磯へ飛んでいる。

「今度は私に運転させてよ。磯までは交通量も少ないし」

いい顔をしない春樹を押し切って今度は里奈がハンドルを握り、入り江を出て湾岸線を串本方面に向かった。

二十分ほど走ると海岸から沖の島に向かって橋桁のような巨岩が点々と伸びる景勝地を抜ける。

やがて、釣り人の立つ岩場が見え始めた。

「よし、この辺にしよう」

春樹の声に応じ、里奈は道沿いの更地に車を停めた。

ここはかつて土産物屋があった場所だ。

今は釣り客のものらしき東京や大阪ナンバーの車が停まり、店舗だった名残は敷地の端の方に打ち捨てられている銘菓の看板だけ。

壁に張り付くように作られたセメントの階段を下りると、既に数人の先客が各々地磯の端で釣っている。

波打ち際に向かっていた春樹が途中で足を止め、先客の大型クーラーボックスの中を覗き込んで声を上げる。

「わ、すげえ」

中には五十センチ以上はありそうなイカが数匹、生かしてあった。

モスグリーンのベストを着た、いかにも都会から来たプロアングラーといった風情の先客は、春樹の素直な反応にまんざらでもない顔を見せる。

更に闘争心を煽られたふたりはそれぞれポイントを見つけ、竿をしならせ、ルアーを飛ばした。

なかなかアタリはこなかった。

やっと竿がビクビク振動したのに合わせて里奈はリールを巻いたが、タイミングが合わず、上がって来たのはエビの疑似餌だけ。

ほどなくして陽は西に傾き、風が強くなった。

「ちょっとばかり来るのが遅かったね」

そんな言葉を春樹に投げ、アオリイカを収めたクーラーボックスを抱えた先客が去って行く。

太陽がどんどん高度を下げる中、里奈も春樹もまだ釣果がない。

「ヤバいぞ。このままじゃボウズだ」

春樹が餌をフライから小アジに付け替え始めた。里奈も負けじと、すぐさまそれに倣う。

その直後、ふたりの竿がしなり、同時にヒットの反応を見せる。

「きた！」

春樹が慎重に釣り上げたのは少し小さ目のアオリイカ、里奈が悪戦苦闘して釣り上げたのはマトウ鯛だった。その名のとおり、鼻先の長い馬面で長い背びれが特徴的な鯛だ。

狙いどおりの獲物を釣り上げた春樹と、期せずして高級魚を釣り上げた里奈は、意気揚々と庄助の家に戻った。

「へえ、釣れたんやのぅ……」

釣果なしで帰って来ると思っていたのか、庄助は昼間の客人に出したのと同じ料亭の寿司を用意していた。

臨時収入でもあったのだろうかと里奈は首を傾げながら冗談めかす。

「大丈夫。お寿司は別腹だから。じゃ、台所借りるよー」

イカの身の部分は刺身にした。ゲソは唐揚げにして、ワタ――つまり内臓はすり潰して味噌と酒を加え、ディップにして食べるように添える。

マトウ鯛は砂糖と醤油に生姜を入れた煮汁で甘辛く煮付けた。

「蔵本の食への執念はマジですごいわ」

里奈が手際よく作った料理を大皿に盛り付け、居間のちゃぶ台に並べると、春樹が目を瞠る。

「あのさぁ。『料理上手』とか『いい奥さんになれる』とか普通に褒められないものかね」

「いや。料理してる時の蔵本を見てると、そういうほのぼのとした感想じゃなくて、何か凄まじいものを感じる。食い意地の権化が庖丁握ってるみたいな」

「殴るよ？　この権化の庖丁で」

　こうやって何カ月会わなくても、一瞬で大学時代に戻って好き放題に言い合えるような関係が里奈には嬉しい。

　最後に寿司桶を抱えて居間に入ると、庄助はシラスウナギの話をしていた。

　体は半透明で体長は五～六センチ、その名のとおりシラスやイカナゴのように小さく細長い。

「シラスウナギ、この辺りでも獲れたんですか？」

　冷酒のグラスを口に運びかけた春樹が、急にその話に食いついた。

「わしが見たんは四十年以上前の話や。最近この辺で獲れたゆう話はトンと聞かんなあ」

「今でもシラスウナギが獲れる所ってあるんですか？　南紀で」

「うーん。五年ぐらい前かいのぅ、紀ノ川の下流で一キロぐらい獲れたていう話を漁協で聞いたんが最後やなあ。最近は白いダイヤモンドてゆうんやろ？　そん時はまだ、一キロで百万やったらしいわ」

　百万？　と、里奈は素っ頓狂な声を上げてしまった。

「わしらが子供ん頃は、遡上の季節になると、どこの川でも石をどかすとシラスウナギがおって、よう獲って遊んどったもんや」

「へえ。じゃあ、ウナギもいっぱいいたの？」

大好物のウナギの話に、今度は里奈が食いつく。

「おった、おった。昔、この辺の川の岸壁は石を組んで作られとって、その石垣の全部の隙間からウナギが顔を出しとったもんや。せやけど、この辺りにはもう子供もシラスウナギも皆無や」

自分のグラスに酒を注ぎ足しながら庄助はしみじみうなずく。

「けど、ウチのスーパーに国産ウナギが並ばない日はないよ?」

座布団の上に膝を折りながら里奈が口を挟む。

「そらそうや。国産のシラスウナギが減った分、今は海外から輸入して養殖してるんやろ?」

輸入したシラスウナギを日本国内で成魚にまで育てれば、国産の養殖ウナギとして販売できる。里奈はうなずいた。たしかに以前、芝浦からそう教えられたことがある。

だが、春樹は何かを言いかけて口ごもるように黙った。

「どうかした?」

その様子を不思議に思って尋ねたが、春樹は「いや、何でもない。んじゃ、いただきます」と手を合わせた。

ヴィアンモールでの撮影といい、ウナギのことになると挙動不審になる。里奈は訝りながら春樹を見る。

日本酒と海の幸をたらふく堪能したふたりは、夜風に当たろうと外へ出た。

庄助の自宅前の道は対向車が何とかすれ違えるぐらいの幅だ。その道を横切った所に高さ一メートルほどの防波堤があり、湾内をぐるりと巡っている。この防波堤には一定間隔で扉があり、台風や高潮で海が荒れている時以外は開いていた。

古びた外灯が、電柱に設置された海抜ゼロメートルという標識を照らしている。目の前は海。高い建物などどこにもない。こんな老人ばかりの漁村に大きな津波でもきたら、どうやって避難するのだろう。

里奈は暗然と背後から迫る急峻な山を見上げる。

防波堤の向こうへ足を踏み入れると、セメントを張った二メートルあるかないかの幅の岸壁があり、漁船の船着き場になっている。潮の高さ次第では岸壁から、ちょうど船に飛び乗れるぐらいの高さだ。

里奈は春樹と一緒に岸壁を歩きながら、

「夏休みに来た時、漁師さんがここで網を広げて繕ったりしてたな」

と懐かしく話す。

街の灯りが乏しい漁村で見える星の数は都会とは比べ物にならない。

「あ。人工衛星だ！」

里奈が指さす夜空の一角に、春樹も目を凝らす。

「え？　どれが？」

「ほら。ゆっくり右に移動してるアレ。アレは星でもUFOでもなくて人工衛星なんだって」

「へえ。たしかに。星はあんな風に動かないよな」

感心したように呟く春樹の胸の辺りで、機械的な音が響いた。

「ちょっとごめん」

ポロシャツの胸ポケットからスマホを取り出した春樹が、里奈に断って防波堤の向こうの道路に出て行く。

新しい恋人でもできたかな。春樹が卒業間際に別れた彼女の愛くるしい笑顔を思い出しながら、里奈はしゃがんで海中を覗き込む。

岸壁に張り付くように群生している水中の藻が波に揺られる。その合間に見え隠れする、小さな甲殻類。熱帯魚の水槽に入っているような足の細い綺麗なエビだ。エビの目玉は街灯を反射するので、すぐに見つけることができる。

「悪い悪い。会社からだった」

「こんな時間に？　ブラックだね」

「そんなもんだよ、出版社は」

軽く笑っているが、その表情に複雑な感情が混じっているのが見てとれた。優越感と緊張、そしてほんの少しの憂鬱。クラス代表としてリレーに出る時のような顔だと思った。何の連絡だったのか聞くのがちょっと癪だと思わせるような。

「これ、見たことある?」

電話の内容を聞かないまま里奈は立ち上がり、小型の漁船を係留している太い綱を引っ張った。すると波打った海の表面が幻想的に青白く光り輝く。海水を滴らせる綱も、そこから落ちていく飛沫も、青い蛍光塗料のように光っている。

「うわっ! 夜光虫か! 初めて見た! めちゃくちゃ綺麗じゃん」

無邪気に声を上げて驚く春樹に、里奈も単純に溜飲を下げる。

海面を覗き込んでいる春樹に、里奈は「夜光虫も赤潮と同じ、プランクトンの一種だけどね」と忌々しげに吐き捨てる。

「私が生まれる前の話だけど、この辺りで赤潮が大量発生して、養殖業とか漁業を辞めた漁師がたくさんいるんだって。町全体が大打撃を受けた、っておじいちゃんが言ってた。それ聞いてから、あんまり好きじゃなくなっちゃった、夜光虫」

春樹は、そっか、と小さい声で言ったきり黙って水面を見ている。

内海の穏やかな夜の波が、たぷん、たぷん、と船腹を打つ音だけが聞こえていた。

十

一九九〇年六月/東京
俺は党内でも発言力のある大物衆議院議員の娘を娶るという喜びを噛みしめ、目の前で鷹揚な笑みを浮かべている男、片瀬昭三との出会いを思い出していた。

あの偶然の出会いがなければ、俺が今ここにいることはなかっただろう。

そう、あの時……。


就職の機を逸した俺は、割のいいアルバイトを探していた。

ちょうど同じ下宿の友人が就職したところで、彼のアルバイト先だった銀座のクラブのボーイに空きが出た。時給がよく、昼間は国家試験の勉強に打ち込める。

軽い繋ぎのつもりで仕事を引き継いだ。

正直、最初は水商売を見下していた。

が、すぐに侮れない世界だと思い知った。

その店は会員制の高級クラブで、訪れる客は大企業の役員や開業医、大きな弁護士事務所のトップ、羽振りのいい個人事業主や先祖代々からの地主、省庁の幹部、と世間で一目置かれる人間たちばかりだったのだ。

大半の人間は、情報交換やビジネスのための社交場としても利用していることがわかった。

アルバイトを始めて半年ほどが過ぎた頃、そのクラブで俺は片瀬昭三に出会った。

いや、出会ったという表現は正確ではない。片瀬が奥のソファでふんぞり返っているのを見かけた。

頭の禿げ上がった恰幅のいい男が両腕にホステスを抱いている様は、俺に怪僧道鏡を連想させた。

その片瀬の周囲にはスーツ姿の末成《うらな》りのような男たちが傅《かしず》いていた。男たちはホステスが世話を焼く隙がないほど、甲斐甲斐しく片瀬の水割りを作り、煙草に火を点け、機嫌を取っている。

不思議に思って見ていると、藤色の和服を上品に着こなしたママが、

「あれは衆議院議員の片瀬昭三先生よ。私の目に狂いがなければ、もうすぐ大臣になる人」

と教えてくれた。

やがて片瀬を囲んでいたグループが帰り支度を始め、レジの前でスーツの男のひとりが名刺を出した。

「請求書の宛先はこちらで。差出人はなしで送ってください」

名刺で自分の身分を証明する。

一団が「先生。もう一軒行きましょう」「すぐ近くにいい店があるんですよ」と言いながら狭いエレベーターに乗り込むのを見送ってから、俺は名刺をまじまじと見た。

紙は厚くて上質だが、何の装飾もない名刺には『環境庁』の文字が印刷されている。しかも、それなりの職位だ。

――役人でも、大臣候補の代議士にはあんなに平身低頭するものなのか……。それとも、あの片瀬という男には環境庁に影響を及ぼすような力があるのだろうか。

何にせよ、片瀬という男は只者ではない。

受け取った名刺を見つめ、茫然としている俺の内心を見透かすように、ママが笑った。

「そういえば、西岡君。就職先、探してるんだっけ？　片瀬先生に頼んであげよっか？」

「え？　本当ですか？」

「その代わり、お願いがあるんだけど」

その上目遣いを見て、ちょっと憂鬱な気分になった。

多分、またホステスの誰かが給料では払えないほどの借金を背負ったのだろう、と直感したからだ。その理由は大抵、客がツケを残して飛んだことによるものだ。その客についていたホステスが肩代わりしても払えない額だった場合、店への返済が終わるまで風俗へ行って稼ぐのが習いだった。「風呂に沈める」という物騒な業界用語もある。この店に限ったことじゃない、とバーテンは軽く笑っていた。

店とホステスの間に禍根を残さないよう、婉曲に借金の穴埋めを強要するのは、本来この古株のバーテンの仕事だった。

一度だけバーテンがいない時にこの厄介な仕事をママに頼まれ、首尾よく事を運んでからは、ママは俺に一万円札を数枚握らせてこの交渉をやらせるようになった。

多分、俺が日雇いで、話がこじれた時に切り捨てやすいからだろう。

だが、俺が彼女たちに店がツケを回収できずに困っていることを告げると、皆、涙を見せることも反論することもなく黙って店を去って行った。

ホステスたちが覚悟を決めて働いていることを、俺はその店で知った。

――今の俺はあのホステスたちよりも遥かに中途半端な人間だ。


翌日、俺は肚を括り、ママから教えられた住所を頼りに片瀬の事務所に向かった。

といっても、就職の口添えを頼みに行くつもりは毛頭なかった。片瀬昭三の事務所で雇ってもらえないか直談判するためだ。

片瀬が環境庁の役人を顎で使っている様子を目の当たりにした俺は、その一瞬で政治というものに心を奪われた。

だからといって、すぐに立候補できるだけの地盤も金も看板もない。まずは片瀬の下で働きながら、政治のことをイチから勉強しようと計算したのだ。

「ここか……」

横浜駅から歩いて十分ほどの場所に、片瀬の事務所を見つけた。

一番の収穫は片瀬が政策秘書を探しているという話だ。その当時はまだ国会法が改正されておらず、政策秘書の地位や資格は曖昧だった。つまり俺にも応募資格があるということだ。

だが、いきなり応募することはせず、まずは店のママや女の子たちを捕まえては衆議院議員片瀬昭三という人物のことを聞きまくった。

彼女たちの情報によると、片瀬は地価高騰の波に乗り、親が残した借家やマンション経営で財を成した元実業家。年齢は六十歳。

不動産業を営んでいただけあって調整能力が高く、根回しがうまい。

次も現与党が政権を握れば片瀬は入閣を果たすのではないか、という噂だ。

それからの一週間、昼間は図書館に通い、片瀬に関する新聞記事を探して読み漁った。雑誌に掲載されていた地元企業のトップとの対談も隅々まで読み込んだ。

片瀬の考え方をみっちり頭に叩き込んでから、履歴書を携えて再び片瀬の事務所を訪れた。

そして、自分がいかに片瀬の政治信念に感銘を受けているかを語った。不思議なもので、色々な資料で繰り返し片瀬の考え方を学ぶうち、本気でこの男がすごい政治家に思えてきていた。

「君は政策秘書の仕事をナメてるのかね?」

ところが、片瀬は応接室のソファで俺の履歴書を眺めながら開口一番、厳しい口調でそう言った。

「い、いえ。そんなつもりは……」

いきなりの叱責に面食らった。

「私の政治信念に共感したと言うのは勝手だが、政治家の秘書をやった経験もなければ、大学での専攻も政治学じゃない」

片瀬の言うとおりだった。自分の能力をもってすれば、どんな仕事でも働きながら覚えることができると高をくくっていたのだ。

「すみません……」

「謝ることはない。向こう見ずは若者の特権だ」

「はあ……」

その時の片瀬の口調には抑揚がなく、怒っているのか許しているのか、どんな意図で言っているのか全くわからなかった。

その後、ずいぶん長い時間をかけて、俺の履歴書を読み終えた片瀬が提案した。

「西岡君。君、大学院へ行って、政治政策の勉強をしたらどうだ？」

不採用であることを確信し、意気消沈した。

「大学院ですか？」

そんな金も時間もない、とは言えず、即答を避けておうむ返しに聞き返す。

「君は実に優秀そうだ」

「え？」

優秀だと褒められることには慣れている。が、片瀬の言葉には含みがあるような気がして、喜ぶどころか冷や汗が出てきた。

「君とは十日ほど前に銀座のクラブで会ったばかりだ。しばらくあの店には行ってなかったからね。見慣れない顔がいるなと思ってママに聞いたら、新しいボーイだと教えてくれた。私のことは知らなかったようだが、本当にいい子だから就職のことで相談に行ったらよろしく、と連絡をもらったよ」

つまり、十日前まで片瀬の「か」の字も知らなかったボーイが、付け焼き刃の知識だけを頭に叩き込んで「政策秘書にしてくれ」と頼みに来たことを見抜かれていたのだ。

背中にかいた冷や汗が凍り付くような気分だった。

しかし、数秒後、片瀬は鷹揚に微笑んだ。

「君は十日足らずで私の政治信念を理解し、自分の言葉で余すところなく語った。それを優秀だと言っているんだ」

図書館でのインプットを見られていたような気がして、何も言葉を返せなかった。

「いいんだよ、それで。私の信念に傾倒してくれたということが真実なら」

「それは事実です」

即座にそう返すと、片瀬はにんまりと笑った。

「どうせなら日本一の政策秘書になりなさい。もちろん、学費は私が出す。先行投資だ。大学院に通いながら、まずはここの雑用を覚えるといい。給料も別に出す」

その言葉に目が潤むほど感動した。父親でもない人物がここまで自分を評価し、日本一になれと言ってくれている。

そして片瀬はその場でクラブに電話をかけ、

「ママ？　片瀬です。今回はいい人材を紹介してくれてありがとう」

と言ったのだった。


こうして俺は片瀬事務所の一員となり、無我夢中で働きながら政治の勉強をした。

政策秘書の仕事は多岐にわたる。

国会での質問や法案を立案するという本来の仕事以外にも、片瀬の代わりに勉強会に出席して報告書を書いたり、支援団体からの陳情を聞いたりもする。

自分が考えた法案や、国会での片瀬の質問が評価されると鼻が高かった。

「今日の質問はよかったぞ」

「最高の答弁だった。あの小生意気な野党の女党首がぐうの音も出なかった」

頭を悩ませた分だけ、片瀬は言葉にして褒めてくれた。

やりがいがあり、待遇も悪くはない。何よりも片瀬にはカリスマ性があった。

このままこの男の右腕として尽くすのも悪くないとさえ思った。

時として、同郷である沢木の暗躍に刺激され、忸怩たる思いに駆られることはあったが、所詮、俺とは生きるフィールドの違う男だと割り切っていた。

そんな俺の人生に強い光が差したのだ。

片瀬由布子との婚約。

由布子は清潔感と知性に溢れた美人だ。だが、俺のタイプではない。俺は昔から肉感的な、そして少し無防備なぐらいの女が好きだった。

それもあって、当初は由布子が自分との交際を了承してくれたことよりも、片瀬に娘の結婚相手として見初められたことが俺を有頂天にした。

党内でも急激に存在感を増してきている片瀬だが、身内に政治家を志しているような者はいない。

そして、四十で授かったひとり娘である由布子を溺愛している。その夫となる男に政治への関心があれば票田を譲るのは目に見えていた。

つまり由布子との縁談は取りも直さず、片瀬が俺を後継者として認めているということだ。

――将来、俺は政治家になるのだ。そのためのレールが目の前に敷かれようとしている。

政治家なら田舎の父も文句はあるまい。

ようやく故郷の漁港を見下ろす高台に、自分の銅像を建てる道筋が見えた気がした。

十一

二〇二〇年六月／南紀

翌朝、庄助から土産の干物をもらい、里奈と春樹は帰路に就いた。

「またふたりで遊びに来やんしよ」

「うん！　また来るから！　おじいちゃんも体に気を付けてね！　元気でね！」

助手席の窓を下ろした里奈は身を乗り出すようにして手を振った。ステテコ姿で道路に立っている庄助の姿が見えなくなるまで。

「蔵本、弟がいるんだって？」

白浜に向かって湾岸線を走っている途中、春樹がハンドルを握り、しっかりと前を向いたまま言った。

「え？　あ、うん……」

隠していたわけではなかった。が、あまり他人に弟のことを話したことがなかった。

「おじいちゃんから聞いたの？」

昨夜、里奈が別室で寝た後もふたりが飲んでいたことは知っていた。

が、家族の間でもこれまで弟の話題を避けていたように見える祖父が、まだ二回しか会っていない春樹に弟の話をするとは思ってもみなかった。

「俺に似てるって。蔵本の弟」

それは里奈が春樹を見た時の第一印象そのものだった。

里奈は語尾が暗くならないよう、努めて軽く説明した。

「うん。正登っていうの。自閉症だったんだ。勝手に出歩いて帰り道がわからなくなるようなこともあった。だんだん自宅で面倒みるのが難しくなって……。施設に入ってたんだけど、職員さんが目を離した隙に外へ出て、前の日の豪雨で増水した水路にはまって死んじゃったの」

正登は子供の頃から爬虫類や両生類に興味を持っていた。雨が降った後だったので、蛙の声にでもつられて外へ出てしまったのかも知れない。

実際、水路から引き揚げられた弟の手の中には小さなアマガエルが握られていて、ぴょん、と指の隙間から飛び出して草むらに逃げて行ったという。

警察から帰って来た弟の遺体は、とても死んでいるとは思えないほど美しい顔をしていた。

水底で発見されたにもかかわらず、見つけた職員が眠っていると思った、という話も納得できた。

「そっか……。ごめん。亡くなったことは……聞いてなかった」

祖父の配慮は当然といえば当然だ。

が、里奈は親しい同級生にもずっと言えないでいた弟の存在を打ち明ける機会を得て、わけもなく心が軽くなった。

「ううん。私が最初、春樹に親しみを感じたのも、間違いなく弟の面影があるせいなんだ。けど、何となく言いだすきっかけもなくて……。おじいちゃん、成長した正登が帰って来たような気がして嬉しかったんじゃないかな」

そんな里奈のフォローにも、春樹は何と答えていいかわからない様子で黙り込んでいた。

お互い、何を言っても空回りしそうな静かな車内で、里奈は弟を失った後の家庭を回想した。

正登を自宅で見ていれば……。

もし、マアちゃんが生きていれば……。

両親は何年も何年も弟の死を嘆き悲しんだ。

里奈の父親が息子のことを笑って懐かしむことができるようになったのは、つい最近のことだ。

が、母親はまだ息子のことを話す時、涙ぐむ。それもあって祖父母は弟のことについては全く触れなくなった。

そんな祖父は昨夜、今は亡きもうひとりの孫と久しぶりに対面し、酒を酌み交わすという錯覚を静かに楽しんだのだろう。

「もう八年も前のことだし」

笑ってさらりと口にしながらも、里奈の胸は鈍く疼いた。

通夜の時、一瞬、これで両親の愛情は自分ひとりに向けられる、という期待のようなものが胸をよぎったのを思い出すからだ。

しかしその後、里奈の母親は過去の記憶と懺悔に囚われ、無気力になった。

父親は塞ぎ込む妻のケアに心を砕き、里奈はそれまで以上に強さと自立心を求められることになった。料理が得意になったのも、臥せりがちの母親に代わって家事をこなすようになったからだ。

結局、ふたりは黙ったまま白浜駅でレンタカーを返して電車に乗った。

今度は窓際を譲られた里奈だったが、乗車した数分後には眠っていた。

和歌山市駅を過ぎた頃、ようやく目覚めた里奈がスマホでネットニュースをチェックしていた時、「あのさ……」と春樹が重い口を開いた。

「ヴィアン・リテーリングが、過去に食品偽装事件を起こした話、してたよな？」

次に春樹の口から出るのは弟への悔やみの言葉だと予想していた里奈は、変化球を食らったような気分になった。まだ覚醒しきっていない頭を軽く振り、記者からの取材を受けるモードに切り替える。

「ああ。うん、バブルの頃の話ね」

口調が刺々しくなる。里奈にとって、自分の会社と総会屋が癒着していた頃の話を蒸し返されるのは不愉快なことだった。

「実はヴィアンモールで売られてる食品にはいまだに黒い噂があるんだ」

「黒い噂？」

里奈は聞き返す自分の顔が険しくなるのを感じた。

「今も、ヴィアンモールの高級海産物の入荷ルートに不透明な部分があるんだよ」

「じゃあ、あんた、やっぱりスクープのためにヴィアンモールのウナギ売り場の写真を撮ってたのね？」

春樹に身を寄せるようにして詰め寄る。

「いや、あの時はほんとにグルメ取材というか、美味いものがどこから運ばれて来るのかを調べるように言われてただけで……。正直言うと、若干の違和感は覚えてたけど……」

春樹は焦ったように弁解した。

「実は昨日、本当のミッションを教えられたんだ」

その時の春樹は夕べと同じ、リレーのクラス代表に選ばれた小学生のような表情をしていた。きっとふたりで人工衛星を見ていた時の着信だ、と里奈は気付いた。

「ヴィアン・リテーリングが今度は産地偽装やってないか調査しろって」

それを聞いた瞬間、里奈は自分の頭の中がカッと沸騰するのを感じた。

「はあ？　やるわけないじゃん、産地偽装なんて！　過去に食品偽装で痛い目に遭った会社が同じ過ちを犯すと思う？」

　今は食の安全を追求している優良企業だからこそ、就職を決めたのだ。

「けど、それなりの根拠や確証があっての特命だと思う。『チェイサー』のキャップの南田《みなみだ》さんからの指示だから」

「南田？　誰よ、それ？」

　何を聞いても、里奈はもう喧嘩腰にしか返せなかった。

「南田清志《きよし》って言って、昔は大きな新聞社で政治部の記者をやってたらしいんだけど、とにかくすごい嗅覚を持ってるんだ。去年、引き抜きで中途入社したばっかなのに、半年で実績が認められてキャップになったんだよ。俺、南田さんが撮った写真見ると鳥肌が立つ」

　どうやら春樹はその上司に心酔しているらしいと里奈は悟った。聞いてもいないのに頰を紅潮させて南田という男の凄さを説明し続ける。

「わかった、わかった。その人が凄いっていうのはわかったわよ。で？　ウチの会社を疑う『それなりの根拠』って何よ。しかも、もしかしてウナギを疑ってるの？」

「ああ。これはヴィアン・リテーリングに限った話じゃない。シラスウナギの漁獲量は世界中で年々減少してるのに、どんなにシラスウナギの漁獲量が少ない年でも、日本中どこのスーパーでも国産ウナギが売られてる。それ自体がおかしいんだよ」

　里奈の怒りを少しでも鎮めようとするかのように、春樹がスーパー全体の問題に話を転じた。

「ウナギはまだ、卵から成魚にまで育て上げる完全養殖の技術がビジネスとして成立するレベルには至ってない。更に、絶滅危惧種だから幼魚の輸入や漁獲量は厳しく制限されてる。本来なら、売価はもっと高騰して一般家庭の食卓には上らないはずなんだ」

つまり、規制の網をくぐり抜け、どこかから不正にウナギの成魚を獲ってくるか、不正に入手したシラスウナギを国内の養鰻場で育てるかしなければ、国産ウナギを一尾三千円前後で販売することは不可能なのだと春樹は力説する。

「実際、毎年、日本国内で数十トンものシラスウナギが、産地不明のまま養殖されて売られてるんだ」

「は？　ウチの会社を他のスーパーと一緒くたに語らないでくれる？　言っとくけど、ウチに入ってくるウナギは全部、小木曽漁協のロゴが入ったコンテナで入荷するんだよ？」

「逆にそこもおかしいんだよ。普通は『南九州産』とか『愛知産』とか『静岡産』とか、産地はざっくりとしか語られない。それは業界の暗黙の了解なんだよ。それをヴィアン・リテーリングだけは堂々と小木曽産しか扱わない、って公言してる。いくら小木曽で養鰻が盛んだからって、地方の小さな漁協が日本中にあるヴィアンモール全店に卸してるなんて……。そこには違和感しかないんだよ」

「けど……」

そこまで断言されると、ヴィアン・リテーリングの健全性を信じている里奈の気持ちも微かに揺らぐ。

「けど……、私、チーフに小木曽町の汽水域には今でもたくさんのシラスウナギが戻って来るって聞いたわ。だから専売契約をしたヴィアン・リテーリングは先見の明があったって……」

里奈は芝浦の言葉を疑う気になれない。

ただ……。汽水域を遡上するシラスウナギの大群を自分の目で見たわけではない。

本社の上層部から発信される情報が伝言ゲームのように売り場まで下りてきて、事実としてスタッフに浸透しているだけという可能性もゼロではない。

そうやってヴィアン・リテーリングの健全性に疑念を抱き始めている自分に気付き、里奈の気持ちは沈む。

それでも春樹は容赦なく疑惑を突きつける。

「ニホンウナギの稚魚の国内漁獲量は年度による変動があるから、足りないものを輸入で補う。あくまでも水産庁の発表だけど、去年のシラスウナギの漁獲量は、国内の漁で獲れたものと輸入されたものを合わせて日本全国で三・六トン。過去最低だ。百歩譲って、その半分の量のシラスウナギが小木曽に大挙して遡上してきていたのだとしても、ヴィアンモール全店の年間販売数には遠く及ばない」

既に春樹はウナギについて相当な知識を得ているようで、冷静にデータを出して説明した。

それでもまだ里奈は、ヴィアン・リテーリングが不正なルートでウナギを仕入れ、それに国産のシールを貼って売っているとは思えない。

ただ、今は春樹に反論できるだけの証拠も根拠もない。

——私は自分の売っている商品が水揚げされる場面さえ見たことがない……。

店舗で現場スタッフが食品の衛生管理に努め、お客様に対して真摯に向き合っているという空気だけは肌で感じている。

が、それだけでは会社が不正をしていないという証拠にはならない。

「春樹……。本気で探るつもりなの？　自分の故郷なんでしょ？」

里奈は知らず知らず春樹を睨んでいた。

「俺……。『チェイサー』の編集部に異動になったんだ。南田さんから電話もらった。まだ、辞令は出てないけど」

夕べ春樹が見せた表情は、スクープが撮れるような事案を任されたことに対するものではなく、社内でも一目置かれる花形部署への抜擢を知らされた時のそれだったのだ。自分の故郷を疑い、スクープすることと引き換えに。

「最低ね、あんたの会社」

三井出版という会社はこうして不慣れな新人記者に少しずつ情報と餌を与えてコ

ントロールし、最終的にはスクープを狙うような取材をさせるのだろうか。

いや、『チェイサー』という部署が特殊なのかも知れないが……。

里奈の中に三井出版に対する不信感が募った。

ただ、ヴィアン・リテーリングの社員である自分に、こうして何もかも打ち明けるのは春樹の良心だということもわかっている。

里奈の気持ちは列車が新大阪駅に到着してもまだ苦しく揺れ動いていた。

「じゃ」

せめてもの礼儀として、里奈はそれだけ言って電車を降りた。

「え？　あ、うん……」

後を追うように降りた春樹をホームに残したまま、里奈は改札への階段を駆け上がった。

十二

一九九〇年六月／東京
それからの数日間は夢の中にいるようだった。
議員会館内にある事務所への階段を上りながら、ゆくゆくは俺も議員バッジを着けてここを歩くことになるのだ、という未来の優越感に浸る。

ますます仕事に熱が入り始めたその日、第一秘書の富永が分厚いファイルを抱えて来て俺のデスクに置いた。

富永は俺より五つ年上の三十二歳だったが、勤務歴はずいぶん長いようだ。事情があって高校を中退したとかで、片瀬の計らいで事務所の仕事をしながら夜学に通い、高卒の学歴を手に入れたという。

富永は控え目で存在感が薄い。そして、自分のことはあまり語らない私生活の見えない男だ。

「片瀬先生がそろそろお前にも後援会のことや献金について教えろっておっしゃるんでな」

「え？　いいんですか？」

聞き返すと、富永は片方の唇の端を持ち上げるようにして微かに笑った。

俺にはこんな顔しか見せないが、支持者の前に出ると満面の笑みを作る。そんな富永は俺の目に完璧な政治家秘書に映った。

彼の主な仕事は片瀬のスケジュール管理と経費の出納、後援会の世話だ。些細なミスや片瀬の機嫌で叱責されることもあるが、たとえそれが片瀬の勘違いであっても、富永はけっして言い返さない。

俺のような野心や下心を持っている様子はなく、それでも寝食を惜しんで片瀬に滅私奉公する姿は痛々しいほどだった。

――だが、片瀬の眼鏡に適ったのはこの男ではなく、俺だった。

富永に対する優越感が自尊心を擽る。

カリスマ性の塊のような片瀬への尊敬は、近い将来、義父になるという親近感も手伝って強まる一方だった。

「ただし、極秘資料だからな。取り扱いには気を付けてくれ」

「はい！」

ついに俺は片瀬の金に関わる機密まで覗けることになった。

由布子との縁談がいよいよ本決まりになったのだと確信する。

片瀬の引退後は俺が神奈川二十区の票田を引き継ぐのだ。襟に議員バッジを輝かせる自分を想像し、浮足立ちそうになる気持ちを何とか抑えつける。

そうやって事務所の帳簿や貸借対照表を閲覧するようになった俺は、片瀬昭三が同級生である港北リアルエステートの山田社長から想像していた以上の政治献金を受け取っていることも知った。

寄付の大半はパーティー券の一括購入という形で行われている。そして、それだけでなく、港北リアルエステートの未公開株まで引き受けていることを知った。

だが、政治家が特定の相手からどんなに多額の寄付を受け取っていたとしても、そこに利害関係さえなければ不正とは認定されない。

ただ、いつまで経っても、港北リアルエステートから自分宛てに借用書が届いた五千万円の貸付金が帳簿上の数字として上がってこないのが気になる。

富永にも尋ねてみたが、自分はそんな話は聞いていない、の一点張りだった。とはいえ、片瀬自身に借用書を渡したのだから問題はないだろう、とその時の俺は軽く考えていた。

ほどなく港北リアルエステートは上場し、時期を同じくして衆議院が解散、選挙が告示された。

俺は本来の政策秘書の仕事である政策立案や立法活動を行いながら、片瀬の地元である神奈川での選挙活動を手伝うために、東京と横浜を行ったり来たりすることになった。

仕事と選挙の雑用に忙殺されているうちに、借用書の件は頭の隅に追いやられていた。

十三

二〇二〇年六月／大阪
香川春樹が残して行った疑惑のせいで、里奈は悶々とした日々を過ごしていた。
——私の職場で扱っている食品に不正があるかも知れない。
現在のヴィアン・リテーリングを倫理的にも最高の企業だと信じていた里奈の気

持ちは塞いだ。

　和歌山から戻って気が重い二週間が過ぎた。

「あ。蔵もっちゃん。夏休み、いつ取りたい?」

　あれからぼやっと考えていることが増えた里奈に、芝浦が夏季休暇の相談をしてくる。

　ヴィアンモールにとって盆と年末年始は書き入れ時だ。世間が休暇を楽しんでいる間は通常のシフト出勤だが、夏季には繁忙期を除外し、六月の下旬から九月初旬の期間に四日間の連続休暇がもらえる。

　チーフは部門長として売り場スタッフの意見を尊重しつつ、全員の出勤日を調整しなければならない。その希望を聞いてくれているのだとわかってはいるが、今の里奈にとっては休みよりも会社への信頼が揺らいでいることの方が重大だ。

「チーフ。ウナギの稚魚って年々減少してるんですよね?」

「え?　ウナギ?」

　夏休みの話を振られた里奈が、深刻な声でウナギの話を始めたので、芝浦は驚いたように作業の手を止めた。

「ウナギの稚魚ってシラスウナギのことやろ?　そうやなあ。去年の漁獲量は輸入も含めて三・六トンやったかなあ。たしかに年々減ってるなあ」

　水産庁が発表した数字を思い出すように、彼は天井を見上げて答える。それは春樹が言っていた数字と同じだ。

「って、チーフ、呑気ですね。ヤバいじゃないですか。ヴィアンモールのウナギも」

里奈にはそれが、基幹店の水産部門を任されているチーフの発言にしては楽観的すぎるように聞こえた。

「そうは言うても、ウチには小木曽漁協がついてるからなあ」

「いくら小木曽にたくさんの養鰻池があったって、そこに投池するシラスウナギが不足したら、全国にあるヴィアンモールの売り場は支えられないんじゃないですか？」

真剣に訴える里奈に、指でさばいた豆イワシを流水で洗いながら芝浦が続ける。

「そうやねん。せやから、五年ほど前からかなあ。小木曽が抱えてる養鰻池に、漁獲量が制限されてる欧米のシラスウナギに加えて、ＡＳＥＡＮ産のシラスウナギも投池するようになってん」

「ＡＳＥＡＮ……ですか？」

初耳だと里奈は流し台に身を乗り出す。

「ＡＳＥＡＮ産のアンギラビカーラっちゅう種類のウナギは、絶滅危惧種に指定されてるニホンウナギやらヨーロッパウナギやとちごて、まだ準絶滅危惧種レベルなんや」

「つまり、まだ規制が緩いってことですか？」

「そうや。そこに目を付けたヴィアン・リテーリングは、現地の水産会社と専売契約を結んで、早うから稚魚の輸入ルートを確立しててん。いつも調理場に運ばれて来る黄色いコンテナがあるやろ？　あの中のウナギの二割ぐらいが、ＡＳＥＡＮ産のウナギの稚魚を輸入して小木曽で養殖したものやねん」

「あれが……。黄色のコンテナのウナギって大きさにバラつきがありますよね？」

里奈のリサーチによると、入荷時のコンテナの種類によってウナギの大きさや肉質、価格と値下げ率も違っていた。

コンテナは青、黄、赤と三種類あり、最高級品は青いコンテナに入っている。青いコンテナのウナギだけは頭とヒレが付いた状態で入荷される。体長もしっかりあって身が厚い。これは一本丸ごと備長炭で焼く。この蒲焼きの味は、「養殖ものだが、天然ものに勝るとも劣らない」という芝浦の受け売りを、里奈はそのまま客に伝えている。

実は青いコンテナのウナギは、彼女自身まだ口にしたことがない。

その蒲焼きは安い時で三千円。閉店前の値下げ率も「二十パーセント引き」までにしかならない。高くて手が届かない。

黄色と赤のコンテナに入っているものは頭とヒレが落とされ、胴体を開いた状態で入荷される。

同じ小木曽産の養殖ウナギであるが、黄色のコンテナに入っているものはサイズや肉厚がまちまちで、値段にもかなりのバラつきがある。これは環境の違ういくつかの養鰻場から青いコンテナの基準に満たないものを漁協が仕入れているのだろう、と里奈は予想していた。

——まさか品種の違うウナギも交ざっていたとは……。

黄色のコンテナのウナギは主に『小木曽のうな重』になる。定価は八百八十円。閉店前、三割引きになる。小さいものは巻き寿司など惣菜の一部に使われたりもする。

里奈が二日に一度のペースで買って帰るうな丼に使用されるウナギは、赤いコンテナで調理場に運び込まれる。黄色のコンテナのウナギ同様、既に頭とヒレが落とされ、開かれて串打ちされた状態になっている。

こちらはやや小ぶりだが、肉の厚さや体長が見事に揃っている。

濃厚なタレを付けて焼き上げられたこれを炊き立てのご飯の上に載せて『小木曽のうな丼』という名前で販売する。

定価は六百八十円。国産にしてはお値打ちの人気商品だが、これは閉店前に半額になる。

里奈の食費が許す範囲でこの二種類を食べ比べた結果『小木曽のうな重』と『小木曽のうな丼』の味には大差ないことがわかった。

あくまでも、里奈個人の味覚による見解ではあるが、二百円高いうな重の方は日によって、身の大きさだけでなく味にもバラつきがある。

それに比べてうな丼の方は味もボリュームも一定だ。どうして黄色のコンテナのウナギを使った商品の方が高いのか、いつも不思議に思っている。

しかも、閉店前には半額になるうな丼は、かなりコスパがいいように思えた。

「黄色のコンテナのウナギって、微妙ですよね……」

「アンギラビカーラ種っちゅうヤツはニホンウナギとかヨーロッパウナギに比べるとちょっと脂がしつこうて、皮が厚かったりするねん。せやけど、そこはホレ、下ごしらえと焼き入れの技でパリッとふっくら仕上げるねん」

味や食感は調理の腕でカバーや！　と芝浦は力こぶを作ってみせる。

「へええ。そうやって産地や種類の違うシラスウナギを育ててるから、小木曽はウナギが豊富なんですね」

「そういうこっちゃ。ヴィアン・リテーリングは企業としてしっかり将来を見据えてるねん。これまでずっと専売契約してきた漁協を守ることも必要やし、いい食品をより安く、安定して食卓に届けることも大切や」

そう熱く語った後、芝浦は満足そうに大きくうなずいた。

「でも、そういうのって、国と国の問題もあるんじゃないですか？　外国の人から見たら、日本人は自分のとこのニホンウナギを食い尽くして、今度はヨーロッパウナギを食い尽くして、次は『味は落ちるけど』って文句を言いながらＡＳＥＡＮ産のウナギって……あんまりいい気はしないですよね？　まあ、食いしん坊の私が言えることじゃないですけど」

「たしかになあ。それもあってやろうなあ、ＡＳＥＡＮ産のシラスウナギを日本に輸入する件では、小木曽出身の代議士も動いたらしいわ。現地の環境に配慮することとか、現地の人材を雇用することとか、国内の調整とか、その代議士が根回ししたって」

　さすがチーフ、相変わらず詳しい、と里奈は感嘆する。

「小木曽出身の政治家……」

　そんな人、いたっけ？　と里奈は首を傾げる。

「そっちは名前忘れたけど……」

　会社や魚介類のこと以外には興味が薄いところも、相変わらずだ。

「それにな、それだけとちゃうねん」

　小木曽にはまだ何か、シラスウナギの漁獲量激減に対抗する秘策があるのかと、里奈は身を乗り出す。

「小木曽には国立のすごい研究所があるねん」

　芝浦が急に声を潜めた。

「国の研究所……ですか？」

　里奈も無意識のうちに小声になりながら聞き返す。

「その研究所では、これまで絶対に不可能やて言われてきたウナギの完全養殖が、実はもう成功してるらしいで」

完全養殖……。それが本当だとしたら夢のような話だ。

一匹のウナギの腹から、何百あるのかは知らないが、とにかく大量の卵を取る。

その卵が全て孵ったとしたら……。

成長したウナギからまた卵を取ることができたら……。

もし、それが幻のウナギと言われている藍ウナギの卵で成功したら……。

想像するだけで胸が躍る。

「ウソ!」

歓喜と疑惑の混じった声を上げた後で、自分はどうしてそんな画期的な研究成果を今まで知らなかったのだろうか、と疑問に思った。

それが本当なら大ニュースになっていてもおかしくない。

「それって、クリーンなウナギを永久調達できる夢の技術じゃないですか! どうしてニュースにならないんですかッ? 完全養殖に成功したなんて話、聞いたことがないんですけど」

「それはまだ成功率が低いからとちゃうか?」

「二、三十パーセントとかですかね?」

「いや、数パーセントやと」

「は？」

「いやいや、ちょっと前まで卵から成魚になる確率は限りなく〇パーセントに近かってんから、すごいことやん」

「はぁ……まぁ、ゼロからの出発だとしたらそれはそうですけど……。まだまだ時間がかかりそうですね、その研究」

研究所の話は別にしても、ヴィアン・リテーリングは政治家まで動かして、これまでとは違う種類のＡＳＥＡＮ産シラスウナギの特別なルートを使った輸入に漕ぎ着けていたのだ。

――だから小木曽漁協は不正なしでも出荷量を確保できるんだ。

ようやく得心した里奈は、来月の「土用の丑の日」にどんなイベントを組もうかと、早くも胸を膨らませる。

夏の土用の丑の日に、ウナギの蒲焼きを食べて暑さに打ち勝つための精を付けるという習慣は、江戸時代に始まったと言われている。

今でもウナギの年間消費量の約三割が夏場に消費されているのだ。

水産部門での研修も残すところ半月。これで心置きなく残り試合に全力投球できるというものだ。

晴れやかな気分で売り場へ出ようとした里奈のポケットでスマホが震えた。

『来月、取材を兼ねて地元に帰ることになった』

ＬＩＮＥに春樹からの短いメッセージが入っていた。

――取材……。

ついに自分の故郷を内偵することになったのだろうか、と里奈は春樹が置かれている立ち場を想像して気が重くなる。

故郷を売ることで会社への忠誠を誓わせる、まるで踏み絵のようだ。

だが、小木曽には産地偽装を行う理由がないということが芝浦の話でわかった。漁協と契約している養鰻池にはＡＳＥＡＮ産のシラスウナギが豊富に輸入され、投池されているのだから。

そう自分自身に言い聞かせた。が、これまでいくつものスクープで日本中を騒がせてきた週刊誌『チェイサー』が何の確証もなく社員を現地へ送り込むとは思えない。ＡＳＥＡＮ産のウナギのことなど、とうに調査済みだろう。

――それでも取材するということは、やっぱりヴィアン・リテーリングに何か産地偽装を疑われるような理由があるのだろうか……。

考えても考えても、出てくるのは不明瞭な想像だけだった。

一度は読み流して閉じたＬＩＮＥアプリを再び開いた里奈は『いつ行くの？』とメッセージを返した。

すると、瞬時に既読になり『七月一日から三、四日』と短い返事がくる。

そのメッセージを確認した里奈は、すぐさまバックヤードに飛び込み、

「チーフ！　夏季休暇って来週の水曜日から四日間でもいいですかッ？」

と叫んでいた。

「え、ええけど……」

さっきは休みの話に興味を示さなかったのに、手のひらを返したように勢いよく日程を申し出る里奈に、芝浦は目をぱちぱちさせている。

「皆、どっちかいうたら八月に取りたがるから。ええで。来週取ってくれたら、むしろ助かるわ」

「ありがとうございます」

希望の日程で四日間の休みがもらえたというのに、里奈の気持ちは不穏にざわめくばかりだった。

『私も行くわ、小木曽』

休憩時間にＬＩＮＥでそう返すと、既読になってしばらくしてから、『おけ』という素っ気ない返事がきた。

その返信までの時間が、春樹の逡巡を表しているように思えた。

だが、わざわざ連絡してきたということは、こういう返事がくることも想定していたはずだ。

心細さがあるのかも知れない。

いざとなると、気が優しすぎて心が折れやすい春樹の性格を考えると、ひとりで行かせるのが心配だった。

と同時に、小木曽漁協が、いや、ヴィアン・リテーリングが扱うウナギが百パーセント正当なルートで仕入れたシラスウナギを育成したものである、という結論を見届けたい。

ヴィアン・リテーリングは三十年前の直営レストランの食品偽装で売上が半減し、そこから信頼を取り戻すのに五年以上を要した。

利益追求のために同じ轍を踏むとは考えられない。

——この目で小木曽を見て、自分の会社が潔白であることを確認したい。

第二章

一

二〇二〇年七月／南九州

七月一日、里奈と春樹のふたりは三泊四日の予定で南九州地方にある小木曽町に向かった。

里奈は伊丹空港から、春樹は羽田空港から到着時刻を合わせて飛び、宮崎空港で待ち合わせた。

夕べ里奈が調べた経路だと、ここから在来線に乗り換えて三時間以上揺られることになる。

春樹は空港のロビーで里奈の顔を見て「おう」と短く言ったきり、黙って在来線に乗り継ぐルートを示す矢印のとおりに歩いて行く。

その横顔には、里奈がこれまで見たことがないほどの緊張が漲っていた。

「並びの席が取れなくて」

そう言って渡された切符は窓際で、春樹のすぐ前の席だった。

たしかに車内は混んでいて、里奈の隣にもすぐにビジネスマンらしき中年男性が乗り込んで来てサンドイッチを頬張り始めた。スマホの時計を見ると十一時。遅い朝食なのか早めのランチなのか、微妙な時間帯だ。

ビジネスマンは食事が終わるとすぐに俯いて腕を組み、眠り始めた。

窓の外に視線を転じると、右手には山肌が迫り、左側は背の高い雑草に遮られて視界が開けず、退屈な景色が続く。

なんとなくスマホをいじったり、釣りの専門誌を眺めたりしていた。

そうやってどれぐらい時間が経ったのか、窓の外がパッと明るくなった。

――うわ。すごい。

隣で寝ているビジネスマンに配慮し、里奈は声を洩らさないようにしながら、額を窓に押し当てるようにして延々と続く海岸線を眺めた。

南紀でも、太平洋は彼女に多様な表情を見せてきた。低気圧のせいで荒々しく猛り狂う顔も、キラキラと日光を反射する穏やかで美しい顔も。だから太平洋の景色はおおよそ知っている気になっていた。

が、等間隔に並ぶ椰子の木の向こうに広がる南国情緒たっぷりの日向灘の海岸線は、あたかも海外のリゾート地のようだ。

古くは『日本書紀』、『古事記』に「ひむかの国」と記される神話と伝説の地は、里奈が想像していた以上に明るく、息を呑むほど青く美しい海に面していた。

宮崎空港駅を出てから一時間あまり。前の席に座っていた春樹が立ち上がり、荷物棚からキャリーケースを下ろした。

「次で降りるから」

「うん」

それっきり無言のまま降りた小さな駅。ひとつしかない改札の向こうで、ベージュのブルゾンを着て、顔をくしゃくしゃにした五十代半ばの男性が大きく手を振っていた。

「おーい！　春樹！　こっちだ、こっちだ」

「オヤジ……。タクシーで行くから迎えにこなくていい、って言っといたのに」

バツが悪そうに春樹が呟く。

「あれが春樹のお父さん？」

里奈がまじまじと眺めた春樹の父親の顔は、あまり息子とは似ていない。

長身で肩幅もあるが、胸板は薄く痩せぎすで、頬肉の削げ落ちた骨ばった輪郭に目ばかりがぎょろぎょろと大きい。どちらかといえば強面だが、こうして顔中に皺を作って笑うと子猿のようで愛嬌がある。

「いやいや。お前がおなごん子を連れて来るっちゅうかい」

改札を抜けてきた息子を父親が冷やかすようにつつく。

「だから、ただの同僚だって言っただろ」

それを聞いた里奈は春樹からの事前連絡で、「蔵本も三井出版の社員ってことになってるから」と言われたのを思い出す。

「そうは言うてん、ただの同僚だと言ったにもかかわらず、春樹の父親はいかつい顔に笑みを浮かべ、俺とお母さんだって職場結婚やったかいなあ。だいてえ、お前が小木曽におなごん子を連れて来るなんて初めてんことじゃねぇか」

改札の前で立ち尽くす里奈の方にちらちら視線を送ってくる。

「ていうか俺、ずっと帰省してなかったし」

だからそんなんじゃないんだって、と春樹が弁明しても聞いていない様子の春樹の父親に、里奈は小さく会釈をしてから簡単に自己紹介した。

「はじめまして。蔵本里奈です。ただの同僚です」

「あ、そうなんや。どうも。春樹ん父親で香川賢一《けんいち》いいます」

里奈の説明で、ようやくふたりが恋人関係にないと認識したらしい賢一は、今度はビジネスモードに切り替えたかのようにポケットから名刺入れを出した。

その紙片には「小木曽漁業協同組合　組合長」という肩書がしたためられている。ヴィアン・リテーリングの名刺を出すわけにいかない里奈は黙って受け取り、恭しく押しいただいてからポケットに入れた。

「じゃあ、とりあえず、里奈さんに泊まってもらう民宿まで案内するかい」

賢一が先に歩いて駅のロータリーに駐車しているセダンへと案内した。

「春樹のお父さん、小木曽漁協の組合長さんだったんだね……」

後部座席に並んで座った春樹に、里奈が小声で確認する。

「そうなんやわあ、あれよあれよちゅう間に、ねえ。これでも歴代最年少らしいんやわ」

耳ざとく里奈の声を拾った賢一が、まんざらでもない顔をしてげらげら笑うのがルームミラーに映る。

すると、春樹が声を潜めて里奈に言った。

「お調子者だから、いいように祭り上げられてるだけだって。組合長だからって特別に給料が高いわけでも偉いわけでも何でもない、小間使いみたいなもんだよ」

「聞こえちょるぞ、春樹」

息子に言い返す賢一を里奈はルームミラー越しに見た。ハンドルを握って前を向いたままニコニコ笑っている。その目尻にたくさん皺を溜めた笑顔に里奈は親しみを覚えた。

「里奈さん。せっかくやし、こん辺り、ぐるっと回らんね？」

「え？　いいんですか？」

「もちろんやわ」

都会から来た人間が見るような所はないだろ、と春樹が毒づいた。

お世辞にも賑わっているとは言えない駅前の商店街を離れると、里奈の祖父の住む南紀の漁村と同じく昭和初期にタイムスリップしたような寂れた景色が続く。

潮風の影響だろう、トタンは一様に錆びて木材は腐食し、よけいに古びて見える。

「こん辺りはねえ、沖を南から北に向かって黒潮が流れちょるんやわ」

賢一が総全長四百キロメートルに及ぶという日向灘の海流について、説明を始めた。

豊後《ぶんご》水道からは南向きの流れも入って来る。陸地からは大小の河川が栄養豊富な水を海へと注ぎ込む国内屈指の漁場なのだと。

この恩恵にあずかる漁港は沿岸にいくつもあり、北部では巻き網や小型マグロのはえ縄、中部では機船船曳き網や一本釣り、更に南部ではカツオの一本釣りや大型マグロのはえ縄など、多様なスタイルの漁業が盛んに行われている。

そんな威勢のいい説明とは裏腹に、里奈の目に映った湾岸線の景色は寒々しい。

道路脇では温暖な気候を連想させる広葉樹、観光客向けに植えたようなフェニックスや椰子の木が南国情緒を盛り上げてはいるが、沿道には住宅もまばらで賑わいはない。

里奈の率直な思いが伝わったのか、ルームミラーが賢一の憂鬱そうな顔を映した。

「ただ、漁師ちゅう仕事はキツいし命がけやかいね。それでも魚が獲れなけりゃ、船んローンやら燃料費やらが全部借金になって残る、博打みたいなところがあるんやわ」

漁業は割に合わないと言って敬遠する若者が増え、漁村の過疎化は進み、年々、廃れてきているのだと賢一は語尾を沈ませる。

道路脇に建てられた、可愛いウナギが吹き出しで「ようこそ、小木曽町へ」と言っているイラスト付きの看板を左折した瞬間、町の様相は一変した。

道の両側に植物園にある温室のような建物や黒い巨大なビニールハウスのようなものが、それぞれまとまって点在している。

「あれと、あれと。あと、あっちんも養鰻場や。皆、競うごついいウナギを養殖しようと試行錯誤しちょるもんで、それぞれ外観や設備が違うんや」

車内から見えるだけでも四つ、巨大な設備がある。

「ここじゃ小木曽川から取水して、専用ん水道で各養鰻場に供給しちょるんやわあ。その設備も水質も漁協がしっかり管理しちょるもんで、小木曽ん養鰻業者は全員、漁協ん組合員なんやわあ」

「へえ。至れり尽くせりなんですね。あ。何、あれ?」

小木曽湾の中ほどに都心の大病院かと見まがうような白亜の建物が立っている。

ただ、医療施設と違うのは、その白い巨塔に巨大なタンクが併設されていること。

そして、建物が鎮座する広大な敷地から白く長い触覚のような突堤が、真っ青な海に向かって延びていることだった。

「すごい……」

「ありゃ国立海洋研究センターやわ」

「あれが……国立海洋研究センター……」

突然目の前に現れた近代的な建築物に圧倒されながら、里奈は賢一の言葉をおうむ返しに呟いていた。

芝浦チーフがかつて誇らしげに語っていたその実物は里奈の想像を遥かに超える規模だった。

「小木曽町が土地を提供して、八年前からあそこでウナギん完全養殖を研究しちょるんやわ」

饒舌に語る賢一の言葉尻に重ねるように、春樹が言い放った。

「残念ながら、成魚までの生育率はわずか四パーセントだけどな」

里奈も芝浦から完全養殖の成功率が数パーセントであることは聞いていたが、これだけの施設を見せつけられると、その研究に将来性を感じずにはいられない。

「あんなすごい施設で研究してるんだ……」

「すごいやろう?」

自分の資産であるかのように自慢する賢一を、春樹はルームミラー越しに苦々しい顔で見ている。

だが、里奈にはヴィアン・リテーリングにウナギを卸している小木曽の発展ぶりが心強い。

そう遠くない将来、シラスウナギの生育率は飛躍的に上がるかも知れない。あれだけの施設で研究しているのだから。

「あのタンクは何ですか？」

「ああ、あれも目を引くやろ？　ウナギん養殖はどんげしてん水を汚すかいね。小木曽の養鰻池全てん汚水をこん研究センターに集めて浄化して、綺麗にしてから湾に放出しちょるんやわ」

海洋研究センターに併設する、浄化した水を貯めるための巨大なタンクは、町のシンボルになっているのだと賢一は誇らしげに語った。

「へええ。すごいですね！　官民一体となって地元産業を盛り上げてるんだ」

里奈の驚嘆を含んだ称賛にすっかり気をよくした様子の賢一は、車で湾内の道路を走りながら説明を続ける。

「天然の藍ウナギが激減してからは、小木曽も他ん漁港同様、若者が都会に流出して限界集落に近え状態だったんやわあ。小木曽が息を吹き返したきっかけは、それまでバラバラやった養鰻業者を、漁協が中心になってひとつに団結させたことやったんや。それで今や日本でもトップクラスの規模の出荷ができちょるんや」

小木曽が奇跡の復活を遂げた原因はふたつある。

国産養殖ウナギのブランド化に成功したことと、国立海洋研究センターを誘致できたことだ、と賢一が総括する。

「けど、こんな田舎に……あ、ごめんなさい。こんな東京から遠い場所に、よくこれだけの施設を誘致できましたね」

「あー、そりゃね。西岡先生んお陰やわあ」

西岡？　と里奈はおうむ返しに春樹の顔を見る。

「今の経産大臣だよ」

「ああ。西岡幸太郎《こうたろう》のことか。よく過激な発言する議員だよね？　パフォーマンスだか何だか知らないけど、しょっちゅう不用意なこと言ってる人。この前も基地と原発は日本にとって必要不可欠だ、どこかの県がその負担を引き受けなきゃならない、とか言っちゃってさ」

現与党の重鎮、経産省の大臣である西岡幸太郎は建設族にして原発推進派だ。

「そういえば西岡幸太郎って、秘書時代に贈収賄事件に絡んでたことなかったっけ？　もしかして、今でも原発マネーとかもらってるんじゃないの？　ねえ春樹、知らない？　三十年ぐらい前に港北リアルエステートから西岡幸太郎が着服したんじゃないかって噂のあった疑惑。あれって、どうなったんだっけ？」

里奈は以前読んだ記事の記憶を辿りながら春樹に畳みかけたが、どうしてもその事件の結末を思い出すことができなかった。

二

一九九〇年七月／東京

「片瀬さん、当選、ばんざーい！　ばんざーい！」

片瀬昭三が太い筆でダルマに右目を入れ、樽酒で祝杯を挙げた。

その翌日、地味なスーツを着た男が四人、選挙事務所に入って来た。

それは俺がひとりで事務所の片付けをしている時だった。

後援会の人間が入って来たのだと思い込み、挨拶をするため立ち上がった俺に、四人の中のひとりが、

「東京地検特捜部です」

と、身分証と捜査令状を提示した。

突然のことに混乱している俺から愛用の手帳を取り上げた男は、他の三人に家宅捜索を指示した。

俺は事務所の中から書類が押収される様子を茫然と見ているしかなかった。

「西岡！　何、やってたんだ！」

富永の怒鳴り声でハッと我に返った。既に地検の人間が帰った後だ。

「と、富永さん……」

何をやっていたのだと問われても、この状況で自分に何ができたのかわからない。

「来い！」

事務所に入って来た富永に強く腕を引かれ、椅子から転がり落ちそうになりながら外へ連れ出された。

「富永さん。片瀬先生は本当に賄賂として株や金を受け取ってたんですか？」

「お前は何も穿鑿《せんさく》しなくていいから。もし、引っ張られることがあっても、黙秘しろ」

「え？　引っ張られる？」

黙秘も何も自分に疾しいところはない。


地検に手帳を取り上げられ、富永に黙秘しろと言い渡されたその二日後、ずっと気にかかっていた会社名が新聞紙面に躍った。

「港北リアルエステート　自社の未公開株を複数の関係先に譲渡か？　横浜駅ノーザンテリトリー再開発における便宜の見返りとして」

地元後援会や支援者への感謝と労いを述べて回る、いわゆる「後選挙」のために詰めていた地元の事務所でそのスクープ記事を目にした瞬間、背筋が凍り付いた。献金に見返りが発覚した時、それは純粋な寄付ではなく賄賂になる。

——片瀬先生が港北リアルエステートに政治的な便宜を図ってたなんてことは……。

すぐさま、購読している全紙を破れるほどの勢いでめくり、確認した。

が、その贈収賄を記事にしているのは事務所で取っている大手五紙のうち一紙だけだ。

ただ、その一紙には未公開株の譲渡先として十四の金融機関、十三名の政治家が実名で報じられている。その筆頭は片瀬昭三であり、上場と同時に売り抜けた未公開の売却益は三億円。リストの中で最高額だった。

「三億……!! 収賄!? どうしてこんな記事が……!」

頭の中が真っ白になった。

翌日、任意ではあったが、俺も事情聴取を受けた。

コンクリートの壁に四方を囲まれた取調室をイメージしていたが、案内されたのは殺風景な執務室だった。

そこで初めて、片瀬が横浜ノーザンテリトリー開発のことで港北リアルエステートが受注できるよう役所や省庁に圧力をかけていたことを知った。

「片瀬が港北リアルエステートから受け取った金は未公開株の三億を除いて、二億で間違いないな?」

「二億？」

帳簿に載っていた金額は一億五千万円だった。

それは俺が港北リアルエステートからの純粋な献金だと思っていた寄付やパーティー券購入などの収益だ。

「とぼけるなよ。パーティー券やら寄付やらで一億五千万、それにあんたが受け取った貸し付けの五千万。これはゲンナマで受け取ったんだろ？　その上、未公開株の売り抜け利益だ。このヤマ、いったい総額いくらの事件になるんだ？」

「ゲンナマ？　いや、私は……。借用書を受け取っただけで……。それに、あれは純粋な献金だと……」

「はあ？　世の中に純粋な政治献金なんかあるわけないだろ。本気で言ってんのか？」

俺より年下に見える検察官がタメ口で嘲笑うように言う。

「片瀬先生の政治信念に賛同した同窓生なら、そういうこともありうると思ってました」

「あんた、おめでたい政策秘書だな」

自分でも半信半疑の反論をした後で、富永から「黙秘しろ」と言われたことを思い出した。

「全て黙秘します」

慌てて口を閉ざした。

が、同じように含み笑いをした検察官と事務官が目配せするのを見て、既に遅かったのだと悟る。

勾留されることなく、その日のうちに解放された俺は、急いで片瀬の自宅に駆け付けた。

しかし、屋敷の周辺は新聞記者やテレビクルーが取り巻いていた。そのうえ、電話も繋がらず、片瀬に接触する術がない。

――俺はこの後、どう動けばいいんだ……。

中継車で塞がれている裏口を遠巻きに眺めていた俺のポケットで、携帯電話が振動した。

「西岡。俺だ」

いつも的確な指示を出す第一秘書の落ち着いた声を聞いて、俺もわずかな心の余裕を取り戻した。

「今、後援会の備品倉庫にいる。すぐに来い」

「あ、はい……。わかりました」

倉庫には片瀬に関係するような看板や表札はなく、事務所からも数十メートル離れている。

なるほど、あそこなら誰にも気付かれずに富永と今後について話し合えるだろう。

すぐにタクシーを捕まえて指定された倉庫へ駆けつけると、入口には選挙で使った幟や目玉が入れられたばかりのダルマが乱雑に置かれている。その向こうに富永が座っているのが見えた。

「富永さん！」

彼は未開封のチラシやポスターが積み上げられたデスクの隅で、手紙のようなものをしたためている。

――こんな時に後援会のメンバーに礼状かよ？

そう思わせるような淡々とした表情だ。

「お前もここに座ってこれを書き写せ」

富永の手元を覗き込むと、広げた便箋の横に白い封筒があり、その表には「遺書」とある。

啞然として見下ろした富永の冷静な目が、俺の顔を見上げていた。

「俺が一億五千万分の責任を引き受けて死ぬ。お前は自分宛に届いた五千万を着服したことにしろ」

「は？　俺に……死ねと？」

自分でも驚くほど間の抜けた声を出しているという自覚があった。

「地検がお前宛てに送られた借用書の存在を摑んでたことは不幸中の幸いだ」

「それってどういう……」

富永の言わんとしていることは理解できた。が、状況が呑み込めなかった。

「お前がポケットに入れたことにすれば丸く収まるっていう意味だよ。その代わり、五千万はそのまま弔慰金としてお前の家族に渡る手筈だ。保険金兼退職金みたいなもんだ」

絶句する俺から視線を手元に下ろした富永は、か細いグレーの罫線が引かれているだけの無機質な便箋の上に万年筆のペン先を走らせている。

そういえば、先月、若い銀行マンの自殺がニュースになっていた。

沢木隆一に二百億もの利益供与を行ったとされる大淀銀行の渉外広報部の担当者だった。

その担当者は沢木への不正融資の全てを自分の独断で行い、そのうえ、融資の大半を着服して遊興費に使った、という遺書を残していたのだった。

銀行の金を使い込んだとされる若い行員の上司たちは、部下の管理不行き届きとして訓戒は受けたものの、停職扱いでクビはつながった。

自殺した行員の遺体には尋常ではないほどの数の躊躇い傷があり、不自然な点が多かったという報道もある。

そのため、自殺に見せかけて殺されたのではないかという噂まであった。

大淀銀行が失った金額とは比べものにならないが、多くの政治家や省庁が絡み、数十億の金が動いた今回のスキャンダルは社会的に影響が大きい。

命もひとつでは足りないということか……。

「片瀬先生はこのことを……」

俺は片瀬由布子の大学卒業を待って結婚し、片瀬家の婿養子になる人間だ。その自分に片瀬が罪を被せ、世間から葬ろうとするはずがない。俺はそう確信していた。

これは富永の一存だと。

「もちろん、これは片瀬先生からのご指示だ。五千万の弔慰金のこともな」

嘘だ……。

嘘だ……。

嘘だ……。

心の中で何度もそう呟いた。

俺は片瀬の政治理念と票田を受け継ぐ男だ。

――トカゲの尻尾みたいに切り捨てられる人間では断じてない。

三

二〇二〇年七月／南九州
「西岡の秘書時代の汚職事件って、結局どうなったんだっけ……」
里奈には小木曽出身の代議士が疑われていた贈収賄事件の結末がどうしても思い

出せない。自分が生まれる前の話だから、それも仕方ないかと腕組みをする里奈の肘を春樹の肘がつつく。

「それぐらいにしといてやって。オヤジは西岡の信奉者だから」

春樹に小声で制された里奈がルームミラー越しに見た賢一は、郷土が誇る有名政治家を貶されて、眉がへの字になっていた。

その失望を露わにした顔を見た里奈は、どんなに非常識な発言をする議員でも、地元の名士なのだと反省して口を噤む。

車内の澱んだ空気を変えるように賢一が口を開いた。

「たしかに秘書時代には色々あったんごたるがね。結局、西岡先生ん疑いは晴れた。それに代議士になってからん先生ん活躍は目覚ましいものがあるんや。こん国立海洋研究センターだって、文科省ん大臣を務めちょった頃からずっと小木曽へん誘致を根回ししてくれちょったんや」

地元を活性化するための事業として、小木曽が広大な敷地を提供することを条件に誘致が決定したのだと賢一はその経緯を雄弁に語った。西岡が収賄事件に加担していたと思い込んでいる里奈の誤解を解こうとするかのように。

「地元ん人間も仕事が増えて、都会ん大学を卒業した理系ん若者も、ここにUターン就職したりするごつなってね。願うたり叶うたりや」

その話が事実であることを裏付けるように、湾内の家屋は新しくて立派なものが多い。

「で、今日も政府ん事務方の偉えさんが、海洋研究センターん見学に来ちょるんやわあ」

と賢一は誇らしげに語る。

「官僚が？　わざわざこんな漁村まで？」

里奈は自分の口から洩れる正直な感想を止められなかった。

「他ん地域でもここと同じごつ、地元と国がタイアップして特産品を活かすような事業ん誘致が進んじょるごたる。ここはいわば、パイロットスタディとして注目されちょるようとじゃ。あ、よかったら、漁協も見学するかぃ？」

「是非！」

いつになったら民宿に着くんだよ、と不満を洩らす春樹を、賢一も里奈も無視した。

目的地に着いたのは、春樹が文句を言ってから十五分ほど経ってからのことだった。

「へぇえ！　これが漁協なんですか？」

小木曽漁協は里奈の祖父の家から見える南紀の質素な漁協とは違い、港に面した市場や倉庫に隣接する五階建ての近代的なビルだった。

「どうぞ、どうぞ」

組合長という看板のある駐車スペースに車を停めた賢一が、ハイヤーの運転手のように急いで車を降り、後部座席のドアを開ける。

「ささ、どうぞ。里奈さんにぜひお見せしてえ場所があるんや」

賢一は玄関ホールにあるエレベーターの前を素通りして、一階にある事務所のドアを開ける。

「おかえりなさい！」

「いらっしゃいませ！」

教育の行き届いた企業さながらに、職員たちが組合長と来訪者に顔を向けて挨拶する。

「あ、気にせんで、お仕事を続けてくんないね」

組合長とは思えないほどの腰の低さで賢一が職員たちに声をかけながら、受付カウンターの前を横切って更に奥にあるドアを押した。

すると、目の前に現れた広大な調理場から、何とも言えない生臭い空気が通路に流れ込んできた。

ヴィアンモールの調理場ともバックヤードとも違う、独特の臭気だ。神経質な春樹がすぐさまポケットを探り、さっと白いマスクを取り出して装着する。

「こっちは漁港ん市場に直結しちょる加工場なんやわ。まだ、休憩中やな」

慣れているのか、腕時計に視線を落とした賢一は臭いを気にする様子もなく、どんどん中へと入って行く。

里奈は自分が知っているものとは少し違う臭いに軽い違和感を覚えたものの、ウナギに特化した調理場の臭いとはこんなものなのだろうと、賢一の後に続いた。

休憩中の加工場では二十人ほどの高齢者と、それと同じくらいの数の若者が和気藹々とした様子で談笑していた。

ＯＧＩＳＯのロゴが入った揃いの黒いゴム製の前掛けに黒い長靴。胸には同じ赤いストラップにぶら下げたＩＤカード。

空調がよく効いているので、ゴム製品を身に着けていても暑くはないようだ。

高齢者たちは漁村でもよく見かける元漁師と、長年その手伝いをしてきた主婦といった雰囲気で、どの顔も日に焼け、皺深い。

だが、里奈の目を引いたのは若者たちの方だった。

すぐに彼らの顔つきや立ち居振る舞いが、健常者のそれとは少し異なっていることに気付いた。

せわしなく手足を動かす者もいれば、じっと一点を見つめて口の中でブツブツ言っている者、こちらを見てずっと微笑んでいる者もいる。

彼らに共通しているのは少年や少女のまま体格だけ大人になったような、驚くほど純粋な瞳を持っているということだ。

「ウチん加工場や市場では、高齢者や障がいのある若者たちにも戦力として働いてもろうちょるんや」

里奈はふと弟のことを思い出しながら、

「へえ……」

とうなずいたものの、小木曽のように大量の魚介類を扱う水産加工場では屈強な男たちが忙しく立ち働いているイメージを持っていたので意外な感じがした。そうでなければ回せないものと思い込んでいたのだ。

その時、八十歳ぐらいの老女が、隣の丸椅子に腰かけている青年に優しく声をかけた。

「タケシ。今日ん帰り、うちに寄って行きな。お中元にもろうた菓子があるかい」

老女が首にかけているIDカードには小さな文字で印字された「加工課第三班グループ長」という役職と大きくカタカナで『セツコ』という名前が書かれていた。他の者のIDカードにも名前だけが大きくカタカナで印字されている。多分、漢字が苦手なスタッフもいるからだろう。

里奈の祖母も世津子《せつこ》という名前だった。

祖母とは縁もゆかりもない人物だとわかっていても、潮焼けした肌と無条件の慈愛が滲み出ているような笑顔が懐かしい。

「タケシ、帰りに、婆《ばあ》ばん家に、寄る」

タケシと呼ばれた短髪の青年はそう繰り返す。体格からして二十二、三歳だろうと里奈は想像する。

だが、ふくよかな頬と、一生懸命に言葉を絞り出す顔つきはあどけない。容姿は異なっているが、おうむ返しのような喋り方が、亡くなった弟に似ているような気がして里奈は切なくなった。

「ここで働いてるのは本当にこの人たちだけなんですか？」

こうして高齢者が自分の孫や子に接するように障がい者たちの面倒を見ている様子は微笑ましく、理想的な職場に思えた。

が、実際にここにいるメンバーだけで加工の仕事が回るのだろうかとヴィアンモールのバックヤードを知る里奈は危惧する。

「ここじゃ後期高齢者と障がい者が、それぞれ約十名ずつでシフトを組んじょる。まあ、見よってくんない。彼らん仕事ぶりを」

自信に溢れた賢一の返事と同時にチャイムが鳴り、そこにいる全員が立ち上がった。

すぐさま市場と加工場を仕切るドアが開き、「間宮《まみや》水産→小木曽漁協」の行き先タグがついたキャスター付きのケージが十台近く連なるようにして運ばれて来る。

そのケージには、一台につき十個ほどの青いコンテナが積まれていた。

タケシをはじめ、体格のいい若者たちが我先にと駆け寄り、荷卸しを始める。

コンテナの中には直径三十センチほどの厚みがあるステンレスの容器が入ってい

た。

そのひとつひとつの中で十四ほどの生きたウナギが重なり合い、うねうねと少し青味がかった黒い背中をくねらせている。

「なんて綺麗なウナギなの……」

里奈にはそれが涎が出るほど美味しそうな蒲焼きに見える。

セツコが「ほーら、さっさとさばいて、終わったら美味《うめ》えもん、食べに行くかいね！」と張りのある声で号令をかける。おー、と皆が応えて動き始め、加工場に活気が溢れる。

「あんセツコさんは定年後、ずっと再雇用で働いてもろうちょるんけどなぁ。漁協だけじゃねえで、小木曽ん町のみんなから『婆ば』と呼ばれて頼りにされ、慕われちょるんやわあ」

賢一が皆に指示を与えている老女について説明した。

里奈はセツコの溌溂とした様子に、南紀の漁村で婦人会の会長を務めていた亡き祖母の姿を重ねる。

業務用のキッチンテーブルに老人と若者が交互に並び、それぞれの前にウナギが入った青い容器が配られた。

「青いケージから降ろした青いコンテナのウナギをさばいたら、必ず青いトレーに入れるっちゃかいね。トレーも青いもんはまた青いコンテナに入るるっちゃが！」

セツコが周囲の若者に指示する。

「黄色は黄色。青は青。赤は赤」

口の中でセツコの言葉をブツブツ反芻している若者もいた。

タケシが青い容器の中で身をくねらせているウナギを無造作に摑み出し、氷水が入った水槽に入れた。いわゆる氷ジメにされたウナギの動きが緩慢になる。

「水から上げて一、二、三」

自分に言い聞かせるようにつぶやいてウナギをまな板に押さえつけたタケシは、無表情のままウナギの後頭部にスッと庖丁を入れた。氷で動きが鈍っていたウナギは神経を絶たれ、更に動きが鈍くなる。

タケシはまた「一、二、三」と自分に号令をかけ、寸分の狂いもなく、ウナギの目に釘を打った。何の迷いも見せない、機械のような手さばきだ。

「タケシ。代われて」

タケシに場所を譲られたセツコは、長方形の専用庖丁でウナギの背中を開き、背骨と肉の間に刃を入れて見事に骨や血合いを除いていく。

熟練の技と呼ぶにふさわしい鮮やかな庖丁さばきだった。感心する里奈に賢一が説明する。

「ウナギは俗に、串打ち三年、裂き八年、と言うて、商品に加工するためには、長え時間をかけて体得した技術が必要なんやわあ」

背中を開いたウナギは隣で待つ少女の前のまな板に置かれる。さっきまでずっと微笑んでいた少女だ。彼女は笑顔のまま恐ろしいほどの正確さで、ウナギの身と皮の間に竹串を打っていく。ただ、数を数えることは苦手なのか、隣に付き添っている老人が数えて一定数になると青いコンテナに並べていく。

それを台車に並べている三十歳前後の男性はずっと「黄色は黄色。青は青。赤は赤」と反芻している。手足の動きが不自由そうに見える彼にも、高齢者が寄り添っている。付き添っているというよりはそっと見守るように。

そうした見事な連係プレイで背開きから串打ちまでが終わり、次々とトレーが重ねられていく。トレーが二十枚になると車イスの女性が回収に来て、ヴィアンモールでよく見る小木曽漁協のロゴが入った青いコンテナに並べる。

台車に積んで冷凍室と書かれた倉庫へ運んで行くのは老人だ。

その後ろをついていってみると、ちらりと見えた巨大な冷凍倉庫の奥には既に赤いコンテナが山積みになっていた。

あれはいつも食べている『小木曽のうな丼』になるヤツだな、と思うだけで条件反射のように空腹を覚える里奈だった。

店に搬入される時にはもう開かれて串打ちもされているウナギがもとはどんな様子なのか興味があった。

が、赤いコンテナのものは既に下処理が終わっているようだ。きっと水揚げされる時間帯が早いのだろう、と里奈は諦める。

こうして彼らが協力しながら働いている様を眺めていると、ヴィアンモールのバックヤードや調理場の流れ作業と大差ない。

彼らが高齢者であることもハンディキャップがある若者たちであることも忘れてしまう。

「すごい……」

里奈の口から素直な感想が洩れた。

「やろう？　ウチで働くごつなったワークさんたちゃ、みんな初めて来た時より症状が改善されちょるんちゃわぁ」

「ワークさん？」

「障がいんある人たちの自立を支援する施設から派遣されてくる若者たちんことや。正直、最初は大変やった。手順が違うとパニックになったり、集中力が途切れて作業が続かんかったりね。中には『違う』と言われただけで号泣したり暴れたりする子もいたりしたんけんど、粘り強う指導すりゃみんなちゃんと働けるし、何より働きてんやわ」

責任者である賢一はそう言い切った。彼らは無理強いされて働いているわけではないと。

たしかに、それは彼らの生き生きとした表情を見ればわかる、と里奈は深くうなずく。

「彼らひとりにひとりずつ、愛情を持って接してくれる再雇用ん高齢スタッフをつけたら、ものすごく作業がスムーズに運ぶごつなりましてね。ワークさんたちゃ最初、施設ん引率ん人に連れてこられちょったんやけんど、慣れるとみんな仕事するんが待ちきれんらしゅうて、めちゃくちゃ早う仕事場に来るごつなってしもうて、その熱心さたるや、もうこっちが困るぐらいで」

賢一の説明を片方の耳で聞きながら、里奈はもう一方の耳と両方の目を作業場に向ける。

高齢者たちは一見、意思の疎通が難しそうに見える若者たちに対し、繰り返して言い聞かせ、相手の言い分もちゃんと聞きながら、根気強く自分が持っている技術を伝えようとしている。

一方の若者たちは高齢者を労わるように自ら進んで力仕事を担う。

体力が必要な仕事は主に若者が、技術が必要な作業は主に高齢者が行う、という風にしっかり役割分担ができているのだ。

ここにはいじめも差別もない。

自分がこの若者たちの身内だったら安心して送り出せる職場だろう。

里奈は他人事ながら胸が震えた。弟が生きていたら、両親はきっとこんな所で働かせたいと思ったに違いない。

「オヤジ。もう、いいって」

春樹が不機嫌そうな顔で見学の打ち切りを促した。

こんな理想的な漁協に疑念を持っている自分自身に対し、複雑な気持ちになっているのではないだろうかと察して、里奈は黙っていた。

「そうやな。里奈さんも長旅で疲れちょるよね」

賢一が、「それじゃ皆さん、こん後《あと》も頑張ってくんないね」と声をかけると、片手でウナギを押さえつけていたタケシが振り返り、里奈に向かってもう片方の手を振った。その天真爛漫な笑顔を見ただけで、この職場に何のストレスも感じていないことがわかる。里奈もタケシに「バイバイ」と手を振り返して加工場を後にした。

賢一の説明を聞きながら再び駐車場の車に戻り、後部座席に座った里奈はシートベルトを締めながら礼を言った。

「ありがとうございます。漁協、見せていただいてよかったです。ヴィアンモールに入荷するウナギが、あんな清潔な場所で、あんな素晴らしい人たちの手によって誠実に加工されてることがわかって、本当に嬉しかったです」

「は？　ヴィアンモール？」

ルームミラーに賢一のきょとんとした顔が映る。

すぐさま春樹が里奈の腕を肘で突いた。里奈も自分が春樹と同じ三井出版の社員ということになっていたのを思い出して慌てた。

「あ、いや。えっと。そう。私、近所のヴィアンモールで売ってる小木曽のウナギが大好きなんですよ」

「へえ、そうなんや。そりゃ嬉しいねえ」

里奈が慌ててごまかすと、賢一はすぐに納得した様子で目尻を下げ、小木曽漁協の地域貢献について嬉しそうに話し続けた。

国の援助ももらえているから、加工場で働く人たちにはその仕事に見合った給料——つまり都会の大卒者の初任給並みの月給を払っていて、中にはその所得で家族を支えている者もいるのだと賢一は車を走らせながら語った。

「ここやわあ」

里奈が三泊する予定の民宿は小木曽湾を見下ろす山の中腹にあった。軽井沢で見かけるような可愛いペンション風の建物だ。

「あいにくホテルん方はセンターへん出向者と官庁ん職員でいっぱいでして」

「いえ。十分です。というか、漁村の民宿っていうから、もっと寂れた宿泊施設を想像してました。私にはもったいないぐらい可愛いです」

謙遜のつもりで言った里奈の返事を、賢一は肯定も否定もせずにがははと口を開けて笑う。

「じゃあな、蔵本。また明日」

父親におかしな期待を持たせまいとしているのか、いつになく素っ気ない態度で春樹が言った。

去って行く車の音で来客に気付いたのか、オーナーらしき中年の夫婦がそろって玄関先に現れる。

「いらっしゃいませ」

いかにも都会からUターンで地元に戻って来たようなオシャレなカップルだ、と里奈は賢一の語った小木曽の繁栄を思い出す。

「あ、蔵本です。今日からお世話になります」

ショートのデニムパンツがよく似合う奥さんに案内されたのは、二階の角部屋だった。

「へえ。ドライヤーもある。冷蔵庫まで完備なんだ」

気の利いたホテル並みの個室で荷ほどきし、一息ついた時、里奈のスマホが鳴った。

春樹からだ。

「従兄がバーベキューに誘ってくれたんだ。同僚の人も一緒にどうかって」

「同僚？　あ、私のことか」

どんなに発展していても、やはり田舎だ。来訪者の情報が、あっという間に広まっているらしいと里奈は苦笑する。

「うん、いいよ。夕飯どうしようかと思ってたところだし」

むしろありがたい、と返事をして着替えだけ済ませた里奈は、民宿の一階にあるリビングで春樹を待った。

十五分ほどして、春樹がレンタカーらしき「わ」ナンバーの小型車で迎えに来た。

「タツ兄の家族とは実家で落ち合うから」

春樹が親しげに「タツ兄」と呼ぶ従兄の本名は香川達彦《たつひこ》、春樹よりも一回り年上で、海洋研究センターの研究員だという。

「俺が東京の高校を受験した時、タツ兄が仕事の後、毎晩うちに寄って勉強を教えてくれたんだ」

と春樹は年の離れた従兄に今でも懐いている理由を明かした。

「へえ。いい人なんだね」

「うん。タツ兄のお陰で苦手だった理系も克服できたよ」

里奈がこれから会う春樹の親戚を想像しているうちに車が停まった。民宿の前の坂を下って、十分ほど走った場所だ。

「え？　あんたの家、ここなの？　すごい。春樹、お坊っちゃまじゃん」

里奈にそう言わせるほど、春樹の実家は構えの立派な日本家屋だった。

重厚な門扉まで続く塀は、漆喰の壁の上に瓦を載せたもので、由緒ある旅館や社寺のようだ。

「前から思ってはいたんだよね。あんたって、そこはかとなく余裕があるっていうか、がっついてないっていうか、何ていうか」

「いや、それほどでも。田舎だから土地代が安いんだよ」

さらっと謙遜する春樹の後に続き、「それにしたって」と言い返しながら里奈も門をくぐって庭から玄関までの長い距離を歩く。

手入れが行き届いた日本庭園の中、ひときわ大きな黒松が見事な枝ぶりを見せている。

「すごいね。春樹のお父さん、あんな気さくだけど、地元の成功者なんだね」

御影石を張った四畳半ぐらいありそうな玄関に立って、里奈が本音を洩らす。

「どうだろ。んじゃ、この部屋で待ってて」

里奈が通された玄関の傍の客間には高そうなソファが置かれ、猫足のキャビネットの上には時代を感じさせる調度品が並んでいた。

きょろきょろ室内を見回していると、端整な顔立ちの女性が、「春樹がいつもお世話になってます」と冷たい緑茶と水羊羹を運んで来た。その上品な容貌を見て、里奈は春樹が母親似であることを知った。

風を通すためか、後から春樹が戻って来るのがわかっているからか、春樹の母親は客間のドアを閉めることなく、鎌倉彫の盆を抱えて出て行った。彼女が古い歌謡曲を口ずさみながら、白い指先で玄関に飾られた花瓶の花を整えているのが見える。

「春樹のお母さん、都会のセレブな奥様って感じだね」

ラフなTシャツに着替えてきた春樹に遠慮のない感想を述べながら、里奈は氷の浮かんでいる玉露を啜った。その向かいで春樹が三人掛けのソファにゴロンと仰向けになり、リラックスしきった様子で天井を見上げている。

「やっぱ実家はいいいな。いっそもう、こっちに引っ込むかな」

それが本心でないことが里奈にはわかっていた。学生時代、年を取っても絶対に都会で暮らす、というのが春樹の口癖だったからだ。

ただ、自分の故郷や身内を探るようなミッションに嫌気がさすのも理解できる。いくら記者でも断っていい種類の仕事があるんじゃないか、里奈がそんなごく当たり前の意見を口に出していいものか迷っていた時、玄関の方から、「こんばんはー！」と大きな声がした。

春樹が「来た！」と起き上がって客間を出て玄関へ行く姿は、帰って来た飼い主の声に反応する子犬のようだ。よっぽど懐いていたんだな、と口許を綻ばせながら里奈も後からついて行くと、大きなビニール袋を両手に提げた男性が立っていた。

海洋研究センターで研究員をしているという達彦は、里奈の予想に反し、色黒で野性的な雰囲気のある男性だった。

「春樹。アワビとサザエ、市場で買うてきたかぃ、これも浜で焼こうや」

挨拶もそこそこに家から連れ出され、ぶらぶらと海岸の方へ向かい、砂浜に出る。

そこにはもう大きなタープが設えられ、バーベキューコンロも用意されていた。

「こんにちは」

浜辺に着くとリゾート風のワンピースを着た可愛らしい女性が待っていて、里奈に親しみのこもった笑みを向ける。

「こっちは家内の史恵《ふみえ》です」

と達彦が短く紹介した。隣町で高校教師をしているという史恵は童顔で、里奈の目にとても若く見えた。が、夫の達彦と同級生で三十代半ばだという。

彼らの間には、やんちゃ盛りの男の子がふたりいて、小学校三年生と四年生の年子は浜辺で喧嘩をしたり走り回ったりと忙しい。

春樹は彼らが赤ん坊の頃に一度会っただけだというが、すっかり懐かれて、年の離れた兄のように引っ張り回されている。

一方の里奈は達彦がバーベキューコンロに炭を並べて火を熾している間、春樹から待機を言い渡されていた。タープの下に並べられている丸椅子に腰を下ろして、ただ、ぼんやりと穏やかな夕方の海を眺める。

「こんげ田舎で取材することなんてあるんやねえ」

史恵がクーラーボックスから出した缶ビールを差し出しながら、おっとり尋ねる。黒い髪が白い頬の周りで浜風に揺れていた。

どこまで答えていいのかわからない里奈は、今日の出来事だけをありのままに話した。

「地理的にはたしかに田舎ですけど、色々興味深いです。ついさっき、漁協を見てきたんですよ。海洋研究センターも立派な施設だったし、潤ってますよね、小木曽は」

里奈は環境のよさを褒めたつもりだったが、史恵は困惑するような顔をして笑った。

「でも、小木曽は地元ん人しか雇わんかい」

「え？　小木曽の人だけ？　隣町の住人とか、親戚の人とかでもダメなんですか？」

「募集要項にはっきりと明記されちょるわけじゃねえんやけんど、こん辺りでは暗黙ん了解っちゅうやろうか」

「そうなんですか……。じゃあ、タツ兄は……旦那さんは小木曽の人なんですか？」

「そう。主人ん実家は春樹君ん家ん近く。でも、私は隣町ん出身やかい。最初から公務員を目指した感じ」

周辺の市町村には目ぼしい企業も公共施設もない。過疎に歯止めのかからない状況なのだと史恵は溜息を吐く。

里奈は小木曽へ来る途中で見た寒々しい景色を思い出す。

「なんかなし小木曽は家賃が高えかぃ。私たちは今、小木曽と道を一本隔てた隣町に住みよるんだ。けんど、子供たちん将来を考ゆると、主人ん両親と同居でもいいかぃこっちへ移ろうかって思うたり」

「それって、地元の雇用を守るための町の政策なんですかね……」

里奈が想像を口から洩らすと、史恵は「さあ」と首を傾げた。

それにしても道一本を挟んだだけでそれほど状況が違うとは。里奈は驚きを隠せない。

――いや、小木曽だけが特別な成功例なのかも知れない……。

里奈はビールを飲みながら、陽が傾き始める太平洋をぼんやり眺めた。

「おーい！　焼けたぞー！」

達彦の声で、波打ち際で水をかけ合っていた男の子ふたりが「わーい！」と歓声を上げ、競走するように戻って来る。

「こっちが長男で小学四年生の壱太《いった》、これは次男で三年生の航太《こうた》。元気すぎて困ってる」

アワビやサザエ、そして色々な種類の魚を焼いているところへ、春樹の母親がおにぎりをむすんで届けてくれた。

やがて陽が落ち、タープの周りをランタンの灯りが照らし始めた頃には里奈の空腹は満たされ、心地よい酔いも回った。

「俺、喉渇いたー！　ジュース、ジュース！」

「俺も俺もー！　ジュース、買うてー！」

達彦の子供たち、壱太と航太がクーラーボックスの蓋を開けたまま叫ぶ。

「あれ？　もうなかった？　あんたたち、飲みすぎや」

お茶にしなさい、という史恵の言葉には耳を貸さず、子供たちは「ジュースがほしい」と騒ぎ続ける。

「あ、私、買ってきます。ここに来る途中、自販機がありましたから」

さっきから甲斐甲斐しく海の幸を焼いてくれている達彦夫婦に申し訳ないと思い、里奈が腰を上げた。

「俺も行くわ」

春樹も立ち上がると、子供たちは「やったー！」と砂浜を駆け出した。

海岸から県道に出て歩道を四人でゆっくりと歩いていると、兄の方の壱太が、

「お兄さん、新聞記者なん？」

と、春樹に聞いた。達彦が今日のゲストである従弟の職業を「記者だ」と言ったのだろう。そして、小学生の頭の中では「記者」といえば全て「新聞記者」なのだろうと里奈は想像する。

「まあ、そんな感じ」

雑誌記者と新聞記者の違いを説明することなく、春樹は適当に流した。

「記者ん人って、特ダネがほしいんやろ？」

「ははは、まあね」

余裕を見せて笑ってはいるが、春樹の頬が引き攣っている。

「じゃあ、すごい写真、記事にする？」

「うーん、どうかな」

と春樹があからさまに無関心なので、里奈が代わりに興味を示してやった。

「何？　写真？　どんな？」

すると、壱太が勿体を付けるかのように、知りたい？　と彼女を見上げる。里奈は小学生のノリに付き合い、「うん、知りたい！」と声を弾ませてやるが、春樹は振り向きもせずに先を歩いて行く。

「実は二月に、海洋研究センターで自殺事件があったんや」

ポケットを探りながら壱太が言う。

「え？　海洋研究センターで自殺？」

思わぬ話題にさすがの春樹も反応し、立ち止まった。

「まさか……。すごい写真って死体の写真なの？」

小学生の思いもよらない告白に、里奈の足も無意識のうちに止まる。

大人ふたりの動揺に満足げな顔をした壱太が、ポケットから防犯ブザー付きのキッズケータイを出す。その隙に、弟の航太が「研究センターん所長が海に飛び込んだんちゃが！　そん口の中に変なものが入っちょったんだ！」と口走る。

「え？　死体の口の中に？」

正直、小学生の言うことだと思って油断していた。上ずった声で尋ねる里奈を無

視し、

「なんでお前が先に言うっちゃろうか！」

と、怒った壱太が航太を殴り、航太が壱太の足を蹴り、本気の喧嘩が始まった。

「ちょ、ちょっと！　喧嘩しないで！　それで？　写真って？」

お互いの服を摑んで引っ張り、今にも取っ組み合いを始めそうな兄弟を仲裁し、引き離しながら里奈が尋ねる。

「口ん中に入っちょった深海魚ん写真と動画、撮ったんだ」

「え？　口の中に深海魚？」

その絵面を想像してぎょっとする。が、壱太は俯いたまま、スマホのアルバムアプリの中の写真を探すことに熱中していた。

「あった！　これや！　見て！　すごいやろ！」

それは海面に浮かぶ異様な物体の動画だった。たしかに深海魚と両生類の中間のような生物の頭部が波間に漂っている。その生物は不気味な複数の瘤を持ち、両目が飛び出していた。体がちぎれているようにも見えるし、頭部だけが大きい生物のようにも見える。

「警官が来て死体の口ん中から摘み出して海に捨ててしもうた。それを撮ったっちゃが」

吐き気を催すほど醜悪な形状に、里奈は息を呑んだ。

「これって、一体……」

絶句する里奈の反応に満足したような顔をした航太が、撮影の経緯を話し始めた。

「今年ん二月に大雪が降っちょったんやわ。研究センターん敷地でこっそり飼うちょる猫が生きちょるか気になって、早起きして学校に行く前に忍び込んだんや」

航太の体を押しのけるようにして壱太が口を挟む。

「いつも給食ん残りをやっちょった猫は無事やったんやけんど、研究センターんすぐ前ん湾に死体が浮いちょって」

「え？　あそこ？」

里奈は小木曽湾の岸壁に立つ白亜の研究センターを指さした。彼女たちがいる海岸から一キロ以上離れているが、夜目にもその輪郭が鮮明に見える。

「そうや。多分、屋上からすぐ前ん海に飛び降りたんや」

彼らは日ごろから、立ち入り禁止となっている研究センターの敷地を遊び場にしているという。父親の職場というだけで親しみを感じているのかも知れないと、里奈はふたりの少年の無邪気な顔を見る。

ふたりは抜け道や柵が壊れている場所も知っていて、猫の無事を確認した後、敷地の中にある森の中で追いかけっこをしているうちに突堤へ出てしまい、白い服を着た男が内海に浮いているのを見つけたのだと説明した。

「すぐに警官が自転車で駆け付けてしもうたかぃ、タンクん陰に隠れて見ちょったんだ」

彼らは引き揚げられた遺体が検分される様子をこっそり見ていたという。

「本物ん死体なんて見たん初めてで、おっかなかった」

壱太が身をすくめるようにしてそう言うと、航太は兄を見下すような目で見てから胸を張った。

「俺は全然おずうなかった。ただ、警官がテレビで見るんと何かなし違うちょる感じがして、怪しかったかぃずっと見ちょった。そしたら何かを海に捨てたかぃ」

警官はキョロキョロと辺りを見回してから手袋をし、遺体の口の中に指を突っ込むと何かを摘んで海へと放り投げたという。

壱太はしばらく海に浮かんでいたという「それ」をすぐさまズームで撮影した。が、撮影に夢中になって近付きすぎ、警官に見つかって、立ち入り禁止区域に入ったことをこっぴどく叱られたらしい。そして、捜査中の案件についてはたとえ家族でも他言したら罪になると脅され、自宅に帰されたのだ、と。

「そんげん嘘やって知っちょったけんど、お父さんに迷惑がかかったら困るかぃ素直に引き上げてやったんや」

「動画を撮っちょったこともバレんかったしね」

と兄弟はその時のことを競うようにして春樹に報告する。

「ねえ、新聞記者って悪いことしよる人や重大な事件をみんなに知らする仕事なんやろ？」

春樹を見上げる少年たちの瞳が黒曜石のように輝いている。

「まあ、そうだけど……」

曖昧に答える春樹の目は動画に釘付けだった。

「それ、俺のスマホに送ってくれる？」

そう頼まれた壱太は、いいよ、と嬉しそうに大きくうなずいた。

「でも、絶対、お父さんとお母さんには言わんでくんない。あそこで遊んじょるのがバレたら怒らるるかぃ」

としっかり者の弟、航太はすかさず箝口令を敷く。

自販機でジュースを二本買ってから浜辺に戻るまでの間、少年たちは「記事になったら絶対にその新聞を送ってね」としつこく言った。

再び海岸に戻った途端、子供たちは磯の方へ走って行った。今度は打ち上げられた海草を拾っては投げ合っている。

それを見送った春樹は、既に片付けを始めている従兄を手伝いながらさりげなく口を開いた。

「タツ兄、ちょっと小耳に挟んだんだけど、センターの前の湾で死体が上がったって、ほんとかよ」

里奈も焼肉のタレが付いた紙皿を集めながら、ふたりの会話に耳を傾ける。

「ああ、二月頃な。ウチのセンター長が死んだんだ」

亡くなったのが自分の職場の関係者だったせいか、達彦は沈痛な面持ちになりながら、バーベキューコンロの底に残った炭をひとつ、火箸で摘み上げた。まだ熱を宿している炭は海水を汲んだバケツの中に落とされジュッと音を立て、白い水蒸気を上げる。

「救急車やらパトカーやらが来て、こん辺りにしては結構な騒ぎになったけんど、自殺やったかぃ全国区んニュースにはならんかったな」

自殺したのは和田《わだ》という海洋研究センターのトップであり完全養殖技術の第一人者、五十代の男だという。

「ウナギん研究が思うごついかんかったんごたってなあ。それを苦にしてセンターん屋上から湾に飛び込んだげな。翌日ん新聞ん地方欄に小そう載っちょったよ」

亡くなった和田は研究センターの責任者ではあったが、達彦が所属する汚泥浄化研究のセクションである排水研究部は、養殖技術のセクションから完全に独立していて、あまり接点はなかったという。

「ただ、養殖ん方は町ん助成金をもろうちょったりするかぃ、プレッシャーもあるし、なかなか思うような成果を出せんで、センター長は不眠に悩まされちょったって聞いた」

それを証言したのは和田と一緒に完全養殖の研究をしていた助手だという。

そして、二月のある日、和田がふらふらと屋上に上がり、自ら柵を越えて飛び降りたのを目撃したと証言したのは開業当初からセンターで働いている警備員だった。

地元新聞には事故と自殺の両面から捜査していると書かれていたが、それっきりだと達彦は語尾を沈めた。

「あん日の明け方、こん辺にしては珍しゅう大雪が降ってな」

死因は水死ではなく低体温症だったようだ、と達彦はコンロの網にこびりついた焦げを金ダワシで擦りながら話した。達彦の話はそこで終わった。

警官が海に捨てたというセンター長の口の中の生物については噂にもならなかったのだろう、と里奈は想像した。知っていれば間違いなく話題に上る衝撃的な姿だ。子供たちとの約束もあって、春樹も里奈も、あの不気味な生物のことを聞くことはできなかった。

民宿に戻った里奈の網膜には未知の生物の姿が焼き付いていて、いつまでも寝つけなかった。

四

一九九〇年七月／東京

「片瀬先生が俺に濡れ衣を着せるなんてありえない」

口ではそう言いながらも、時折見せる片瀬の冷淡な表情を思い出すと、秘書のひとりやふたり、簡単に切り捨てそうな気もした。たとえそれが娘の婚約者だったとしても、代わりはいくらでもいるだろう。

「どうして富永さんの命は一億五千万で、俺の命は五千万なんですか？」

問題はそこではないとわかっているのに、ふと未公開株の売却益と借用書に記載されていた貸し付けの金額を思い出した。

「俺が受け取る金などない」

「え？　ない？　一億五千万の責任を取るのに？」

「山田社長から受け取った一億五千万は各方面への根回しに使われた。株の売却益も、協力者への成功報酬として支払われた。港北リアルエステートがノーザンテリトリーの開発を受注するためにな。つまり、貸付金の五千万以外はもう消費された後だ」

「じゃあ、なんで……」

俺には富永が金以外の何のために死ぬつもりなのか、全く理解できなかった。

「感謝と忠誠だよ」

富永はペンを止めずに続ける。

「感謝と……忠誠……」

想像もしていなかった答えに啞然とし、俺は馬鹿みたいに呟いていた。

「お前には言ってなかったが、十八年前、俺の命は片瀬先生に拾われたんだ」

聞けば、富永の両親は彼が高校を卒業する前に相次いで病に倒れたという。頼れる身内もなく、高校もその時に中退せざるをえなくなった。清掃の仕事に就いたものの続かず、ギャンブルにのめり込んだ。悪い仲間と付き合い、借金を重ね、サラ金の回収に追い回されていた彼を自分の事務所で働かせながら夜学に通わせてくれたのは片瀬なのだと富永は言う。

「片瀬先生は総理になる器の人間だ。幸い、俺には家族もない。こんな命で先生の政治家生命が救われるんなら安いものだ」

馬鹿な……。俺は心の中で吐き捨てた。

だが、それを口から出せなかった理由は、富永が恐ろしく真剣な目で俺を見ていたからだ。

「お前だって、片瀬先生には世話になっただろう」

「それは……そうですが……」

たしかに片瀬のことを「東京の父」だと思ってきた。実際、片瀬の口から出る言葉は、実父のそれとよく似ていた。特に「一番でなければ意味がない」と言う時の口調などは、父の生霊が乗り移っているのではないかと思うぐらいそっくりだ。

何より大学院に通わせてもらったことは感謝している。血の繫がらない人間が学費を出してくれるなど想像したこともなかった。

そして、片瀬が娘との縁談を持ち出してきた時、戸籍上の親子になる日を夢見た。

こんなことにさえならなければ……。

「お前はこのとおりに書け」

渡された紙にはワープロで打った明朝体の文字が並んでいる。

そこには港北リアルエステートから送金された現金を着服し、ギャンブルに使ったという政策秘書の懺悔が綴られていた。

こんなスキャンダルが新聞に載ったら、父親は家名に傷をつけた息子を自分の命が果てるまで許さないだろう。いや、たとえ死んでも亡霊になって不肖の息子につきまとうに違いない。

もし、この話を断ったら……。

先を想像しかけた頭の中を見透かしているかのように富永が言い放った。

「自殺に見せかけることはいくらでもできるんだからな。大淀銀行の記事、お前も読んだだろう？　あんな風に惨く殺されたくなければ自分で自分を始末しろ」

惨く殺す……。それを聞いて、紙を持つ指が震え始める。

「今すぐそれを書き写せ。生きてここを出たかったらな」

選択の余地はない。とにかく遺書を書いてこの倉庫から出なければ。

失禁しそうになる自分を奮い立たせ、壁に立てかけられているパイプ椅子を富永の隣に置いた。

選挙の度に酷使しているせいか留め金が錆びてガタつく椅子に腰を下ろし、自分の指ではないようなぎこちなさで、背広の胸ポケットにさしているボールペンを抜く。狂っているとしか思えない富永の前から一刻も早く去るために。

「今日を入れて三日以内だ」

ボールペンのキャップを床に落としてしまった俺に、富永が事もなげに断言した。

――三日……。

想像はつく。恐ろしくて何の期限かを確認することはできなかった。

「死ぬ場所は任せる。だが、必ず死体が上がるようにしろ。お前の自殺を確認したら、お前の親族に金を渡して俺も後から行く」

水面に浮かぶ己の骸を想像し、左手で右手の甲を押さえてもペン先の震えが止まらなくなった。

「富永さんは自分の死に場所を決めてるんですか」

動揺を隠すために聞いた。

「いや。まだだ」

そんなことはどうでもいいと言わんばかりの軽いトーンだ。

「俺は……。一度、実家に帰ってもいいですか」

それは咄嗟に出た思いつきであり、ここから……いや、富永から一メートルでも遠くへ行きたいという願望が口から出たものだ。

「たしか、出身は九州だったな」

「小木曽です」

久しぶりに故郷の名を口にした途端、不思議と手の震えが止まった。

「いいだろう」

富永はやっとの思いで一行目を書き写すことができた俺から視線を外し、書き終わった自分の遺書を手際よく三つに畳んだ。

「どこへでも行け。ただし、三日以内にお前の死体と遺書が発見されなければ、どんな手を使ってでもお前を追い込む」

富永は折り畳んだ遺書を封筒に収めるという作業を淡々と行いながら、世間話でもするような口調で言う。

「ひとつ言っておくが、地検や警察に助けを求めるなんて情けないことを考えるなよ？　獄中で自殺する人間も多いってことを忘れるな」

富永は睨むこともなければ凄むこともなく、淡々と「どこへ行っても逃がさない」と告げる。だからこそ、これが脅しでも誇張でもないことを悟る。

——この男の忠誠心は異常だ……。

その時、ひとつの疑念に囚われた。

借金取りに追い詰められていた時の富永や、自身のプライドに息苦しさを覚えていた当時の俺は、片瀬にとって自分の信奉者にしやすい人材だったのではないか、と。

周囲の誰にも相談できず、救済を求めることもできなかった俺を評価し、惜しみない投資をした片瀬。片瀬のためなら死ねる、とまでは思わなかったが、できる限りのことをして恩に報いたいという気持ちはあった。

だが、それも全て片瀬の計算だったのではないか。

自分の娘との縁談をちらつかせたのも、俺に富永ほどの忠誠心が根付いていないことを見透かしてのことだったのでは。

疑念が頭をもたげ、やがてふつふつと怒りが湧き上がってきた。こうもあっさりコントロールされ、今や捨て石にされようとしている自分自身に。

——俺は死ぬのか？　保身のために他人の命を簡単に取り上げようとする人でなしを総理にするために。

俺の命があんな男の命よりも軽いというのか。

怒りと悔しさがない交ぜになって、瞳が熱くなる。

その時ふと、脳裏に小木曽湾から望む日向灘の明るく壮大な景色が髣髴とした。この状況に不似合いなほど美しい海の青さ、大地に降り注ぐ太陽光の眩しさを思い出す。

閉じた瞼の裏に広がるのは、俺が上京するまでの十八年間を過ごした故郷、小木曽の海だった。

——俺が神童と呼ばれていた漁村の沖に広がる太平洋だった。

五

二〇二〇年七月／南宮崎
翌朝、里奈は春樹からの電話で起こされた。

「オヤジが漁協で付き合いのある養鰻業者を紹介してくれることになったんだ」

それはタケハラ水産という、小木曽でも一番大きな業者で、春樹の父、賢一は三代目社長である竹原豊《たけはらゆたか》と懇意にしているのだという。

「これから取材に行こうと思うんだけど……」

同行するなら迎えに行くという回りくどい言い方だった。

「行くに決まってるじゃん」

ヴィアン・リテーリングのウナギの産地を明確にするために来たんだから、と里奈は語気を強める。

が、ふと、春樹の口調と歯切れの悪い言い回しから、弱気になっていることに気付く。

「春樹。昨日、漁協を見て自信がなくなったんじゃないの？　だって、あんな善良な人たちが働いてる良心的な組織で、そんな不正が行われてるなんて思えないもんね」

「いや。ウチの会社が摑んだ情報によると、去年の漁期に南九州地方全体で投池されたシラスウナギの量は公式には一トン以下だ。けど、いくら成魚になってるとはいえ、ヴィアンモール全店で販売される一年分のウナギを賄うためには最低でも三十トン以上が必要だ。そしてその全てが小木曽から出荷されてたんだ。シラスウナギかウナギの成魚を密輸したか密漁したとしか考えられない」

そう言われると、里奈も返答に詰まる。それなら小木曽ブランドのウナギだと信じて販売しているヴィアン・リテーリングは被害者だ。

だが、里奈にはどうしても、春樹の父親をはじめ、あの漁協で働く善良そうな人たちが不正を働いているとは思えない。本当に小木曽に不正が存在するのだとしたら、一部の養鰻業者の中に闇があるのではないかと疑い始めていた。

「とにかく自分の目で確かめたいの。絶対、同行するから置いてかないでよ!」

里奈は強い意志を伝えて通話を切った。

階下のダイニングに用意されていた家庭的な朝食もそこそこに、ボディバッグを腰に巻いて外へ出る。

玄関の前で既に見覚えのあるレンタカーが待機していた。

「おはよ!」

里奈は持ち前の弾むような声で挨拶したが、春樹は「うん……」と浮かない表情でうなずいただけだった。いよいよ今回の取材に気が乗らなくなったようだ。

「私はあんな立派な考えを持った漁協が不正を働いてるとは思えない。漁協も知らないうちに、水産業者から産地の怪しいウナギが持ち込まれてるって可能性もゼロじゃないよね？」

「俺だって身内のことは信じたいさ。あの漁協の信念も立派だと思う。けど、どう考えてもシラスウナギの投池量とウナギの出荷量が合わないんだって。そんなこと、出荷する当事者である漁協が知らないはずない」

春樹が語気を強めた。

「それって、ＡＳＥＡＮから輸入したシラスウナギを含めても？」

「世界中から集められて日本国内の養鰻池に投池されたシラスウナギ全てだよ！」

春樹に断言され、里奈は言葉を失った。

「とにかく、俺は納得いくまで小木曽を調べる。それが記者である自分の使命だと思ってる」

そう断言する春樹の横顔が、里奈には会社に託された使命と、意外なほど誠実な顔を見せる故郷との間で揺れているように見える。

「で、今日の取材だけど」

ふたりは養鰻場に向かう車中で、今回の取材について口裏を合わせた。

当然、産地偽装や不正投池を疑っていることは伏せ、グルメ雑誌に掲載する良質なブランド鰻の取材を装う。里奈は春樹のアシスタントだと身分を偽ることになった。

やがて県道沿いに見えてきた『タケハラ水産』という大きな看板。その二階建ての事務所らしき建物の前には、スポーツカータイプの赤い外車が横づけされていた。

レンタカーが砂利を踏む音が聞こえたのか、すぐに一階の扉が開き、中から白っぽい麻のジャケットの下に柄シャツを着た男が出て来る。

「あれが、タケハラ水産三代目の竹原豊だ」

数年前に二代目が急逝し、地元では放蕩息子として有名だった豊が若くしてタケハラ水産を継いだのだと春樹が説明しながらエンジンを切った。

竹原豊は高級ブランドのロゴが入ったシャツの襟元からプラチナのネックレスを覗かせていた。

「いやあ、春樹君。大きゅうなって」

そう言って、竹原豊は春樹の幼少期を知っている親戚のおじさんのように親しげに笑いながら近寄って来た。

が、里奈の目に彼は自分や春樹より二、三歳年上にしか見えない。多分、芸能人のような服装や髪形のせいだろう。

「どうもどうも、社長ん竹原や」

今度は里奈に向かって会釈をし、上質な革のケースから名刺を取り出す竹原の手首には高級そうな、いかつい腕時計が巻き付いている。

この恰好で養鰻場に入るのだろうかと、里奈は彼の高そうな服と先の尖った白い革靴の心配をする。ネットで調べた養鰻場は人が歩く通路も壁も泥水で汚れていたからだ。

だが、彼女の不安を無視するように、竹原はそのまま長靴も履かずに事務所の裏手へと歩き出した。

春樹のすぐ後に続いた里奈は、いきなり目の前に現れた黒いドームの巨大さとその数に驚嘆した。

野菜用のビニールハウスの三倍以上はありそうな半円形の建物が、ざっと見ただけで十以上ある。

「え？　これが養鰻場なんですか？」

驚きの声を上げた里奈を、竹原はそんなことも知らないのかと言いたげな目で見る。

「す、すみません。あまりにも立派過ぎて……」

思ったままを口に出して謝ると、竹原はまんざらでもない顔になって説明を始めた。

「ウナギは寒うなってきたら冬眠する生き物や。やかぃ秋以降んウナギは餌も食わんごつなって痩せ細る。けんど、一九六〇年代半ばにハウス養鰻が広まって、年間通して暖けえ環境でウナギを育てらるるごつなった。ウナギは一年中餌を食うごつなって、今んごつ脂ん乗ったウナギをいつでも出荷しきるごつなったっちゃが」

日本人はウナギが好きやかぃな、と竹原はほくそ笑んだ。

「知っちょるかい？　全世界で消費されちょるウナギの七十パーセントを日本人が食うちまうんだぞ？」

竹原は事務所の一番近くにあるハウスのドアを開け、ふたりを招き入れた。巨大なドームの内部は里奈が想像していたほどの泥臭さはなく、足許はセメント張りで清潔そうに見える。

これならスーツに革靴でも大丈夫だろうと納得した里奈に、竹原が説明を続ける。

「こん建屋は鉄筋とポリカビニールちゅう強い素材でできちょる。床も池もコンクリート製やかぃ清潔なんやわ」

そこで言葉を切り、しばらく黙っていた竹原が、里奈の顔を不思議そうに見て「メモらねえんか？」と尋ねる。

見れば、春樹はカメラのレンズをあちこちに向け、シャッターを切りまくっていた。それで竹原は春樹をカメラマン、里奈の方を記事を書く人間だと思い込んでいるのだと気付き、すぐさまペンと手帳を出した。

「すみません。圧倒されて仕事のことを忘れてました」

笑顔で取り繕ったが、言葉は本心だ。どちらが功を奏したのかは不明だが、竹原は更に雄弁になった。

「事務所にあるコンピューターがうちん全てん養鰻池ん水温、水位、水流、水質を二十四時間、管理しちょる」

かなり深そうな池の中でウナギがうねうねと気持ちよさそうに泳いでいる。

「すごいですね……」

里奈は心の底から唸った。正直、こんな田舎の漁村にこれだけの設備を備えた養鰻場が、これほどの規模で存在するとは思ってもみなかったのだ。

「で、汚れた水は地下ん配管を通って海洋研究センターへ流れていくんやわ」

「え？　取水用の水道の話は聞きましたけど、専用の下水道もあって、研究センターと繋がってるってことですか？　他の養鰻場もですか？」

「そうや。小木曽ん養鰻場から出る汚水は全部、センターで浄化してもろうちょるはずやかぃ。まあ、うちほど大規模で近代的な養鰻場は他にねえけど」

竹原は自信たっぷりの口調で、ごくたまにシラスウナギの小さい個体がフィルターの目をくぐって流出してしまうこと、だが、ここで成長させて、出荷するウナギの量に比べれば微々たるもので誤差の範囲内だということなど、やたらタケハラ水産の規模を誇示する。

「まあ、小木曽はできるだけ抗生物質やら使わんごつしちょるし、餌にもこだわっちょるかぃ、水もそんげ汚れちょらんと思うけどなあ」

「え？　抗生物質？」

「あったやろ？　外国産んウナギで」

「ああ……」

と呟いた里奈の脳裏に、過去の事件が甦る。

数年前、某国から輸入されたウナギから、養殖に用いることが禁じられている猛毒のマラカイトグリーンが検出された。その国では発がん性物質であるマラカイトグリーンが、魚類の病気を防ぐために公然と使用されていたのだ。

「ウナギに限らず、魚ん病気ん大半は大量ん個体を過密な環境で飼育するかぃ発生するっちゃね」

つまり、抗菌・抗生物質は劣悪な環境でも魚が簡単には死なないように投与される。ウナギの成長を早めるホルモン剤も基準値を超えて使用する国がある、と竹原は忌々しげに言う。

が、世界的に禁止されているこの合成抗菌薬が輸入ウナギから検出されたことにより、某国産のウナギに対する不信感は瞬く間に日本中へと広まった。そして、輸入時の検査も厳格化されたはずだ。

「けど、それって随分前の話ですし、日本の養鰻場でそんな危険な薬剤は使ってないですよね？」

「さすがにマラカイトグリーンだんホルマリンだんを使うちょる養鰻場は日本中探してんねえやろうが、オキソリン酸やらスルファモノメトキシンやらん抗菌・抗生物質は使用から水揚げまでん日数、それに容量さえ守れば日本でも使ゆることになっちょる。他にもいくつか認可されちょる薬剤もあるが、うちではそんげんも一切使うちょらん。無投薬や」

「へえ。それなら安心ですね。たしかに池が深くて広いですもんね。ウナギも気持ちよさそうに泳いでるし、薬剤も必要ないんですね」

と養鰻場内を見渡した里奈は、ふとハウスの奥に漁協で見たのと同じ黄色いケージを見つけた。

この池でも水揚げしたウナギは黄色いコンテナに入れられ、黄色いキャリーケージに積み上げられて漁協に運ばれるのだろう。そして、加工されたものも黄色いコンテナに入れられてヴィアンモールに入って来る。商品の流れに問題はない。

シラスウナギの投池量と、ここから出荷される成魚の量が合致すれば、産地偽装はないのだと里奈は確信する。

「あの……。タケハラ水産さんが、あの黄色いキャリーケージで漁協に出荷される一日の量ってどれぐらいなんですか？」

「そりゃ企業秘密」

いきなりはぐらかされ、里奈は「え?」と手帳から顔を上げる。

「じゃあ、タケハラ水産さんの過去五年間のシラスウナギの投池量ってどれくらいなんですか?」

里奈はシラスウナギが出荷できる成魚になるまでの生育期間を平均して、出荷量を逆算しようとしたのだが、

「さあ、どれぐらいやったかなあ」

と、今度はあやふやな回答しか返ってこない。

これだけの管理養殖を行いながら投池量がわからないというのは解せない、と里奈は首をひねった。

「うちは漁協から買うシラスウナギ以外にも、他所ん『漁師もどき』が持ち込むウナギもあるかぃなあ」

「漁師もどき?」

つまり漁業権を持っていない漁師がいるということなのだろうか? と手帳の上を走っていた里奈のペンが止まる。

「まあ、漁獲量は年度によるけど。今でも藍ウナギん稚魚が遡上してくることがあるごたってね。そういうんも全部買い取っちょるかぃ、うちは」

どういう人間から稚魚を買い取っているのかは言葉を濁したが、それは公の調査記録に載らないシラスウナギの存在を匂わせる発言だった。

「卵からシラスウナギになるまでん期間は半年や。どこから持って来たシラスウナギであってん、出荷しきる大きさになるまでん一年から一年半をここで過ごすことになる。つまり、ここに持ち込まれたシラスウナギは出荷する時には全部『国産』になるっちゃが。誰がどこから持って来ようとな」

今度は自分の仕事を正当化するような言い方になった。

これでは埒が明かない。里奈はできるだけの情報を竹原から引き出そうと、思い付く質問を全て投げかける作戦に切り替えた。

「ここでは黄色以外の、他の色のコンテナでの出荷はないんですか？　青とか赤とか」

とりあえず、タケハラ水産が扱っているウナギの全体量を摑むために投げた質問だったのだが、その時初めて竹原は動揺を見せた。一瞬の沈黙の後、彼は「ない」と短く答えたが、それ以降は急に口が重くなった。

竹原の態度が硬化するのを感じた里奈は、すぐに質問を変え、タケハラ水産が誇る管理システムについて尋ねた。

「水温はどれぐらいに設定されてるんですか？」

その問いに頰を緩めた竹原だったが、急に、「おい！」と怒鳴って里奈を跳び上がらせた。

「そっちは倉庫や！　撮るんじゃねえ！」

それは写真を撮っていた春樹に向かって投げられた怒声だった。

「あ、すみません」

里奈が取材をしている隙に、ハウスの一番奥にある扉を開けてシャッターを切っていた春樹が振り返る。その顔に後ろめたさが滲んでいる。おどおどしている春樹に代わって、

「すごい設備だから、全部見たくなっちゃうよね」

と里奈がすかさずフォローした。

「もうこれぐらいでいいやろ」

不信感をあらわにして竹原が取材を打ち切った。

「はい。ご協力、ありがとうございました。雑誌ができたらお送りします。これからも美味しいウナギ、期待してます！」

深追いしてはいけない。ビジネスライクに頭を下げた里奈は、動揺を隠せない春樹の背中を押すようにしてビニールハウスを出た。

ここへ来た時の歓迎ムードから一転し、竹原は見送りもせずに、ハウスの前で誰かと喋っている。いつの間に現れたのか、六十代半ばに見える男がタバコをふかしながら里奈たちを見ていた。頬に大きな傷があり、一見して堅気ではないことがわかる。その男が目を細めるようにして笑いかけているのが逆に里奈をぞっとさせた。

「ヤバい。山井《やまい》だ」

春樹が声を潜めるようにして言う。

「山井？」

「山井恭介《きょうすけ》。ここら辺では有名なヤクザだよ。昔は大きな組の組長だったらしい。組はだいぶ前に解散して、今は竹原の後ろ盾だ」

それを聞いた里奈の歩調は知らず知らず速くなった。それでも、慌てていて車のキーが見つからない春樹を「落ち着いて」と宥めるだけの余裕は残っていた。

急いで車に乗り、タケハラ水産の前を離れて数百メートルほど走った頃、やっと平常心を取り戻した様子の春樹が口を開いた。

「オヤジに聞いたことがあるんだ。小木曽でウナギが獲れなくなった頃の話だから、もう三十年ぐらい前のことだと思うけど。山井は身寄りのない人に金貸して、返せなかったら遠洋漁業の船に乗せてたらしい」

「遠洋漁業？　マグロ船とか、そういうヤツ？」

「そう。で、保険金をかけて南洋で沈めてたって噂だ」

「嘘……。保険金殺人じゃん」

「証拠がないからあくまでも噂だけど。山井の口利きで漁船に乗って帰って来なかった人間が小木曽だけで五人ぐらいいたって」

「酸で溶かしたり海に沈めたり。小木曽の悪者、ちょっと怖すぎるんだけど」

そうやって冗談めかしながらも、山井の生温かい視線を思い出して、里奈の背中は冷たくなった。

六

タケハラ水産での取材を終えた里奈と春樹は、逃げるように隣町まで車を走らせ、県道沿いで見つけた喫茶店で昼食を摂った。

「そういえば、ビニールハウスの奥の倉庫には何があったの？　春樹に覗かれて、竹原社長ずいぶん慌ててたけど」

「別に。大したものはなかったんだけど」

そう言いながら、春樹は一眼レフの画像を再生して里奈に見せた。

「あれ？」

里奈の目に留まったのは雑然とした倉庫の一角に並んでいる赤いキャリーケージだった。

「竹原社長は赤いコンテナに入れて出荷するウナギは扱ってないって言ってたのに……」

「赤いコンテナ？」

「漁協で働く子たちが、おまじないみたいに『黄色は黄色。青は青。赤は赤』って言ってたのよ。その時、青いコンテナを積んだ青いケージが入荷してきて、青いコンテナの中のウナギは下処理した後も、青いトレーに載せて青いコンテナに入れられてた。つまりあれは、さばいた後もちゃんと同じ色のコンテナに入れなさい、っていうルールだと思うんだ。それはヴィアンモールに入荷される時も同じで、コンテナの色によって最初の値段も値下げ率も違うの。私の舌が未熟なのか、赤と黄色の味の違いはイマイチわからなかったんだけどね」

「けど、なんで赤いケージを隠す必要があるんだ？」

その質問には里奈も首を傾げた。

「うーん……。出荷量を少なく見せるためなのかな。実は赤いケージで出荷してる格安のウナギの量が異常に多いとか。でも、それって、わざわざヤクザを呼んで私たちに圧力をかけて追い払うほどのことなのかな……」

「タケハラ水産は先代の頃から都合の悪いことが起こると山井に始末してもらってたって話だよ」

「始末？」

里奈がオムライスをスプーンですくったまま、声を上げた時、真っ黒に日焼けしたふたりの男が店に入って来て、彼らの隣のテーブルに陣取った。里奈の目にはひとりは四十代、もうひとりは二十歳そこそこに見えた。どちらの作業着の胸にも、『中塚《なかつか》渡船』というロゴが刺繍してある。

「お前も見たんか？　不審な外国船」

テーブルを挟んですぐ、先輩らしき男が言った。ここに入って来る道すがら話していた会話の続きのようだ、と里奈は聞き耳を立てる。

「うん、見た。夕べ、アジを釣りてえっちゅう東京からんお客さんを三人ばかし乗せて沖へ出たんやわあ。そしたら、真っ暗な海で灯りもつけちょらん船が二隻、停泊しちょって」

一隻は日本国籍らしく、舳に日の丸の旗が結わえてあり、もう一隻は今にも沈みそうなボロボロの小さな船で、船腹にはハングル文字が書かれていたという。

どうやら彼らは、釣り人を乗せて漁場へ出る、渡船業を営む会社の船頭らしい。夜、釣り船で小木曽湾の沖へ出ると、最近、外国籍の不審な船を見かけるようになったと話している。

「ありゃあ、瀬取りやな」

里奈の耳はその単語にピクリと反応した。「瀬取り」というのは本来、積み荷を陸揚げするために洋上で親船から小舟に荷物を渡すことだ。これが転じて、沖で国籍の違う船から別の国籍の船に荷物を積み替える、いわゆる密輸を意味するようになった。

――もし、タケハラ水産の養鰻池で育てられているのが、密輸されたウナギだったとしたら……。

「漁師もどき」からウナギを買い取ることもあると言っていた竹原の声が甦る。

犯罪と不正の臭いを嗅ぎ取った里奈は、すぐさま隣のテーブルに椅子を寄せ、

「あのぉ、中塚渡船の方ですよね？　今夜、釣り船って空いてますか？　私たちふたり分」

とさも以前からその会社を知っている風を装って尋ねた。

突然のことに、彼らと春樹は目をぱちぱちさせている。

「え？　ああ、えっと……」

中年の船頭は胸のポケットから手帳を出し、若い方はスマホのスケジュールアプリを立ち上げる。

「ああ……。今夜ん船は予約で一杯や」

手帳を眺めた方の船頭は申し訳なさそうに呟いた。

「俺、今夜は休みなんや」

若い方も言う。

ふたりの返事に意気消沈しながら店を出た里奈と春樹を、若い方の船頭が追いかけて来た。

「チャーターなら、船を出してやってんいいよ。会社には内緒やけどな」

つまり、会社の船をこっそり拝借して船頭代を稼ぐつもりらしい。しかも貸し切りになるので、ひとり当たりの料金が高くなるということだった。

「そこを何とか安くしてくれないかな？　会社には絶対、言わないから」

春樹が頼み込み、燃料費と普段の日当で船を出してもらえることになった。

その夜の日向灘には不気味なほど波がなく、黒い海面は凪いでいた。

里奈と春樹は、喫茶店の前でもらった走り書きのメモを見ながら、指定された船着き場を探した。

「こっちや」

押し殺すような声に呼ばれて行くと、既に他の釣り船は出払った後らしく、中塚渡船と書かれた船が一艘だけ、ぽつんと取り残され波に揺られて上下している。

「どんげに釣れちょっても、他ん船が帰って来る前に戻るってことでかまわんよね？」

里奈たちをただの釣り客だと思っている若い船頭が念を押す。

これは一種の横領だ。

――けど、どうしても瀬取りをしている船の正体を知りたい。

今だけ正義感を頭の隅に追いやって、里奈はうなずくと船頭の手を借り、十人ぐらい乗れそうな釣り船に乗り込んだ。

「すぐ出す」

エンジンをかける音がして、船は水面を滑り出した。他の船が停泊している方角を避けるように、暗い方へ暗い方へと進む。

船の後方に腰を下ろした里奈は隣で黙り込んでいる春樹に尋ねた。

「もし……、万一だけど。瀬取りしてるのが漁協の関係者だったらどうするつもりなの？」

春樹からの返事はなく、エンジン音と船体が波を切る音しか聞こえない。

里奈が、聞くべきではなかったと自分のデリカシーのなさを反省した直後、

「もちろん、記事にする。そのために来たんだから」

と、きっぱり断言する声がした。薄闇の中、水平線の方角を向いている横顔のシルエットは見えるが、表情まではわからない。

迷いがないはずはない。だが、春樹は記者としての洗礼を受けようとしているのだ。

「わかった」

うなずいた里奈は手すりに摑まりながら操舵室へ向かった。そして、

「昨日、東京の釣り客を乗せていったっていう漁場はどの辺りですか？」

潮風に吹き乱される髪を押さえながら、操舵室の中を覗き込むようにして船頭に尋ねた。

「ああ、こん少し向こうよ」

そろそろ目的地が近いのか、若い船頭は速度を緩めながら答える。

「そこへ連れてってください」

里奈のリクエストに、船頭がきょとんとした顔になる。

「え？　けんど、そんげん所より、いい穴場があるとじゃけど」

「いえ。昨日の場所でお願いします！」

里奈が気付かないうちに春樹も操舵室の前まで来ていて、頭を下げた。

「まあ、いいけど……」

怪訝そうな顔をした船頭はレーダーで仲間の釣り船がいないことを確認したらしく、「釣れんでん知らんぞ」と不承不承、船の方向を変えた。

間もなく、船が停まった。

「昨日ん客はこん辺で釣らせたっちゃ」

沖で潮の匂いを嗅ぐと、条件反射のように釣り糸を垂れたくなるが、里奈はそれを堪え、「夕べは何時頃まで釣ったんですか？」と尋ねた。

「不審船が近くに現るる前やかぃ十時頃かなあ。みんな気味悪がって、釣りどころじゃねえでなったやわ」

腕時計に視線を落とした里奈と春樹は、よし、と目配せをして釣竿を用意した。夕べ不審船が現れたという時間まであと一時間余り。釣り船を借りて全く釣らないのも怪しまれると思い、レンタルしておいたのだ。

アジ釣り用の準備をして、船の両サイドに分かれた。だが、こちらの思惑を知っているかのように小魚一匹寄り付かない。

海上は無風状態だ。波が穏やかすぎて、里奈は珍しく船酔いしそうな予感を覚える。

波の音だけを聞いて時間を過ごした。

「あ！」

里奈が幾度めかの生欠伸を噛み殺した時、凪いでいる水面をちらちらと照らすサーチライトのような光が見えた。

すぐさま竿を双眼鏡に持ち替えた里奈の横に、素早く移動してきてカメラを構えた春樹が立つ。一眼レフには望遠レンズがついていた。

数百メートル沖に浮かぶ粗末な船の船腹には判然としない記号のような文字が書いてある。

「ハングルだ……」

春樹が呟くように言いながら、シャッターを切っていく。

「あんたたち、一体……」

釣り人らしからぬふたりの様子に絶句する船頭に春樹が頼んだ。

「別料金払うから、ライトをできるだけ消して、もうちょっと寄せてくれ」

「え？　あんたら、一体……」

怪訝そうな顔をしたもののエキストラチャージに惹かれたのか、船頭は唾を飲み下すように喉仏を上下させた後、再び操舵室に戻ってエンジンをかけた。

「見えた……！」

里奈が覗いている昼夜兼用の双眼鏡に長さ七メートルほどの船の全体が映った。甲板に載せている積み荷が重いのか、ハングル文字が書かれた船体は今にも沈みそうだ。

「何を積んでるのかしら……。ビニールシートみたいな物がかけてあって見えないわ。あ！　もう一隻来た！」

里奈の双眼鏡が捉えている船の後方に別の船影が映り込む。

「あれは……」

ふたりが今乗っている釣り船よりも大型で立派な漁船だった。しかも、船体には日本の国旗と漢字で船名が書かれている。

「大豊丸《だいほうまる》……」

日本国籍の漁船だ。船籍不明の漁船に横付けし、船員が何かを受け取っている。

「春樹、見て！　何か引き揚げてる！」

春樹のカメラも二隻の船に向いていた。

不審船から引き揚げられた箱状の物が漁船の甲板に積み上がっていく。

「あれは……」

春樹が絶句する。里奈にはそれが、水産用の黄色いコンテナに見えた。

「もし、あの中身が全部シラスウナギだったら……。成魚はすごい量になるわね」

そう推測した里奈に、春樹はファインダーを覗き込んだまま唸った。

「いや、シラスウナギの漁期は冬だから、時期的には成魚である可能性が高い。それにしてもすごい量だ」

しばらくすると二隻の船はそれぞれ方向を変え、その場を離れ始めた。

「あの船！　大豊丸って書いてある漁船！　あれを追いかけて！」

里奈が船頭に頼むと、彼はようやく合点がいった様子で、「もしかして、あんたがた、海上保安庁ん人やなあ？　おかしいとは思うちょったんだ」と首を傾げる。

さすがにただの釣り客だとは思われていなかったか、と里奈は質問には答えず苦笑した。

「よし。密漁者を追跡するぞ」

会社の取り分をちょろまかそうとしていた若い船頭は、急に正義に目覚めたかのように船の速度を上げた。

「あ、あんまり近付きすぎないでください。しばらく泳がせるんで」

「任せときな！」

春樹の指示を忠実に守り、韓国船から離れていく漁船を、釣り船は一定の距離を置いて追跡する。

それから二十分ほどで、追いかけていた大豊丸は、里奈たちが釣り船に乗った船着き場の端に停まった。

「見て、あそこで積み荷を降ろすみたい！」

双眼鏡を下ろして里奈が春樹に報告した。

「俺たちも下りて、どこへ運ばれるのか突き止めよう」

春樹が船頭に一万円札を握らせ、ふたりはレンタカーを停めた辺りで釣り船を下りた。

釣り人らしくクーラーバッグや釣竿を持っているせいか、大豊丸から下りて来た五人の男たちが里奈と春樹を怪しむ様子はない。ちょっと早く釣りに飽きて帰って来た都会の釣り客だと思っているのかも知れない。

里奈が目をやると、漁船から降ろしたコンテナの中にはウナギを入れるディスク状のケースが入っていた。

「黄色のコンテナだ……」

蓋がされていて見えないが、中身は間違いなくウナギだろう。男たちはコンテナを、軽トラックに積み込んだ。

——瀬取りのウナギが黄色ってことなのかな？

トラックがエンジンをかける音を聞き、里奈と春樹は急いでレンタカーに戻る。

そして、慌ただしくトランクを開けてクーラーボックスと竿を仕舞い、軽トラックを追いかけた。夜間で交通量の少ない県道を、トラックは小木曽の方角へと走る。

「まさか、漁協に持ち込むわけじゃないよね？」

春樹も同じことを考えているのか、外灯が照らす横顔は硬い表情だ。

――もし、漁協が瀬取りの事実を知っていながら入荷を許可し、ヴィアンモールに出荷しているのだとしたら……。

小木曽漁協への信頼が崩れ去ることになる。

「あれ？　通り過ぎた……」

軽トラックは漁協のある湾の方へは入らず、そのまま直進する。

それを見た里奈と春樹は、ほぼ同時に安堵の吐息を洩らしていた。

「この道は……」

間もなく、トラックは見覚えのある側道に入り、ブロックで囲われた駐車場へと入っていった。

「え？　タケハラ水産じゃん！」

里奈は驚きを隠せず、声を上げた。しかし、すぐに大豊丸の「豊」という文字は竹原豊の名前に由来しているのかも知れないと考えた。

里奈がタケハラ水産の看板を凝視している間に、レンタカーは養鰻会社の前を通り過ぎた。

「え？　春樹、なんで通り過ぎるの？　どうするつもり？　まさか、これで終わりじゃないよね？」

「う……。いや、でも……。山井がいるかも知れないし」

タケハラ水産の看板を見た途端、怖気づいてしまった春樹に里奈は呆れた。

「は？　誰がいようと証拠を摑まなきゃ意味ないじゃん！」

「わ、わかってるよ。この先でUターンするよ」

春樹が不承不承、既に閉店しているドライブインの駐車場で方向を変えた。そして、用心深くタケハラ水産のかなり手前にある商店の前にレンタカーを停める。

里奈と春樹は車を降りて外灯の少ない夜道を歩いた。この時間、県道を走っている車はほとんどない。

「多分、さっきのコンテナの中身はウナギかシラスウナギ。タケハラ水産の養鰻場に投池するのは間違いなさそうね」

これからタケハラ水産の敷地に足を踏み入れ、不正の臭いがするコンテナの行き先を突き止めるのだと思うと、里奈は武者震いが止まらない。そんな彼女の方を向いた春樹は「しっ！」と人差し指を自分の唇の前に立てた。

複数の声がする。

駐車場を囲むブロック越しに中を盗み見ると、五人の男たちがトラックから黄色のコンテナを降ろし、台車に載せてドーム型の養鰻施設へ向かうところだった。

コンテナを積めるだけ積み上げた台車を男たちが一台ずつ押して行く。

「かなりの量ね」

里奈は声を潜めた。

植え込みの陰に身を隠して観察する。

黒いビニールハウスの中から、水に酸素を送るモーターの音がしていた。昼間見学に来た時には気にならなかった機械音がやけに響く。

ばしゃばしゃばしゃばしゃ。

施設の中から水しぶきの音が聞こえた。どうやらコンテナの中身が投池されたようだ、と里奈は聞き耳を立てた。

ビニールハウスの内部には照明が灯っているせいで、黒いビニールの向こうにぼんやりと人影が見える。

五人の男たちがディスク状のケースの中身を投池しているのがわかった。

春樹がその影を写真に撮っているが、さすがに中身が何なのかまではわからない。

だが、推理はできる。ここがタケハラ水産で、持ち込まれたのは市場などで見る魚類用のコンテナ。

「中の写真、撮れないかな」

里奈が立ち上がってビニールハウスに近付こうとするのを春樹が制する。

「やめとけって」

「大丈夫だよ」

里奈が植え込みから出て、セメントを張った敷地に足を踏み入れた途端、ビー！ビー！　ビー！　とアラームが大音量で鳴り響いた。

「ヤバ……」

地方の養鰻業者が、ここまでの警備をするものだろうか。足許に張り巡らされた赤外線センサーに、里奈は一瞬立ち尽くす。

が、すぐに茫然としている春樹の手首を摑み、「逃げよう」と車を置いている道路の方へと走った。と同時に男たちがハウスから出て来る。事務所にもパッと灯りが点き、そちらからも数人の男が飛び出して来る。

「こっちはダメ！　あっちよ！」

車の方角には戻れないと直感した里奈は植え込みの方へ引き返し、そのまま街灯のない田んぼの中のあぜ道を走った。

田畑を抜けて県道に出てからは春樹の方が先を走り、ちらちら後ろを振り返っては、追っ手との距離を確認していた。

暗闇の中、十人ほどの男たちが、声もなく足音だけを立てて追って来る。

里奈は春樹に引っ張られながら無意識のうちに、竹刀の代わりになりそうなものがないかと周囲に目を配る。竹刀さえあれば四、五人は倒せる自信があった。が、そう都合よく長い棒っ切れは落ちていない。

「ヤバい。追いつかれる」

その春樹の言葉にハッとして里奈が振り返ると、複数の懐中電灯の光が確実にふたりとの距離を詰めてきていた。

——捕まったらどうなるんだろう……。

そんな不安が頭をよぎった里奈の足を、追いかけて来る懐中電灯の丸い光よりも更に強烈な光が正面から照らしだした。

前方に停まっている車のライトだ。しかも、ハイビームでふたりの足を照らしている。

挟み撃ちにされたのだと思い、里奈の足は止まった。

すぐに助手席から降りて来た男の顔は暗くて見えなかったが、里奈の頭の中には山井の顔が浮かぶ。

絶望的な気持ちになる里奈に、男が、

「こっちや」

と関西訛りの言葉を投げ、後部座席のドアを開けた。あたかも、迎えに来たかのように。

「え？」

戸惑っている里奈と春樹に向かって、男は「はよせえや！」とドスの利いた声で急かした。

「待てー！」

その声に振り返れば、背後から追っ手が迫っている。

「は、はい！　乗ります！」

選択の余地はなく、慌てて里奈が後部座席に乗ると、続いて体を押し込むようにして春樹も乗り込んで来た。

「あ……」

そこには先客がいた。

運転席の背後に黒っぽいサマーセーターを着た白髪交じりの男が座っている。

「さ、沢木……。さん……！」

呻くような声で春樹が呟く。辛うじて敬称をつけたような言い方で。

え？　と春樹のせいで右腕が密着するほど近くに座っている五十がらみの男の横顔を里奈はまじまじと眺めた。

——これが脅しと弁舌で数百億もの金を銀行や企業から巻き上げた男……。

里奈がテレビで見た現役時代の映像から、既に三十年以上が経っていると思われるが、深く切れ上がった目尻と細く通った鼻筋に当時の面影はしっかり残っている。

どうやら自分たちは、マグロ漁船に乗せた人間を海に沈めるという男に追われ、飯を食うように人を殺すという男の車に飛び込んでしまったらしい。そう気付いた里奈は愕然とした。

ドン、と重い音がして後部座席のドアが閉まり、カタンとロックされる音がした。

懐中電灯の光が後部座席の窓に届くほど近くまで追っ手が迫った時、「出せ」と沢木が低い声で運転席に命じた。

「すぐにヤサへは戻らん方がええやろ。後で家まで送ったるわ」

走り出してしまった車の中ではもう沢木の言葉を信じるしかない。里奈は肚を括ってバックシートに背中をあずけた。

「どうして助けてくれたんですか？」

里奈の左で俯き、固まったようになっている春樹の代わりに聞いた。

「勘や」

「勘？」

「敵か、味方か。自分にメリットがある人間か、ない人間か。その直感だけで今まで生き延びてきた。ま、竹原と山井の敵は大抵、俺にとって無害であることが多い」

「つまり、ずっとタケハラ水産を監視してたってことなんですか？」

「タケハラだけやない。小木曽の全てを、や」

こんな片田舎に住んでいながら何をそこまで警戒しなければいけないのだろう。訝りながら、里奈は質問を続けた。

「じゃあ、タケハラ水産がやってることも知ってるんですよね？」

「アイツら不審船から瀬取りしとんのやろ？」

沢木が口許に笑みを溜めたまま、あっさり答えたのと同時に、春樹がうっと息を呑む。

自分たちが命がけで摑んだ不正の事実を沢木が既に知っていることに、里奈も啞然とした。

「この南九州のことで、俺の耳に入らんことは何ひとつない」

この男が「そうだ」と言えば全てが真実になってしまうような説得力が、その深い声にはある。

「それで？　証拠は摑めたんか？」

と沢木が鋭く聞いた。それだけでこれまでとは違う冷たい空気が車内に充満する。

「あ、いえ。はっきりとは……」

沢木の存在感に圧倒されながら、里奈は曖昧に答えた。

実際、瀬取りの場面とコンテナの中身をタケハラ水産の養鰻場に投池する影は撮影していたが、肝心のコンテナの中身が何であるかを突き止めるには至っていない。

「そりゃあ、残念やったなあ」

一瞬見せた鋭利な表情から一転し、今度はさも可笑しそうに沢木がからっと笑う。

子供をからかう大人のような態度に里奈はムッとしながら言い返した。

「じゃあ、あなたは証拠を摑んでるんですか？」

里奈が踏み込むと、彼は「さあな」と首を傾げた。

が、その意味ありげな表情が、里奈には決定的な何かを知っているように見える。

「竹原を潰すだけなら全然かまへん」

「それは、竹原以外に……、他にも影響が出るっていう意味ですか？」

里奈が言い返したり食い下がったりする度に、春樹の体がビクビク震えるのが里奈の二の腕に伝わってくる。

「さあ、どういう意味やろ」

沢木は腕組みをして笑いながら、のらりくらりと躱す。

そんな沢木に里奈は一番聞きたくない疑念をあえて投げかけた。

「……瀬取りに漁協も関わってるんですか？」

「まさか。この件に関して漁協は善意の第三者や」

沢木が素早く否定した。

「善意の第三者……」

裏社会の人間が好んで使いそうな表現だ、と里奈は鼻白む。

「小木曽の養鰻場で一定期間育てられたウナギが正規のルートで漁協に持ち込まれれば、ヴィアン・リテーリングは正当な価格で引き取る。怪しい個体があれば一定の品質検査はするやろ。せやけど、役所が定めるおかしな物質が検出されへん限りは漁協に素性を調べる義務はない」

「だけど、水産庁が出した数字と出荷量に大きな乖離があれば、おかしいと思うのが普通じゃないですか？」

「まあ、それは『必要悪』っちゅうヤツやな。多少の不正には目を瞑ったらんと、日本でウナギは食べられへんようになるで。どこの産地でもやってることやろ」

沢木は悪びれた様子もなく、ふふん、と鼻で笑った。

里奈は肘で春樹をつついて、あんたも何か言いなさいよ、と促す。が、彼はマネキンにでもなったかのように微動だにしない。

山井を見た時の反応といい、幼い頃にインプットされた「恐怖」は一生ものだな、と里奈は溜息を吐いた。

が、不思議と里奈の中にそこまでの畏怖はなかった。こうして話してみると、第一印象どおり沢木は理知的で、理由もなく暴力を振るう人間には思えなかったからだ。

それは多分、三十年前にヴィアン・リテーリングの総会担当だった社員が沢木について語った記事を読んだせいもあるだろう。

その担当者は沢木のことを「鮫のような人。向かって行くと恐ろしいが、腹の下にくっついていればこれほど心強い人間はいない。こちらが裏切らなければけっして裏切らない人」と評した。

そして、「読書家で博学。彼とは毎晩でも喋り、飲み明かすことができた」と沢木に何十億も搾取されている会社のエリート社員は語ったのだ。記事からは、その社員が沢木に傾倒している様子が読み取れた。

ずっと不思議に思っていた。億単位の金を搾取している会社の人間から、こんな風に評されるなんて一体どんな人物なんだろう、と。

そして過去の逮捕映像を見た時、社員が語っていたことが、すとんと肚に落ちた気がした。

不正を嫌う里奈が、その知的な瞳に惹かれたのだった。

あの映像から三十年の時を経て目の前に現れた本物の沢木が、「ここでしばらく時間でも潰しとき」と軽い口調で言って、顎でログハウス風の建物をさし示した。

『ダイビングショップ・S』

入口にはサーフボードにトールペインティングを施した看板がある。

「ダイビングショップ？」

都心の若者が好みそうな洒落たショップの前で高級車は停まった。すぐに助手席の男が降りて来て、後部座席のドアを開ける。

先に車からアスファルトの駐車場に降り立った沢木隆一の姿を見て里奈は感心した。

均整がとれたすらりとした体形をしており、表情も若々しく、とても五十代後半には見えない。三十年前の映像より白髪と皺はかなり増えているが、背筋の伸びた立ち姿はこれまでのストイックな生活を想像させる。

時刻はもう午前三時を回っていたが、ダイビングショップには灯りが点いていた。

「社長、お疲れ様です」

店内にいた日焼けした茶髪の男が沢木を見て頭を下げる。その風貌は湘南辺りの海岸を歩いている若者と大差ない。

入口から奥のカウンターまでの短い距離に、ダイビング用品や南国風の土産物が所狭しとディスプレイされていた。

ダイビングツアーに参加する客が寛ぐために作られたのであろう一角には、籐製の応接セットと観葉植物がゆったりと配置されている。

「客やないけど、コーヒーでも出したって」

沢木の指示を受けて店の奥に消えた茶髪の男が、すぐに氷の入ったグラスをふたつトレーに載せて運んできた。そして、センターテーブルの上にコースターを置いて並べたグラスに、コーヒーポットから直接、褐色の液体を注いだ。

里奈と春樹はおずおずとソファに腰を下ろした。

春樹は落ち着かない様子で店内を見回しているが、里奈は座ってすぐグラスに手を伸ばした。インスタントではなく、明らかにドリップしたと思われるコーヒーの芳醇な香りがする。

春樹がスマホをいじり始めた。里奈にはそれが、何かあったらすぐにでも助けを求められるように準備しているかのように見える。

一方、里奈はショップの片隅にディスプレイされた数本の流木を見つけ、いざとなればあの中のひとつを竹刀代わりにしようと決めた。

後はなるようになると肚を括り、テーブル脇にあるマガジンラックからマリンスポーツの専門誌を手に取って、膝の上で開いた。

だいぶ時間が経ってから、ショップの奥の方でシャワーのような水音と複数の足音が聞こえてきた。

ラフな恰好をした十人ほどの若い男たちが濡れた髪をタオルで乾かしながら現れ、持っていた黒いダイバースーツとストラップ付きのＩＤカードのようなものを棚のフックにかけている。

——こんな夜中にダイビング？

里奈がまじまじと彼らを観察していると、男たちの中のひとりが沢木に小声で報告した。

「社長。ブツは裏の生簀に置いてますんで」

「ああ、ご苦労さん。店長、金」

男たちは茶髪の男から一万円札を数枚ずつ受け取ると、黙って店を出て行った。

——密漁？

そう直感して里奈と春樹は顔を見合わせた。

「ブツって何なんですか？」

ずばり踏み込んだ里奈の顔を睨むようにして、春樹が首を横に振る。聞くな、とでも言うように。

「ここははっきりさせなきゃダメでしょ。ウナギだったらどうすんのよ」

里奈が春樹を説得しようとした時、沢木がフックにかけられたストラップをひとつ取り、里奈の方へ投げて寄越した。

反射的にキャッチしたIDカードには『小木曽漁協』のロゴが入っている。

「本物やろ。漁協からの発注で、なまこ獲ってるだけや」

「なまこ……。こんな夜中に？」

「漁業権、持ってるんやから、いつ獲ろうがこっちの勝手や。頼まれれば、いつでも何でも獲ってくる」

「たしかに本物かも知れないけど、漁協のIDカードがどうしてこんなにたくさんあるんですか？」

「他の漁師のんを預かってるだけや」

沢木は嘲笑うように言った後、

「ほな、そろそろ家まで送らせるわ。おい。車、前に回したれ」

あからさまに面倒臭そうな顔になって会話を打ち切り、入口に控えていた運転手に指示した。

「は？　まだ、聞きたいことがあるんですけど」

里奈が不満を洩らすと、沢木が溜息を吐きながら向かいのソファにどかりと座った。

「あんた、ここへ来る途中、山の左手にあった焼却場、見たか？」

「え？　焼却場？」

いきなり何の話かと里奈が聞き返すと、沢木が少し身を乗り出すようにして続けた。

「あそこに持ち込まれたゴミは燃やす前にピットに溜められて、クレーンで運ばれるねん。ほんで、巨大な粉砕機でバキバキに砕かれる」

じっと目を見つめて説明を始める沢木の意図を知ろうと里奈もその瞳の奥を覗く。

「砕かれたゴミはゆっくりと機械に押し出されていって、焼却エリアで五百度を超えた時に自然発火する。炉に投入されて二時間や。ゴミは残渣《ざんさ》とかチャーていう炭化物になる。で、その燃えカスを最終的に熱で溶かすねん。そしたら、最後は何も残らん」

それを聞いて里奈は春樹が言っていた沢木の話を思い出した。

「風のように人を攫い、飯を食うように人を殺す」

だが、そんなことをすればいずれ足が付く。だからその話には誇張があると思っていた。けれど、もし沢木が殺した人間やそれに使った凶器を焼却場で処分していたとしたら……。

——酸で溶かしてるんじゃない。燃やし尽くしてるってこと？

沢木が炉内を観察する窓を覗いている場面を里奈が想像した時、真っ青な顔をし

た春樹が、

「か、帰ろう！」

と、勢いよく立ち上がった。里奈と同じことを想像して恐怖に耐えきれなくなったように。

好奇心旺盛な里奈もさすがに背中が冷え、膝の上の雑誌を元のラックに戻して春樹の後に従った。

「じ、自分たちで帰れますので」

春樹は沢木の運転手に送ってもらうのを遠慮し、ふたりは帰路に就いた。


春樹の実家に着く頃にはもう、空が白み始めていた。

「じゃあね」

海沿いの道を一時間以上、それまでずっと無言で歩いていた春樹が、

「まだ暗いから民宿まで送るわ」

と素っ気なく言って再び歩き出す。

「レンタカー、どうする？　私が取りに行こうか？」

「いや。あの辺は昼前に人通りが多くなる。紛れて取って来るわ」

「一緒に行こうか？」

彼は「ひとりで大丈夫だ」と少し強い口調で言った。

「怒ってるの？」

里奈の質問にしばらく黙り込んでいた春樹の足が止まり、ようやく口を開いた。

「無茶なんだよ、蔵本は。タケハラ水産の人間に追いかけられて沢木に助けられるなんてヤバ過ぎるだろ」

ビニールハウスに近付いたことを根に持っていたのか、と里奈は少し呆れた。

あんた、『チェイサー』の記者なんだよね？　と言い返したくなるのをぐっと堪える。

そこからまた無言で二十分あまり歩き続けると民宿が見えてきた。

「じゃあ、明日。空港で」

民宿に続く坂道を上りきったところで春樹が発したその言葉で、今日は丸一日、自分は放置されるのだと里奈は悟った。

じゃあね、と里奈は春樹に声をかけたが、彼は振り向きもせずに朝日が照らし始めた坂道を下って行った。


民宿で少し眠った里奈は昼過ぎ、借りた釣竿を持ってぶらぶら海岸まで歩き、海洋研究センターを遠くに眺める埠頭で釣り糸を垂れた。

が、何時間粘っても、湾内では一匹の小魚も釣れなかった。

釣れそうな場所はセンターの敷地になっていて立ち入り禁止区域だ。

小木曽湾に面して建つ研究センター前の海は、三方が数百メートル沖まで防波堤で囲われている。

沖には水門があり、その海底にはネットが張ってあるのか丸い浮きがぷかぷか波に揺れていた。

あのネットの向こうなら、入っても見咎められないだろう。そう考えた里奈は堤防と堤防の切れ間に積み上げられている消波ブロックへ降りてみた。

が、やはり釣れない。

キャップを被ってはきたが、足許の白いセメントが日光を反射して、腕が日焼けで真っ赤になっている。それでも里奈は日向灘の雄大な景色を飽きることなく眺めた。

陽が傾き始めた頃、彼女はようやく釣りを諦めて引き揚げた。

民宿を出た時はクマゼミが暑苦しくがなり立てるように鳴いていたが、今はヒグラシが、かなかなかな、かなかなかな、と風情のある鳴き声を聞かせている。

途中、里奈は漁協の前に人影があるのを見た。

「タケシ君……だっけ？」

加工場の入口の前でぽつんと立っている様子は健常者と変わらない。

「タケシ君。何してるの？　誰か待ってるの？」

驚いたように振り返ったタケシは懸命に声を発するような身振りをするが、言葉にはならない。

　朝が早い漁協の営業時間はもう終わっているらしく、玄関にはチェーンが張られ、建物内の灯りも落ちている。彼がここで何をしているのか里奈には見当がつかない。ただ、だらだら汗をかいているのが気になり、クーラーボックスに入れて持っていたペットボトルの麦茶を差し出した。

「あげる」

　タケシは黙って受け取った五百ミリリットルの麦茶を一気にゴクゴクと飲み干した。そして、蕩けるような極上の笑顔を見せる。

　里奈は自分が飲もうと思っていた麦茶もタケシに渡した。

「タケシ。仕事は終わった。今日はもうねえんや」

　不意に里奈の背後からしわがれた声がした。タケシの顔がパッと輝くのを見て里奈が振り返ると、加工場のリーダー、セツコが立っている。

「タケシ。うち、来るか？」

　セツコがタケシに聞くと、彼は嬉しそうに「い……く。行く！」と言って何度もうなずいた。

　そして、セツコが持っている手提げを奪うようにして持ってやる。

「そんなに重いものは入っちょらんって」

　とセツコは言ったが、タケシはそれが自分の役割であるかのように、老女の荷物を持って先に立って歩いて行く。

里奈はその様子を微笑ましい気持ちで眺めた。

彼らについて行くつもりはなかったが、ふたりが民宿と同じ方角へ向かったので、セツコの後ろを黙って歩いた。

すると、セツコが問わず語りに話し始めた。

「タケシん母親は男にだらしねえおなごでな」

会ったこともない女性の話をされて、里奈はどんな顔をしていいかわからない。

「すぐ捨てられるくせに、新しい男がでくるとタケシんことを邪険にするっちゃね。行き場んねえタケシにはこん仕事場が一番居心地んいい場所なんや。やかぃ、ついつい来てしまうとじゃろう。それでもあんアバズレがタケシを手放さん理由は、漁協で金を儲けてくるかぃさ」

憎々しげに吐き捨てるセツコの顔は、「婆ば、ジュース買うてやろうか」と不自由そうな口を一生懸命動かして言いながら振り返るタケシを見て、菩薩のように柔和なそれに変わる。

自分に対してはなかなか言葉が出なかった青年が、セツコに対しては滑らかに言葉を発する。それだけで、タケシのセツコへの強い信頼が感じられた。そして、その純粋な笑顔が、時々、弟が母に見せていたそれと重なって、里奈の胸を締め付けた。

「アバズレだがわしん娘や。わしん育て方が悪かったんや、きっと」

ぽつりと零したセツコが悔しそうに薄い唇を嚙んだ。

「え?」

つまり、タケシはセツコの孫ということになる。

「わしん子供はどいつもこいつもロクデナシや」

里奈はかける言葉が見つからず、

「じゃあ、私はここで」

と頭を下げて、ちょうど見えてきたペンションに通ずる坂道を上った。


翌日、里奈は民宿まで迎えに来た春樹と一緒に空港へ向かった。

「瀬取りのこと、記事にするの?」

「いや、まだ。もうちょっと調べたいこともあるし……」

在来線のシートに並んで座った春樹の返事は歯切れが悪い。

彼がその続きを言葉にしたのは、搭乗した旅客機が梅雨空に向かって離陸する頃だった。

「漁協が関与してなかったとしても、タケハラ水産は小木曽でも代表的な養鰻業者だし、下手をしたら小木曽ブランドが地に堕ちる。この漁港自体が崩壊するほどのネタになっちまう。慎重を期したいんだ」

そう言った春樹の声も表情も重苦しいものだった。

——美しい故郷。尊敬できる仕事をしている父親。優しく穏やかな母親。温かい身内。深い絆を育む地元の人々。

だが、場合によってはその故郷を破壊しかねない記事になる。

里奈には春樹の複雑な心境が手に取るようにわかった。

楕円形の窓から南国の海を見下ろして溜息を吐いた里奈の脳裏に、夕日に照らされて歩くセツコとタケシの後ろ姿が髣髴とした。そして漁協で寄り添うように働く人々の姿も。

第三章

一

二〇二〇年七月／大阪

小木曽から帰った里奈は翌日、出社してすぐ、小木曽で養殖されているウナギの素性について芝浦に聞いた。

が、ヴィアン・リテーリングのことなら何でも知っていると思われた彼も、「ウチに限らず、シラスウナギの出所は昔から業界のアンタッチャブルらしいねん」と困惑気味に言う。

「小木曽の養鰻場についても、主任研修のパンフレットで見せてもらったぐらいやなあ」

店長や副店長でさえも答えは同様であり、本社の関係者に聞くしかないというのが結論だった。

里奈のような大卒の社員は売り場での研修が終了すれば本社勤務になる。

希望が通れば、調達部門に配属されるはずだ。まだ研修中の身である自分がウナギの瀬取り、更には小木曽産ウナギに産地不明のものが交ざっている可能性があるなどという重大な問題を告発するよりも、会社の中核に配属されてから問題提起する方が信憑性も重要性も増すのではないか。そう考えて、里奈は告発を先送りにした。

そこには、踏み込めばこの問題がどこまで波紋を広げるかわからないという躊躇と、春樹の故郷に対する配慮とがあった。

――これは自分の中の正義を有耶無耶にするための延期ではない。春樹が慎重に不正の解明を行った結果を待つんだ。

そんなもやもやした闇を頭の中に残したまま、夏が過ぎ、秋が過ぎた。

スーパーでの研修は息を吐く暇もなく、徐々に小木曽での出来事は遠い過去の記憶のように彼女の中で薄れていった。

ただひとつ、あの不気味な生物の姿を除いて。

そして、十二月になった。

里奈の研修も最終段階に入り、レジとサービスカウンターでの業務に移った。

制服はエプロンからベスト付きの事務服に変わり、品出しをしたり、商品の並べ方を工夫したりする仕事はなくなった。

とにかく忙しく、昼の休憩時間以外には座る暇もない。それまでの売り場研修以上に、一日が早く、あっという間に勤務時間が終わる。

だが、半額の値札のついた惣菜を買って帰ることだけは、それまでと変わらなかった。

「今晩のおかず、何にしよっかな……」

小木曽で瀬取りを目撃したせいか、大阪に戻った直後は、あれほど好きだったウナギに食指が動かなくなった。

あれはタケハラ水産が独断でやっていることかも知れないが、稚魚にしろ成魚にしろ、どこで獲れたかわからないものを国産と偽って出荷するような業者が扱う食品を口に運ぶ気にはなれなかった。

加工場で実物を見て、とても美しかった青いコンテナのウナギを調理した蒲焼きに自然と手が伸びる。三千八百円。

「……今日は唐揚げにするか」

そうやって一時は肉食に転じた里奈だったが、しばらくするとウナギの魅力に抗えなくなり、いつの間にか、また週に一度は半額になったような丼を食べるようになっていた。

やがて、クリスマスセールの準備が始まり、モール内に浮き足立つような楽しくも慌ただしい空気が流れ始めた。

香川春樹から久しぶりのＬＩＮＥが入ったのはそんな時だった。

『小木曽に行く』

その短いメッセージを見ただけで、里奈は緊張した。

『何かあったの？』

サービスカウンターの端に行って、壁を背に座り込んでメッセージを返した。

『密漁の決定的な証拠を押さえられるって情報が入った』

こうやって上司でも同僚でもない里奈に報告してくるのは、彼が迷っている証拠だと解釈する。

『密漁？　また瀬取り？』

『あれとは違う。編集部宛てに小木曽川でシラスウナギを密漁してる船の写真が送られてきたんだ』

小木曽は一体、どうなっているんだろうかと里奈は暗い気持ちになる。

『一緒に行こうか？　休み、取れたらの話だけど』

『どっちでも』

わざわざ自分から連絡してきておいてその言いぐさはないだろ、と返したくなるのを堪え、里奈は『後で連絡する』と送った。強がりが春樹のプライドだとわかっているからだ。

正月も一日から初売りを行うヴィアンモールに決まった冬季休暇はない。夏季休暇と同様、同じ部署や売り場スタッフの希望を集約して、グループリーダーがシフトを決める。

今、里奈が所属しているレジ・インフォメーション部隊の主任は、気の強いシングルマザーだ。仕事の指示は的確で頼りがいはある。

残念ながら、まだ芝浦との間に生まれたような信頼関係や気軽に話しかけられる空気はなく、有給休暇の申請もしにくい。

美人だが、怒ると般若みたいな顔になる職長を思い出して里奈は憂鬱になった。

だが、こうしてわざわざLINEを送ってきた春樹を放ってはおけない。それ以前に彼女自身が、小木曽で知った一連の出来事を全く消化できていない。

すぐにスマホを制服のポケットに入れて勢いよく立ち上がると、カウンターの向こうに般若の顔があった。

「蔵本さん。仕事中のスマホいじりは社会人にあるまじきことではないですか？」

最悪のタイミングだと思いながらも里奈は、

「あの……主任、ちょっとお願いがありまして」

と冬季休暇の話を持ち出した。

「え？　休暇？」

叱られているはずの人間がいきなり休みの相談を始めたことに啞然とした様子だ

が、数秒で主任は毒気を抜かれたような顔になった。もう何を言っても無駄だと思ったのか手帳を取り出し、十二月のカレンダーに目を落とす。

「早めに取らせていただくことは可能でしょうか?」

「早め、っていつなの?」

「できれば明日から」

ずいぶん急な話ね、もっと計画性を持って働けないものかしら、と当然と言えば当然の嫌みを言いながらも、十二月二十五日から二十九日までの五日間に線を引き、「蔵本」と記入した。

「え? 五日? 冬季休暇って四日間じゃないんですか?」

「あなた、よく働いてくれるから特別ボーナスよ。私の休みを一日、譲るわ。どうせ職長会議もあって四日も休めないから」

「いいんですか!?」

いつもは怖い上司が、聖母に見えた。


今回は飛行機の予約が取れず、里奈と春樹は新幹線と在来線を乗り継いで小木曽に向かうことになった。

長旅の途中、里奈は春樹から一通の封筒を手渡された。

匿名の人間から『チェイサー』編集部宛てに送られてきたという告発文だ。

封筒の宛名書きとＡ４の紙の上の「午前五時、小木曽川下流で撮影」という文面は雑誌やチラシから切り抜いたと思われる大きさも書体もまちまちの活字を貼り付けて作られている。

「なんか……誘拐犯が送ってきたような手紙だね」

密漁の告発にしては少し滑稽に思え、里奈は笑ってしまいそうになった。

「そうやって慎重を期さなければならないほど恐ろしい密漁者なのか、それともふざけてるのかの二択だ、って南田さんも言ってた」

二枚目は画素数の粗い画像だが、川の上に浮かぶ五艘の小舟から網を投げている人影が何とか見てとれる。最後の一枚は撮影場所を表していると思われる地図だ。

「一体、誰がこんなものを……」

里奈には密告者の見当がつかない。

「さあ……。もしかしたら密漁者に反感を持つ何者かがリークしてきたのかも知れない。小木曽川はシラスウナギ漁の禁止区域だから」

「義憤に駆られたにしては、この手紙、そこはかとない陰湿さを感じるんだけど」

里奈はその告発文を何度も見返し、送り付けてきた人物と、密漁をしている者たちが誰かを特定しようとしたが、なかなか頭の中に明確な像を結ぶことができなかった。

とにかくこの一件に漁協が関わっていないことを祈るばかりだ。

それっきりふたりは黙り込んだまま、長く憂鬱な移動時間を過ごした。


小木曽に着いたのは夕方だった。

「おーい！　春樹！　里奈さん！」

前回と同じように香川賢一の無邪気な笑顔が改札の向こうで出迎える。

その純朴そうな表情はやはり不正を隠蔽している人間には見えない。

「間に合うてよかった。今、経産省ん役人が海洋研究センターん見学に来ちょるんやけんど。今日はそん対応で一日中バタバタしちょったんやわ」

車に乗ってエンジンをかけるのと同時に賢一が自慢げに言った。

「経産省……ですか？」

里奈は聞き返しながら、七月に小木曽に来た時も政府の役人がセンターを訪れていたことを思い出す。

「そんなにしょっちゅう政府関係者が来るなんてすごいですね」

大阪からの距離を痛感しながら小木曽までやって来た里奈には、多忙な官僚がわざわざここまで研究施設を見学に来る理由がわからない。

「他にないんですかね？　海洋研究センターって」

という疑問が里奈の口から零れた時、後部座席の窓の真横を巨大なタイヤが駆け抜けた。

「うわ、何？」

見たことがないほど大きなタンクを載せたトレーラーが五台、既に正門前に車列を作っており、賢一の乗用車を追い越したトレーラーが最後尾についた。

「ありゃ中部地方ん養鰻施設から運ばれてきた汚泥なんやわあ」

「おでい？」

「養鰻場から出る泥やわあ。同じ養鰻場でも地域によって土壌やら水質が違うらしゅうて。他ん地域ん汚泥や汚水を実験的にここで浄化してみるやらで。最近、いろんな県から水が運ばれて来るごつなった」

先頭に停まっているトレーラーの運転手が窓から身を乗り出すようにして守衛室の方にIDカードらしきものを示した。すると、銀色のゲートがスライドして正門が開き、大型トレーラーの車列が研究センターの敷地へと入って行く。

「ウナギん完全養殖ん研究ばっかりがクローズアップされてますけんど、そりゃほんの一部で、ここは国内ん環境保護を目的として建設された実験施設やかぃね。そん分野ん研究には政府かららん助成金も相当な額、出ちょるんやわ。全て西岡先生んお蔭やわあ」

また西岡かと里奈は辟易する。

が、研究者に役人に運送業者、人が集まる所には必ず金が集まる。小木曽が近隣の寂れた漁港と一線を画している理由は名産のウナギだけではないのだと里奈は認識を新たにした。

賢一の運転する車が、前回泊まった民宿の前を通り過ぎた。

「あれ？」

今回は別の宿を予約してくれたのだろうかと訝る里奈に、春樹が困惑するような表情で打ち明けた。

「実は……今回はウチに泊まってもらえって、母さんが」

「え？　春樹の家に？」

聞き返す里奈の顔を、ちらっとルームミラー越しに見た賢一が、

「むさくるしい所やけんど、家内がどんげしてんウチに泊まってもらえ、っちゅうもんで」

と満面に笑みを浮かべながら言う。

「でも……」

里奈自身はやぶさかではなかったが、春樹の仏頂面が気になった。

「ど、どうしよっか……」

「何か言われても気にしなくていいから。ウチの家族のことは民宿の人だと思って適当にあしらってくれ」

春樹は不機嫌そうに言ったが、賢一はニコニコしている。

「里奈さんに、まずはウチん家族を知ってもらうことから始めようっちゅう作戦や」

どうやら家族ぐるみで春樹と自分の仲をまとめにかかっているのだな、と里奈は苦笑した。

だが、その屈託のない笑顔を見ていると、うっかりこんな義父も悪くはない、という気分になる。

二

一九九〇年八月／小木曽村
翌日、俺は九年ぶりに実家の小木曽へ戻った。

急な帰省の言い訳を考える暇もなく、とりあえず仕事で福岡まで来たから足を延ばしたということにした。

だが、日本の政治経済に敏感な父親のことだ。既に汚職のことは新聞やニュースで知っているだろう。それならそれで、別の議員に拾われたとでも言うまでだ。

両親の顔を見て母親の手料理を食べ、自室の机の引き出しに富永に書かされた遺書を入れて出て行くつもりだった。

といってもまだ死ぬ覚悟はない。

一応、富永から逃げきれなかった場合に備えて自分が贈収賄や横領などという不正には全く加担していないこと、片瀬議員宛てに送られてきた金を着服するなどありえないことだと弁明した手紙も書いてきた。

片瀬には恩義がある。だから真実は家族だけが知ってくれていればいい。事実を公にせず、事務所の人間から振り込まれる金を保険金だと思って受け取ってほしい。そう続け、家名に瑕をつけてしまうことを末筆で詫びた。

片瀬には大学院にも通わせてもらい、東京の父と慕った期間も長い。ひとり娘の由布子を嫁にくれると言った時の気持ちだけは本心だったと信じたい。切り捨てられ、アスファルトの上でのたうち回るトカゲの尻尾になった今でも、片瀬を信じたいと心が叫ぶ。

そんな自分を哀れに思うばかりで、片瀬のために死ぬ決心などつかなかった。かといって、明後日になれば富永が動き出し自殺させられるか、自殺に見せかけて殺されるに違いない。あの男の目はいつも本気だ。片瀬を総理にするためなら何でもやるだろう。

絶望感と無力感に苛まれながら県道でタクシーを降り、自宅への細い坂道を上った。途中で振り返り、九州を離れる前と変わらない景色に苦笑する。

――相変わらず、何もない。限界集落の見本みたいな所だな。

だが、実家の外観を一瞥してすぐに異変を感じた。

俺が子供の頃から生垣に使っている常緑樹、ベニカナメモチの葉が伸び放題に伸びて歩道へとせり出している。そして、屋根瓦の隙間から雑草が青い空に向かって生えていた。

嘘だろ、と思わず口に出してしまった。それは体裁を気にする父親が最も嫌う光景だからだ。

「幸太郎……！」

玄関を入った途端、母親が俺の顔を見るなり絶句して涙ぐんだ。

「ただいま。突然ごめん、ちょっと仕事でこっちに来て。忙しくてずっと帰省できなかったから……」

そんな言い訳をしながら、リビングのロッキングチェアに座り、厳めしい顔で新聞か本を読んでいる父親の姿を探す。

「お父さんはこっちにおるん……」

客のように案内された二階の部屋のベッドで、すっかり痩せこけた父親が眠っている。その病床を病院並みの機材が囲んでいた。

「先月から在宅看護にしたん」

父親が倒れたことすら知らなかった。唖然として意識があるのかないのかわからない老人の顔を見つめる。

「一体……いつ、こんなことに……」

「脳梗塞でね。いっぺん目は去年ん秋ごろ。そん時は倒るる前に具合が悪うなって、検査で血栓が見つかったかぃ、すぐに手術ができたん。やかぃ後遺症もほとんど残らんかったんけど……」

二度目に血管が詰まったのは今年、一月の終わりだったという。

朝、いつまでもたっても寝室から出て来ない父親の様子を母親が見に行くと、大いびきをかいているのに、体を揺すっても目を開けなかったという。

それを聞いた時、悲しみと安堵が混ざり合った溜息が口から出た。少なくとも、父親には汚職のことを知られていない。

「お父さん。一回目に退院したん時、『こん先、何があってん幸太郎には知らするな』って言うたん。幸太郎は今が一番大切な時やかぃって。お母さん、どんげしたらええか、わからんごつなって」

夫の言いつけをこれまで愚直に守ってきた母親に対し、怒りよりも憐憫を感じた。

息子が久しぶりに実家を訪れた理由など知る由もない母親は、心底ほっとしたような笑みを浮かべている。このままずっと、ひとり息子である俺に父親の病状を知らせなくてよいのか思い悩んでいたことが推察できた。

「金は？　医療費は大丈夫なのか？」

村長だった父親がゴミ焼却場の誘致を巡って助役や他の職員と揉め、公職を退いたのは俺が大学二年生の時のことだ。慰留してくれた職員もいたらしいのだが、プライドの高い父親は村役場に残ることを拒んで退職した。

が、父が満足するような仕事はこの漁村にはなく、大学の残り三年分の学費はバイトと奨学金、そして母親が漁協でパートをして稼いだ金が充てられた。

俺が大学院の学費を援助してくれた片瀬のために身を粉にして働いたのには、自分の野心のためだけでなく、そんな金の苦労があったからかも知れない。

しかし、父親がこの様子では母はパートにすら出られないだろう。

「うん……。お金は何とか大丈夫やわ……」

言い淀む顔を見て、すぐにそれが嘘だとわかった。

もしかしたら既に借金をしているのかも知れない。

「金のことはもう心配しなくていいから」

俺はつい、そう返していた。

正直、政策秘書の給料の中から大学の奨学金を返し、議員会館にアクセスのいい都心にあるマンションの家賃や光熱費を払うと、食費ぐらいしか残らなかった。

つまり、自分が口にした「金」とは取りも直さず、富永が遺族に送ってくれるという五千万円のことだ。奇しくも、富永から尋ねられた弔慰金の振り込み先には母親が大学の四年間、仕送りしてくれた彼女名義の口座を指定している。

「幸太郎。うちに送るお金があるとじゃったら、そりゃお前が自分んために使いないね。お母さんはお前が立派な政治家になった姿をどこか遠うから見ることができれば、それでいいんやかぃ」

その口調からは誇張も偽りも感じられなかった。自分はここで野垂れ死んだっていいんだからと、その顔が言っている。夫が倒れた今、ひとり息子の立身だけが彼女の希望なのだと思い知り、俺はポケットに入れている真実の手紙と偽りの遺書を握りしめた。

自分が死んだ時に、母親が遭遇するであろう絶望感と喪失感を想像すると、瞳が熱くなる。

「ちょっと出て来る」

このまま母親の顔を見ていると涙を流してしまいそうな気がして、足早に父親の寝室を出た。

「幸太郎。お前ん好きなカボチャんコロッケを作っちょくかぃ、早く帰っちょいで」

どんだけ昔の好物だよと笑いながらも、背中にかけられた声に返事をすることもできない。

そのまま入って来たばかりの玄関へ向かった。

古い扇風機がぬるい空気をかき回している台所を抜ける時、ダイニングテーブルの上に置かれた地銀のロゴが入った封筒の束が目に入った。一番上の封筒には「督促状」という太い文字が見える。

それを見た瞬間、「お前が立派な政治家になった姿をどこか遠うから見ることができれば、それでいいんやかぃ」と言った先ほどの母親の声が鼓膜に甦る。

——俺はあの母親を残して死ねるのか。

三

二〇二〇年十二月／南九州
結局、里奈はそのまま香川家に連れて行かれ、民宿の部屋よりもはるかに広い和室へ通された。

「こんげ遠い所まで、また来てくださってほんとに嬉しい」

春樹の母親が笑顔で紅茶と焼き菓子を出す。

春樹の両親は、自分が小木曽を気に入ってまたこの漁港を訪れたと誤解しているのかも知れない、と里奈は気付いた。が、東京から辺鄙な南九州までやって来る理由を思いつかない。産地偽装の真相を突き止めるため、ということ以外には。

その晩は香川家に親戚が集まり、熊本から取り寄せたという馬刺しや目の前の海で獲れる魚介類が振る舞われた。

その中には達彦の家族もいた。

「都会ん人は魚が苦手な人も多いけんどん、里奈さんは気持ちがいいほど綺麗に魚を食べてくるる」

皆、さりげなく里奈を気遣い、彼女の食べっぷりを褒め称える。

里奈は小木曽の人々の温かさを感じるほどに、自分が疑い深く悪意に満ちた人間に思えてきて、自己嫌悪に陥りそうになった。そして、目の前で達彦と酒を酌み交わしている春樹は、きっと自分の何十倍も苦しんでいるのだろうなと気持ちが沈む。

それでも春樹は「レンタカーを借りた。明日の朝、四時半に裏口から出て小木曽川に行くから」とトイレに立とうとした里奈に耳打ちしてきた。親戚連中にだいぶ飲まされたらしく、彼の顔は真っ赤で息は酒臭い。

「大丈夫？　アルコールで気が大きくなってるんじゃないの？」

「んなわけないだろ。俺は素面だ」

そんな説得力のない言葉を発した春樹は、少し乱れた足取りで自室に戻って行く。その背中を見送った里奈は、明け方までに酔いを醒まし、睡眠を取っておかなければならないという自覚だけはあるようだと安心した。

冬の夜が明けきらない午前四時半、約束どおり里奈が裏口から出ると、物思いにふけるような顔の春樹が、青い小型車のボディーにもたれていた。まだ酔いが醒めきらない体を外気で冷やしているように見える。

「私が運転するわ。一滴も飲んでないから」

飲酒運転になったら大変と里奈が運転を譲らなかったために、助手席に乗り込んだ春樹がしぶしぶシートベルトを締める。

「恐ろしい密漁者って言われると竹原と山井のコンビしか思いつかないんだけど」

タケハラ水産で見た山井の目つきと、あの夜、十人ほどの男たちに追いかけられた記憶が甦る。

「で、目的地は？」

里奈はエンジンを温めながらカーナビに指を伸ばす。

「小木曽川の河口付近。オヤジに聞いたら、たしかにあの汽水域はシラスウナギの漁が禁止されてる場所らしい。とりあえず県道に出て、土手を走ろう」

春樹がモニターに映っている地図上の河川を指でさす。

里奈は慎重にハンドルを握った。

「ここ、道が狭いね」

春樹の指示どおり土手を走ったが、対向車が来たらガードレールで車体を擦ってしまいかねない道幅だった。

「あ、あれじゃないか？」

春樹が指さす上流に、川面を照らす灯りがいくつも見える。

「ライト消して」

と声を潜めるようにして春樹が言った。

「は？　無点灯でこんな道、走れるわけないじゃん！」

「大丈夫、だいたい真っすぐだって」

「無理だって！」

車内の声が上流の密漁現場まで届くわけはないとわかっていながら、ふたりとも声を殺して口論する。いつも無茶を言うのは自分の方なのに、やはり春樹はまだアルコールが抜けていないのだろう。ハンドルを握ったまま里奈はちらっと春樹の顔を見る。

「わかった。降りて歩こう」

結局、春樹が折れ、ふたりはできるだけそっとドアを開閉し、川面に点在する灯りを目指して歩いた。

春樹が用意していた小さな懐中電灯で慎重に足許を照らす。そのわずかな灯りも、水音が聞こえ始めた時には消さざるをえなかった。

「ねえ。あの写真が撮られた場所ってあの橋じゃない？　写り込んでた欄干が同じ形だわ」

「たしかに似てるな」

ふたりは橋の欄干に身を隠し、鉄柵の間から川を見下ろした。

手漕ぎらしき小舟が十艘近く浮かび、川面をライトで照らしながら、網を投げては引き揚げている。

橋の真下にいる舟に小木曽漁協とネームの入った青いコンテナが空のまま積まれているのが見えた。漁協の関係者かも知れない。たとえそうだとしても、獲っているのがシラスウナギだったら明らかに密漁だ。

おとぎ話に出てくるような古い小さな舟から水面に落ちる投網を見つめ、欄干を握っている里奈の手が震えた。

「やっぱ獲ってるのはシラスウナギかな……」

春樹が独り言のように口走るが、たとえそうだとしてもここから獲物は見えない。

「川べりに降りてみようか」

里奈が提案すると、春樹は「え？」と怖気づいた声を上げる。夜気に当たって少しアルコールが抜けてきたようだ。

「行こう、早く」

山の端が明るくなり始めている。

「それより警察に通報した方がいいんじゃないか？」

「ダメよ、まだ証拠が摑めてないのに。サイレンとか聞こえたら逃げちゃうでしょ」

「けど、またタケハラの関係者だったら……」

春樹が決意を固める前に密漁者たちが引き揚げてしまいそうな気がして、居ても立ってもいられず、里奈は立ち上がった。

「ちょ、ちょっと待てって……！」

気弱な声が里奈の背中を追いかけて来る。スマホを耳に押し当てて、もしもし、と小声で言っている。春樹が警察に通報しているらしいことには里奈も軽い安堵を覚えた。

「ここから降りられそうだわ」

橋の袂に、岸辺へと降りる狭い階段を見つけた。

里奈がそこに一歩足を下ろした瞬間、パパーッ!! と大音量のクラクションを浴びせられた。

間髪を容れず強烈なライトに全身を照らされ、里奈の背後で、

「うわッ!」

と声を上げた春樹が尻餅をつく。

ハイビームに目が眩み、突然のクラクションに息を呑みながらも、里奈は冷静に右手を翳して光を遮りながら前方に目を凝らした。

いつからそこにいたのか、一台のセダンが土手に停まっている。もしかしたら、自分たちが来る前からいたのかも知れない。

「け、警察……!」

声を震わせる春樹を振り返ると、震える手にスマホを握っている。

車から人が降りて来る気配がした。

「さ、沢木……!」

その姿を見て声を上げた春樹の膝ががたがた震え始める。

沢木は正気を保っている里奈の前を素通りし、腰を抜かした状態でスマホを握りしめている春樹の前にしゃがんだ。

「誰がこの場所、教えたんや?」

「う……、あ、あの……」

震えながら口ごもる春樹の頬を沢木が軽く二回ほど叩いた。正気を取り戻させようとするかのように。それでも言葉が出てこない春樹の代わりに里奈が答えた。

「わからないわよ、密漁を告発する匿名の手紙が届いたんだから」

「匿名？」

と里奈を見上げる沢木の顔はそれまで彼女が見てきた温厚そうなそれとは違い、鋭利な気迫を帯びている。

「出版社に活字を切り貼りしたような手紙と、この橋から撮ったと思われる画質の悪い写真が送りつけられてきたの。ほんとよ」

そう説明した里奈は、バッグを探って春樹から預かったままになっていた怪文書を取り出した。

しゃがんだまま受け取って一瞥した沢木は、「竹原か」と忌々しげに吐き捨てて腰を上げる。

「どうしてこれが竹原の出した手紙だってわかるんですか？」

里奈が尋ねると、立ち上がった沢木が「よう見てみい」と言いながら、彼女から受け取った紙の一枚を突きつけた。

「この密漁の場所を示す地図、ちょうどタケハラ水産の所で切れとる。自分に疑いの目が向かんようにしたつもりやろうけど、どう見ても不自然や」

「そう言われてみれば……」

たしかに小木曽川の下流に丸印がついているのだが、そこを中心と考えると、右下が不自然に消えている。

「アイツらアホやからのう」

全く相手にしていない。里奈の目にはむしろ、敵が竹原だとわかって沢木の闘争本能が萎えたように見えた。

「竹原はどうしてあなたを陥れようとするの？」

「瀬取りから目を逸らせるためのスケープゴートにしたつもりなんやろ」

ということは、タケハラ水産による瀬取りの証拠を押さえようとして見つかり、追いかけられたのが春樹だと……更に、彼が三井出版の『チェイサー』編集部の記者だということもバレているということだ。

「いずれ、竹原も山井もシメたるけどな」

沢木にまつわる噂や、彼自身から焼却場の話を聞いてしまったせいか、里奈はその口からさらりと出た「シメたる」の意味を禍々しく想像してしまう。

「あっ！」

その時、里奈は川面にいた舟が一艘もいなくなっていることに気付いた。

もしかしたら、クラクションを聞いた時点で逃げ出したのかも知れない。

「あなたが逃がしたのね？　さっきの舟はどこへ行ったの？　投網で獲ってたのは

シラスウナギなんでしょ？」

　里奈の追及に沢木が無表情になった。薄いヴェールのような笑みが口許から消えた途端、ダイレクトに殺気のようなものが伝わってくる。何かに喉を塞がれたように里奈の口から言葉が出てこなくなった。

「どうしてもあのシラスウナギの行き先を知りたいちゅうんやったら、ついて来いや。その代わり、金輪際、俺の周りをウロチョロすな」

　沢木は低い声でそう言い残して自分の車に戻って行く。

「行こう。さっき、この川にいた舟は小木曽漁協の青いコンテナを積んでたわ。漁協は密漁されたシラスウナギだって認識してないかも知れないけど、やっぱり密漁や瀬取りしたウナギが持ち込まれて小木曽から出荷されてるのよ」

　逸る里奈に対し、春樹は震えるようにブルブル首を振っている。

「ヤバいって。逃げよう」

「は？　逃げる？　密漁の現場を見たのに？」

「ていうか警察に通報すべきだ。沢木だぞ？　邪魔な人間を何人殺してるかわからない男だぞ？」

「ダメよ。パトカーなんか来たら何も摑めなくなる。ていうか、まだ通報してなかったんだ」

「手が震えて……」

腕を摑んで立ち上がらせた春樹の指先がまだ小刻みに震えている。それを見た里奈は足早に車に戻り、運転席に座った。

「とにかく、私が運転するわ」

里奈はいったん、橋に車を突っ込んで沢木の車を先に行かせ、バックで方向を変え、セダンのテイルランプを追った。

「蔵本。今なら逃げられるんじゃないのか」

「あんた、ほんとに記者なの？」

里奈の問いに、プライドが傷ついたのか春樹も黙った。

やはりここへ来ようと言った時、春樹は酔っていたのだ、と里奈は確信する。

「あれ？　前に匿ってくれた所に行くんじゃないみたい」

以前、五人の男たちから救ってもらった時は海沿いにあるダイビングショップに連れて行かれた。そこには怪しいダイバーたちがいたから、密漁したシラスウナギを活かしておく場所もあるのだと思い込んでいた。

が、今、前を走るセダンは湾岸線を離れ、山道を上っている。

途中、時代を感じさせる煉瓦造りのトンネルに入った瞬間、春樹が我慢できなくなったように口を開いた。

「帰ろう。夜、沢木に山へ連れて行かれるなんてヤバすぎるって。相手はヤクザもビビる総会屋だぞ？」

「元、総会屋でしょ？」

口では冷静にそう言い返しながらも、里奈自身、暗い山道を上って行くのは気が進まない。

しばらくすると、急に道が開け、意外な建物が見えてきた。

「学校？」

正門からグラウンドに入ったセダンのライトが照らしたそれは、木造の校舎だった。

ひっそりと佇む古めかしい校舎の窓は真っ暗だ。

木造の校舎で勉強した経験もないのに懐かしさを覚える。

里奈がぼんやり学校の様子を眺め回している時、コツコツと車の窓をノックする音がした。ビクリと肩を跳ね上げる春樹を後目に、里奈が窓を開ける。

「こっちや」

それだけ告げて踵を返す沢木の両脇には、前回と同じボディーガードらしき男たちがついている。

急いでシートベルトを外す里奈を、

「お、おい！」

と、春樹が押し殺すような声で引き留める。

「う、埋められたらどうすんだよ。学校の裏手には墓地があるんだぞ？」

「ここで待っててもいいよ。私が見てくるから、それを記事にすれば？」

「…………」

絶句する春樹を残し、里奈は車を降りて沢木の背中を追った。

しばらくしてから背後で、春樹の「くそっ」と毒づく声と、しぶしぶ助手席から降りる気配を感じる。

さすがに『チェイサー』の記者としてのプライドが許さないか、とこんな時なのに里奈は笑いそうになった。

ふたりは廃校らしき校舎が見下ろす真っ暗なグラウンドを横切った。

敷地内、一番奥に唯一灯りがついている建物が暗闇に浮かび上がっている。

二階建ての校舎よりも高いかまぼこ屋根と、上部にしか窓のない白い壁。

「体育館？」

里奈が通っていた高校にも同じような建物があった。

が、普通の体育館と異なるのは、中から絶え間なくバシャバシャという水音とモーターが唸るような異音がしていることだ。

入口には『間宮水産』という看板がかかっている。

——間宮水産。

たしか漁協の加工場で見た青いコンテナを積み上げたケージに掲げられていた社名だ。

沢木が錆びた南京錠を外し、ボディーガードのひとりが重そうな鉄のドアを押す。

「うわ……。何、これ？」

疑問の声を上げた里奈だったが、目の前の屋内プールに大量のウナギが泳いでいるのを見れば、ここが廃校となった学校の施設を利用した養鰻場だということは一目瞭然だった。

密漁したシラスウナギをここで育て、出荷しているのだろうか。

プールサイドに立ったまま、里奈は啞然として沢木を見つめる。

「ここで扱うとるウナギは国産の中の国産ウナギや。タケハラ水産みたいなうさん臭い養鰻業者が扱うウナギとはわけが違う」

「あなたが養殖してるの？」

「専門家を雇うてな。うちが出荷するウナギは最高品質の値段が付くから、竹原は自分とこの裁量で値を釣り上げることができへんねん」

真っ当なウナギを養殖する自分は目障りな存在なのだと沢木は笑う。

密漁しておいて「真っ当だ」と胸を張るような言いぐさに里奈は呆れた。

「つまり、あなたは密漁した国産のシラスウナギをここで養殖してるってことなのね？」

「そうや。前に竹原と繫がってる山井が俺への嫌がらせでここに引き込んでる沢の水に毒を流したことがあったんや。アイツらだけは絶対に許さへん」

自分が営む養鰻場から出荷するウナギは最も安全であり、唯一、小木曽ウナギのブランドに相応しいウナギを扱っているのだと沢木は嘯いた。

「どうしてあなたが養鰻なんて……」

里奈は沢木のダイビングショップを、趣味と実益を兼ねた密漁の隠れ蓑だと考えていた。が、いくら利益があるのかはわからないが、廃校の再利用は沢木には似つかわしくないような気がしたのだ。

「いうても、ここは、もともとは俺の持ち物やなかってんけどな」

「つまり、誰かからだまし取ったのね？」

反射的に言い返した里奈の顔を真顔で見て、沢木がニヤリと笑った。

「お前、なかなか失礼なやっちゃな」

その沢木の表情が里奈には愉快そうに見える。自分を恐れない人間が珍しいのかも知れない。

実際、彼女は沢木が恐ろしくないわけではなかった。ただ、何か惹かれるものがある。それは初めてこの男の姿をテレビで見た時から変わらない。

「知り合いの父親がここで地道に完全養殖の研究をやっとったんや。その父親も息子も死んでもうたから、俺がその遺志を継いでんねん」

「地道な研究の遺志を継ぐ？　密漁して？」

相反する言葉が並んでいることには違和感しかない。どうして小木曽の養鰻業者は皆、不正を働いてまでウナギの数を確保しようとするのだろうか、と里奈は首を傾げる。漁獲量が減れば自然と値段は上がる。稼ぎはトントンだろうに、と。

里奈の頭の中でとめどなく湧き上がる疑問に答えるかのように、沢木が語り始めた。

「小木曽漁協とヴィアン・リテーリングの間には『鉄の契約』が存在するねん」

「鉄の……契約……？」

おうむ返しに呟く春樹のジャケットの胸の辺りに、おもむろに沢木が手を伸ばした。思わず身を引く春樹を、ふたりのボディーガードが両側から腕を摑んで拘束する。

春樹の上着の胸ポケットからペン型のボイスレコーダーを抜き取った沢木は、それを一瞥し、「天下の『チェイサー』さんやのに安もん使こてんなあ。俺が今度もっとええヤツ、プレゼントしたるわ」と不敵に微笑んだかと思うとそのままポケットに返した。

「三十年前、ヴィアン・リテーリングは食品偽装で痛い目に遭うた。もう、いかなる偽装も許されへん」

録音されていることをわかっていながら沢木は飄々と続ける。

「けど、国産ウナギはヴィアンモールの水産部門の目玉や。商品を不足させるわけにはいかん。せやからヴィアン・リテーリングは最も安定した出荷量を誇り、信頼のおける取引先として、小木曽漁協を選んだわけや。けっして安値で買い叩くことも、転注もしないという条件で専売契約を結んだ」

多分それは偽装問題で荒れるはずの株主総会を収めた沢木が、間に入って交わされた契約なのだろう、と里奈は確信する。そういう意味では沢木は小木曽にとって功労者なのだろうが、誰もそのことには触れない……。

「つまり、その信頼に応えるために小木曽の業者はどんな手を使ってでもシラスウナギを集めてるって言いたいの？」

「シラスウナギを手に入れるために手段を選んでられへんのは小木曽だけやない。瀬取りや密漁なんて日本中、どこでもやってる。必要悪や」

嘯いた沢木がプールの端にしゃがんで中を覗き込んだ。つられて里奈も水中に視線を転じる。

プールには水草が生えており、苔の生えた石も沈んでいた。ここには自然の川そのものが再現されている。その広々とした透明度の高い水の中で、たくさんのウナギたちが気持ちよさそうに泳いでいた。

「あれ？　藍ウナギ？　これ、藍ウナギなの？」

プールの中で泳ぐ黒いウナギの中に今や幻と言われる、店の水槽の中でしか見たことのない濃い青色の背中をしたウナギがいる。

「よう知ってるなあ」

驚いたように小さく首を振った沢木は、

「たとえ日本国内の川で獲ったシラスウナギでも、小木曽の自然に近い環境で育てへんかったら本来の藍色にもならんし、ええ肉質にもならへん」

と藍ウナギの養殖の難しさを語った。

「せやから、川に流れ込む前の水を山から引き込みやすいこの廃校の室内プールを使こてるねん。せやけど、真っ当なルートで仕入れるニホンウナギの稚魚だけではこのプールをいっぱいにすることはできん。せやし、小木曽川どころか、四万十《しまんと》川まで密漁者を出向かせることもある」

店の水槽で泳ぐ個体よりも遥かに美しいウナギに見惚れ、うっかり「これをヴィアンモールで扱えたら」と想像しかけて里奈はハッとした。

「違法だってこと、わかってやってるんですよね？」

里奈が厳しく追及すると、沢木ではなく隣に立っている春樹がビクンと体を震わせた。

「違法やで？」

それがどうした、と言わんばかりの顔をして立ち上がった沢木が里奈を見下ろす。

「せやけど、たとえ密漁で捕まっても罰金は十万以下や。けど、シラスウナギはキロ二百万。儲けがええから請け負いたいていう人間はごまんとおる」

そこまでしなければ、小木曽ウナギというブランドは守れないのか、と里奈は暗然たる思いに打ちひしがれる。

「ええやんか。ヴィアン・リテーリングは何も知らんかったで押し通せるし、手を汚すことなく、良質な国産ウナギを売りさばくことができんねんから。新入社員が下手に波風立てて問題をややこしくせん方がええんとちゃうか？　あんたもヴィアン・リテーリングの社員やったら、清濁併せ呑むことも覚えなアカンで」

「え？」

里奈は沢木が自分の素性を知っているのだと悟り、ドキリとした。

「俺はここで、藍ウナギを完全養殖して、一定量を安定して出荷できるようにしたいんや」

不意に沢木が遠い目をして自分の夢を語る。

「研究センターでさえ四パーセントしか成功してないのに？」

「そうや。うまいこと孵化しても、なんでか知らんけど養鰻場で育てるとオスにしかならへん。せやからここで、より自然に近い水と温度、成育環境を再現してるねん」

元総会屋が海洋研究センターと同じ研究をしているらしいことを知って、里奈は唖然とした。しかも、設備はタケハラ水産よりもアナログだ。

「引き継いでもうたんや、しゃあない」

自分らしくないことは百も承知だと沢木は溜息を吐く。

「記者さん。あんたはどないする？　あんたのオヤジ、組合長も小木曽の業者と一蓮托生やで。たとえ漁協がシラスウナギについては知らぬ存ぜぬで通したとしても、瀬取りやら密漁やらがニュースになったら小木曽は大打撃や」

沢木の話を黙って聞いている春樹は、伏せた睫毛の下で瞳を揺らしている。

「このまま見過ごしたとしても誰ひとり傷つかへん。それでも、チンケな正義とかいうヤツを振りかざして、えげつない記事で部数を稼ぐつもりなんか？」

沢木の声には力がある。里奈は屋内プールの高い天井に響き渡る声に心を摑まれまいと必死で自分の中の「正義」を揺り起こしながら、元総会屋の言葉に耳を傾けていた。

「この小木曽漁港の繁栄を見たやろ？　今、漁協が潰れたら、周辺の限界集落と同じになるで」

その言葉に打ちのめされるように春樹は完全に俯いてしまった。

「けど、不正は不正だわ……」

里奈の口から出た言葉は自分でも驚くほど弱々しい。脳裏に浮かぶ漁協で働く人々の姿や春樹の親戚縁者たちの笑顔。どの顔を思い出しても温かく優しい。その記憶が里奈の声から勢いを奪う。

里奈は憂鬱な気分になって睫毛を伏せた。その時ふと、プールサイドに放置されている青いコンテナが目に入った。

「ねえ、ひとつだけ教えて」

沢木に反論する気持ちが萎えてしまった里奈は別の疑問を投げかけた。

「ここに置いてあるコンテナは青でしょ？　でも、タケハラ水産に置いてあるケージやコンテナは黄色だった。それに、タケハラの倉庫には隠すように赤い色のケージがあったの。その色の違いは何なの？」

それは純粋な疑問だったのだが、沢木の顔色がさっと変わった。一瞬のことだったが、沢木が初めて見せた動揺にむしろ里奈の方が驚いた。

「さぁなぁ。コンテナは漁協が無料で貸し出してるもんやから、俺は知らん」

そう言いきった後で、沢木は続けた。

「せやけど、ここに青いコンテナが配布されてるていうことは、青色が一番信用できる素性のウナギを育てたものやいうことやろ」

密漁のことは棚に上げて、沢木が自信ありげに言った。が、すぐに表情を引き締め、春樹を見据える。

「記事にするかどうかはお前の勝手や。けど、それは自分の故郷を売るっちゅうことやぞ。それだけは肝に銘じとけ」

最後にドスの利いた声で春樹に念を押した後、沢木はふたりを解放した。多分沢木はこれを言うために自分たちをここまで連れて来たのだと里奈は推測する。

「警察、ついに来なかったな……」

車に戻るまで無言だった春樹が助手席に座ってから、スマホの画面を見せ、通話切断ボタンを押してぽつりと呟いた。

「え？　もしかして、ずっと通話状態にしてたの？　いつから？」

「ここに連れてこられて車を降りる前に、登録しといた小木曽署の交番へかけたんだ。一一〇番したら大事になるかも知れないと思って」

春樹なりの地元への配慮を感じながら、里奈は車のエンジンをかけた。

「出なかったの？　小木曽署」

「出た。けど、ウナギの密漁を目撃した、って言ったら向こうが黙り込んで」

「黙り込んだ？　警察もグルになってウナギ漁の不正を黙認してるっていうの？」

里奈は「まさか」と春樹の妄想を笑い飛ばした。

「田舎だし、電波が悪くなっただけでしょ？」

だが、春樹は不信感を拭えない様子で続ける。

「タツ兄の子供たちが見たっていう水死体と警官のことも気になるし」

それについては里奈も同感だった。


翌日、ふたりは隣町の達彦の家まで行き、壱太と航太を「ドライブに行こう」と言って連れ出した。

遺体発見現場を目撃したというふたりから詳しい話を聞き出すためだ。子供たちだけをドライブに誘うのは変に思われないかと里奈は心配した。が、冬休み中のふたりの世話に疲れ切った様子の達彦の妻、史恵は「本当にいいの？」と目を潤ませた。

ふたりを後部座席に乗せ、申し訳程度に湾を一周した後、喫茶店に入った。壱太も航太もクリームソーダのバニラアイスを長いスプーンですくい、嬉しそうに食べている。

「昔から、研究センターん前ん海にはオバケ魚がおるっちゅう噂があってさあ」

もう一度、死体を見た時のことを話してくれないかという春樹の頼みに、まっ先に口を開いたのは兄の壱太の方だ。しかも、死体の話ではなかった。

「オバケ魚？」

それでも里奈は思わずテーブルに身を乗り出す。

「実物を見たことはねえやけんど」

「気味悪がって小木曽ん子供たちゃ誰も近付かんのや」

自分たちは子供ではないような口ぶりに里奈は笑いそうになる。が、そんなことには気付かない様子で壱太は興奮気味に続ける。

「オバケ魚は夜中の三時に研究センターから海に出て来るって噂なんやわ。センターには頭んおかしい博士がおって、オバケ魚を作り出したんや、ってみんな言いよる。お父さんには聞きとうても聞けんけどなぁ」

「三時？　ずいぶん早起きで几帳面なオバケなのね」

「センターんタンクから放水する時間と一緒だって噂ちゃ」

「あのタンク、そんな夜中に放水するの？」

「なんでか知らんけんど、毎週、月曜日と火曜日ん夜中ん三時なんやって」

「センターん近くに住んじょる友達が、水ん音が聞こゆるって言うちょった」

ふたりは競うように情報を提供する。

「ふうん。で、死体を見つけた警官はどんな様子だった？」

本題には航太が答えた。

「死体ん口ん中を見ちょったら、たまがった顔して、その後やたらキョロキョロしちょった。もしかして、駐在がうっせたんはオバケ魚ん赤ちゃんの頭じゃねえんかなあ。きっと研究センターでモンスターを作る研究しちょって、駐在もグルなんやわあ」

そう断言した航太は、鮮やかな緑色のソーダ水をストローでチューッと吸った。

兄弟が語ったのは死体を見たこととその口の中に得体の知れない魚らしきものが入っていた事実以外は、噂と想像の物語だった。

が、密漁の通報を無視したり、検死前の遺体をいじったり、小木曽署の警官が普通ではないことは明らかだ。

その日の深夜、里奈は春樹と一緒に春樹の実家を抜け出し、海洋研究センターまで歩いてみた。放水とともに現れるという「オバケ魚」を見にいこうと思ったのだ。夜釣りを装って釣り竿も担いでいる。

広大な駐車場の向こうには大きな守衛室があり、こんな深夜にもかかわらず灯りがついている。

センターの周辺は至る所に「立ち入り禁止」の看板があり、大人の身長より少し高い柵が張り巡らされ、上部には有刺鉄線の鉄条網がこんもりと連なって、部外者の進入を阻む。

「アイツら、この鉄壁の要塞に入り込むなんてすごいな」

春樹は子供たちから聞き出した遊び場への侵入口を探して歩きながら懐中電灯で柵を照らしている。

「たしか、この辺りのはずよ」

里奈は子供たちから聞いた「一番右から三番目」の柵の金具が不自然に錆びているのを見つけた。メインの建物からはかなり離れた場所だ。

「毎日、学校帰りに塩水をかけてたら、金具が外れるようになった」

と執念深そうな目をした航太が言ったとおりだ。

とはいえ、一枚の柵全てが外れるわけではなく、狭い隙間から這うようにして進入しなければならない。

「ダイエットしなきゃ」

腰がつかえたのを春樹に指摘される前に、里奈は冗談めかしながら体を潜り込ませる。

「蔵本。お前って、ほんとに躊躇がないな」

春樹が指摘したのは体形ではなく、向こう見ずな性格の方だった。

何とか塀の中に侵入したが、そこは構内でも外れの方であり、雑草や灌木が生い茂っている。

行く手を阻み、月明かりを遮る緑の陰。

「ジャングルみたい。あの子たちが言ってた岸壁への抜け道って一体……」

「こっちみたいだ」

春樹の声に用心深く周囲の木々の根元を懐中電灯で照らすと、獣道のように踏み固められた細道があった。

万一、警備員に見咎められた時、構内に迷い込んだ釣り人を装うために持って来たそれぞれの釣竿が邪魔で仕方ない。

「どう考えても釣り人がこの敷地に迷い込むのは不自然よね」

とうてい道とは言えない草の中を歩きながら、里奈は小声で率直な感想を洩らした。

鬱蒼とした敷地を五分ほど歩くと、等間隔に設置された常夜灯が見えた。

ＬＥＤの冷たい光が、幅二メートルほどのコンクリートの道を照らし出している。

里奈は密林から都心に出たような気分になりながら、白い突堤が外海に向かって延びているのを眺めた。その白いコンクリートの道は反対の岸にもあり、湾の最奥に鎮座する白い巨塔が触覚のように長い両腕を日向灘に向かって広げている。

「すごいな」

春樹が唸るように呟く。

里奈はこの白い埠頭状の道を、県道や少し沖にある消波ブロックから眺めた夏を思い出す。

春樹がポケットからカメラを出し、「この辺の写真、撮っとくか」と数枚の撮影を終えてしまうと、これといってすることもなくなった。

「自殺した人の口の中に、あの気持ち悪い生物がいたってことは、あのオバケ魚はこの内海のどこかに棲んでいて、偶然、死体の口の中に飛び込んだってことなのかな？」

そう言いながら里奈は岸壁の端から水底を覗き込んでみたが、水の中で動く物は何もない。ただ、波が寄せては返すだけだった。

見上げれば、センターの窓は全て真っ暗だ。

「さすがに誰もいないよね」

ふたりは大きなソテツで陰になっている岸壁に腰を下ろし、並んで釣り糸を垂れた。

「大学の近くにあった釣堀、思い出さない？」

「ほんとだな」

ふたりは鯉や金魚を放流していた大学近くの釣堀を懐かしんだ。が、ここは全く釣れる気配がない。

「てか、ここに魚なんているのかな？　あそこ、埠頭の先に浮きがあるでしょ？　つまりここに魚が入れないようにネットが張ってあるんじゃない？」

「外海と行き来できないってことか」

周囲を見回した後、里奈は再び内海の中を見下ろした。真っ黒な夜の海の中は何も見えなかった。ただ、底の方に赤く光る球体のようなものが見える。色や大きさは異なるが、エビの目玉が電灯を反射する時の光に似ている。何だろうと里奈はじっと目を凝らすが、水底の砂か石の下にでも潜んでいるのか、全体は見えない。

午前三時。

「まだかな」

時計に視線を落とした春樹が、寒さに耐えかねて立ち上がった。それに応えたかのように、遠くでドッドッドッと地響きのような音と振動が発生した。

「あ。子供たちが言ってた放水だ」

春樹の指さす方へ里奈が目をやると、センターに隣接する巨大なタンクの下部から水しぶきが上がっているのが見える。

「あれが処理した養鰻場の汚水？」

よく見ようと立ち上がりかけた里奈の釣竿に、初めてビクビクと反応があった。

「あれ？　何か釣れたかも」

「マジで？」

ネットに遮られ、外海と繋がっていないと思われる湾内に生息している魚にしてはずっしりと重い手応えだ。

「大き目のアジかな」

思わず嬉しくなり獲物を確認しようと目をやった水面が、うようよと黒く波立っている。放水によって海底から何かが巻き上げられたのかと里奈は更に目を凝らす。するとと黒い蛇のようなものが大量に泳いでいるのがわかった。

「げ……。何、あれ？」

不気味に波打つ海面から離れようと思わず立ち上がった里奈の竿の先、針に引っかかったものがクネクネと身をよじりながら水面から上がって来る。

「ウナギ？」

リールを巻いて釣り上げ、反動で自分の方へ向かって来た黒い物を手で摑んだ。間近で見ると胴体はウナギそのものだが、頭部はウナギとは似ても似つかない深海魚のようで、目は飛び出し、グロテスクな瘤がいくつもある生き物だった。

「ひゃっ……！」

その形状を認識した瞬間、里奈は悲鳴を上げて釣り竿ごと獲物を海に落としてしまった。それでもまだ摑んだ時の、大物がぐねぐねと蠢いていた不気味な感触が手のひらに残っている。

「は、春樹、見た？　今のって……？」

里奈が一瞬だけ見たそれの頭部は、子供たちに見せられた遺体の口の中に入っていたという生き物の姿そっくりだった。

里奈と同じく衝撃を受けた様子で、春樹も固い表情のままうなずく。

「あれが、オバケ魚？　今の、あの写真のヤツだよね？　本体はウナギみたいに長かったんだね。画像は頭の部分だけだったんだ。そう思えばウナギが変形したものに見えなくもない……かも……」

と里奈が呟いた時、カシャン、と遠くで金属音が響いた。

研究センターの敷地から内海へ抜ける門が開き、大きなトラックとマイクロバスが一台ずつ、ふたりがいるのとは反対側の岸壁を走って来た。

「隠れよう」

春樹に腕を引かれ、里奈もコンクリートの道を逸れて草むらに潜む。

向かいの突堤の先端まで走って行って停まったマイクロバスから十人ほどの男た

ちが降りて来た。

「春樹！　双眼鏡、持ってたよね？　貸して！」

ようやく双眼鏡の焦点を合わせると、トラックには見覚えのあるロゴ。

「あれは……タケハラ水産のトラックだわ！」

「え？　タケハラの？　こんな時間にこんな所で何を……」

春樹から投げられた質問の答えを探し、里奈は双眼鏡を通して注意深く男たちの様子をうかがった。

マイクロバスから降りて来た男たちは、研究センター沖に設置されている浮きの辺りで何かしている。

「埠頭と埠頭の間のブイの所、あの下に網が沈められてるみたい。今、それを引き揚げてる」

だが、里奈の位置からは遠すぎて彼らが何を獲っているのかまではは っきりと見えなかった。

網の引き揚げ作業と並行してトラックへの積み込み作業も始まった。

「網にかかったものを大きな容器に入れてるわ。何か……わからないけど」

「何かわからない、って、そこが肝じゃないか！」

苛立ちを押し殺すような春樹の声がして、里奈の手から双眼鏡が奪われた。

双眼鏡でわからないものが肉眼でわかるはずもなく、好奇心を抑えきれない里奈は、一分も経たずに春樹から双眼鏡を奪い返した。

手袋をした男たちは地引網漁をする漁師のように、引き揚げた網にかかっている らしい何かを外してはコンテナに入れている。

「赤いコンテナだ……。漁協のものかどうかはわからないけど」

と、里奈が双眼鏡から視線を外して春樹を見ると、彼は一眼レフに望遠レンズを 装着しているところだった。

時折、海に投げ戻しているのは小さな個体なのだろうか。その様子は里奈が幼い 頃、祖父に乗せてもらった漁船で見た選別作業に似ていた。「大きくなってから食 べるために今は海へ返すんや。これからは育てる漁業やで」という庄助の声が甦る。

海に戻されている物体が、時折、街灯の光を反射して白く光る。おそらく魚の腹 だろう。

「なんか……細長いね……。ウナギかな……」

里奈が見たままを口にしている間も春樹はシャッターを切り続けていた。

カシャカシャカシャ。

ファインダーを覗き込み連写していた春樹が「あれは……」と言葉を途切れさせ た。

「ウナギ……にしては頭がデカいぞ……。もしかしたら、さっき里奈が釣ったオバ ケ魚みたいなアレを他の魚と選別してるのかな。もう少しズームで……」

実況に感想を交えたものを春樹が口に出して伝える。

「え？　まさかこの内海にアレが大量にいて、それを……獲ってるの!?」

里奈が双眼鏡で対岸の様子を観察する中、トラックの荷台がいっぱいになるまで赤いコンテナを積み込んだ男たちは、作業が終わるとまたマイクロバスへと戻った。ものの三十分も経たないうちの出来事だった。まるで魚がいるのを知っていて、午前三時の放水を狙ってやって来たような。いや、きっとそうだったに違いない。里奈には男たちの作業がひどく手馴れているように見えた。

そのままバスとトラックはセンターを出て道路を走って行く。

トラックの前を走っていたマイクロバスはそのまま直進してトンネルに入り、見えなくなった。

「あー！　トンネルに入っちゃったら、トラックがどこへ行くのかわからなくなっちゃう」

しかし、トラックはトンネルの手前、センターからわずか数十メートル先の施設に入って行った。深夜にもかかわらず、灯りのついている漁協の水産加工場の駐車場へ。

工場からは白い蒸気のような煙が立ち上っている。

「加工場に持ち込んだの？　あの深海魚みたいなウナギもどきを？　まさか……」

里奈の脳裏を不吉な想像がよぎる。

——アレを食用に加工するの？

それとも不気味な生物と同じ場所で生息している別の魚がいるのかも知れない。

だが、コンテナに投げ込まれる影はウナギのように長細かった。

——どっちにしても、こんな場所でこんな時間に漁をするなんて、まともじゃない。

自分の頭の中を駆け巡る想像にぞっとしながら、里奈は茫然と立ち尽くしていた。

「ねえ。あの内海に普通のウナギもいると思う？」

押し黙って秘密の抜け道を引き返す春樹に里奈が問いかけた。

「それか、海洋研究センターの敷地なんだからウナギ以外の魚介類をここで養殖してたとしても不思議はないよね」

それは研究センターや漁協を信じたいという気持ちから出た言葉だった。

だが、その一方で、だとしたらウナギの完全養殖を目指しているという研究施設が何のために？　という疑問が里奈の頭の中に渦巻いている。

「わからねえ。けど……。撮れたのはこれだ……」

絶句した春樹が、カメラの液晶を里奈に見せた。

それは海に投げ返される物体が一瞬、街灯の光の中にその姿を現した場面を明瞭に捉えていた。

「これって……」

里奈が釣り上げた目玉の飛び出た不気味なオバケ魚……ウナギもどきと同じものだった。

そこから連写で「それ」が男たちの手でコンテナに投げ入れられたり、内海に戻されたりする様子が捉えられている。

「これって、アレの選別なの？」

そして、海面にはうようよ泳いでいる「アレ」たちの姿……。

「アレを獲ってどうするの？」

「知らねえよ！」

止まらない里奈の質問に、いつになくつっけんどんな口調で春樹の言葉が返ってくる。それでも、里奈の疑問は口から洩れ続けた。

「もし、あのウナギもどきを加工場に持ち込んでるんだとしたら、あそこで何してるのかな……」

「そりゃ、加工するんだろうよ。加工場なんだから」

「まさかアレを？　ウナギと同じように加工してるってこと？」

里奈はついに恐ろしい疑惑を口に出す。

「何に加工するのかなんて知らねえよ！」

そう吐き捨てるように言った後で、春樹は「そういえば」と思い出したように言葉を繋いだ。

「漁協の業務時間外に、タケハラ水産が加工場を使ってるってオヤジから聞いたことがある」

その言葉が里奈の心に希望の光を灯した。

――だとしたら救いはある。タケハラ水産が私腹を肥やすためにあのおぞましい生物を加工し、ウナギだと偽って漁協に売りつけているのだとしたら……。

漁協もヴィアン・リテーリングも被害者だ。

――しかし……。

「ねえ。これがタケハラ水産が独断でやってることだとしても、トラックとマイクロバスがこんな時間に海洋研究センターの敷地に入れるのって、おかしくない？」

「それは……たしかに、そうだな……」

「研究センターの内部の人間が手引きしなきゃ、部外者は入れないでしょ？」

「つまり、あの深海魚みたいなウナギもどきを研究センターが養殖して、それをわざわざこんな深夜に海に流してタケハラ水産に提供してるっていうのか？」

里奈は半日前には本気にもしなかった、子供たちが言っていたマッドサイエンティストの話を思い出す。

ふたりはお互いの顔を見つめた。

「研究センターって、一般の見学はできないのかな？」

里奈が小木曽を訪ねる度に、政府の人間が見学に来ている。

地元と国がタイアップして特産品を活かすような事業のパイロットスタディとして注目されていると賢一は言っていた。

――それなら、むしろその存在を地元にアピールして理解を得るような活動をしていてもおかしくない。

春樹の後から壊れた柵をくぐって敷地から道路に這い出した里奈は、もと来た道を引き返しながらスマホを操作した。

思ったとおり、国立海洋研究センターのホームページのトップに「見学希望者」についての案内がある。

「ねえ。研究センターの見学、申し込んでみない？　明日なら今のところ希望者ゼロ。空いてるよ？」

浮かない表情を浮かべたままの春樹は「明日は調べたいことがある」と里奈の顔を見ることもなく言った。

当然といえば当然だ。

現時点であの気味の悪い「ウナギもどき」が加工場に持ち込まれたことに漁協が一切関与していないという確証はない。

その疑念が彼の心に重く圧しかかっているのだと察して里奈は黙った。

彼女自身、春樹の取材を瀬取りや密漁を暴くものだと思っていたのに、とんでもない闇に遭遇してしまったと驚愕している。

午前四時半。

春樹の実家に戻ってすぐに、里奈は海洋研究センターのホームページからひとり分の見学の申し込みを行った。

氏名と年齢は正直に入力し、職業については九州に遊びに来ている東京の大学生とした。ひと寝入りして目が覚めたら、その日の午後の部の見学が可能という返信がきていた。

当日に申し込んで予約が取れるということは、一般の見学希望者はよほど少ないのかな、と里奈は軽く拍子抜けした気分になる。

予習のつもりでじっくり眺めた研究センターのホームページの最後には施設誘致に尽力した地元の名士、西岡幸太郎の写真と彼に対する謝辞が載っていた。

四

一九九〇年八月／小木曽村
俺は実家の玄関を出て、行くあてもなく歩きながら、自分の身の振り方を考えていた。
久しぶりに家の空気を吸ってしまったせいだろうか、気持ちがぐらついている。

富永の言いなりになって、片瀬の濡れ衣を着せられたまま死ぬなんて真っ平だ。何より、母親を絶望させたくない。

だが、もし、富永から逃げおおせたとして、片瀬に切り捨てられた自分が……何の後ろ盾もない自分がこの先政治家になれる目はないだろう。少ない資金でどぶ板選挙に乗り出したとしても、片瀬の圧力であっという間に潰されるのが関の山だ。それどころか姿を見せただけで抹殺される可能性が高い。

「お前が立派な政治家になった姿をどこか遠うから見ることができてくれば、それでいいんやかぃ」

ついさっき聞いた母親の声と、一途な表情が繰り返し思い出され、その度に涙が溢れそうになる。

――だが、母さんを喜ばせるような日は永久に来そうもない。

それに……。富永は狂っている。あの第一秘書はどんなことをしてでも自分を見つけ出し、追い込むだろう。だからこそ簡単に俺を解放したのだ。

多分、俺は殺される。富永が言っていた大淀銀行のあの若い行員のように。全ての不正の罪を着せられて、惨く……。

それならば、いっそ自分で自分を始末して、どんな金であれ両親に遺し、母親を今の苦境から救ってやる方がマシなんじゃないか。

だが、両親がそんなことを望んでいないことはわかっている。意識があるのかどうかわからないような状態のあの父親でさえ、息子の横領事件を耳元で囁かれたら憤死するだろう。

――だめだ、だめだ、だめだ。

叫び出しそうになり、掻きむしった頭の中で、また思考が堂々巡りを続ける。

五

二〇二〇年十二月／南九州

「見学者の方はこちらにお願いします」

受付でビジター用のＩＤカードを渡され、ロビーで待たされていた里奈は、都会でも滅多にお目にかかれないほど美しく洗練された女性に声をかけられた。

近未来の客室乗務員をイメージさせるような制服の背中について、エレベーターに案内される。

「お客様のＩＤカードは見学フロアでのみ有効です。エレベーターの動作装置には反応しませんので、お帰りの際や体調不良などで途中退出されたい場合など、何かありましたら職員にお申し付けくださいませ」

セキュリティが厳格に細分化されているらしく、彼女が翳したＩＤカードによって点灯した階数表示は二階のみ。つまり、受付業務を行う彼女が往来できるのは二階と一階だけということになる。

「あの……。他の見学者は……」

ケージに乗り込んだのは女性と里奈のふたりだけだった。

「今日の午後の見学はお客様おひとりです」

と女性は上品に微笑む。

「すみません。私ひとりのために」

「いえ。ご来館、ありがとうございます」

嫌みのない笑顔と所作で小さく頭を下げた女性は、エレベーターホールを出て通路の一番手前、「第一研究室」という札のかかった部屋の前まで里奈を案内した。中からは水音とモーター音がしている。タケハラ水産や沢木に案内された廃校のプールで聞こえていたのと同じ音だ。

「館内では説明員の指示に従ってください。自由見学はできませんので、常に職員との同行をお願いします」

第一研究室の入口には白衣を着た猪首の男がひとり立っていた。

「ようこそ」

男は里奈に向かってにこやかに声をかけた。

「センター長の安井《やすい》です」

二月に自殺した責任者の後任の胸の名札には「センター長兼主任研究員」という

役職と「安井祥司《しようじ》」という氏名が並んでいる。

まだ三十代だろうか、と里奈はその肌の張りから推定した。

「どうぞ」

自宅に招き入れられるような雰囲気で安井に通されたドアの向こうは広々とした天井の高い部屋だった。

部屋の中央にしつらえられた巨大な円筒形の水槽に真っ先に目が行く。

タケハラ水産とも沢木が手がける間宮水産とも違う、ここは養鰻ではなく純粋に研究だけを目的とした施設なのだと里奈は一瞬で理解した。

アクリルガラスらしき透明なプールの中のウナギは、黒い背中を見せて左右に身をよじりながら泳いでいる。それはごく普通のウナギだった。

壁一面には卵から孵って、幼生レプトセファルスからシラスウナギとなり、やがてウナギの成魚になるまでの写真がパネルにされ、成長過程の順に並んでいた。

上部には「世界初・ウナギの人工種苗生産」というタイトルが掲げられている。

「ニホンウナギは太平洋のマリアナ諸島沖で孵化し、黒潮に乗って約六カ月ほどかけて東アジアの沿岸に辿り着きます。これがシラスウナギです。一般的にはこのシラスウナギを捕まえて養鰻池に投池します。つまり、シラスウナギは人間に採捕された瞬間、養殖のための〝種苗〟になるのです」

安井はまず、日本国内で行われている養鰻の流れを説明した。

「しかし、我々が目指しているのはそのような従来型の養鰻ではなく、人工孵化した個体を親にして、次の世代の仔魚を孵化させる完全養殖です」

雌雄ともにホルモン剤を投与することで人為的にウナギを成熟させて採卵し、受精、孵化、レプトセファルスの飼育を経て、シラスウナギにまで成長させるのだ、と安井は完全養殖の過程を述べた。

「このサイクルで半永久的に養殖することができるのです。つまり、これはシラスウナギを国内で獲る必要も海外から輸入する必要もなくなる夢の研究です」

と、安井は胸を張る。

里奈は展示資料を眺めながら、完全養殖については全く知識がない学生を装って尋ねた。

「人工的にウナギから卵を取って成魚にまで育てるのは相当難しいって聞いたことがあるんですけど……」

安井は待ってましたとばかりに研究成果を語り始めた。

「おっしゃるように簡単なことではありません。二〇一〇年から日本各地でホルモン剤を投与し、成熟誘起処理の試行錯誤が始まりました。が、成熟が進むにつれて体調を崩す個体が増えました」

滑らかな前置きを皮切りに、安井は滔々と語る。

「ですが、ここでは一匹のウナギから百～二百個の卵を採取することに成功したのです」

「一匹から二百個も！　本当にそんな技術がもう確立されてるんですか⁉」

先日、芝浦から完全養殖の話を聞いた時には、まだまだ遠い未来の話だと思っていた。里奈の声がひっくり返る。

もし、それが本当なら瀬取りも密漁も必要ないはずだ。

安井が言うようにシラスウナギ漁をする必要さえなく、養鰻場の中でサイクルが回るはずなのだが……。

「まあ、今のところ、卵から成魚にまで成長する確率は五パーセントですが」

「ご、五パーセント⁉　たった？」

今度は逆に、これだけ大規模な研究施設の中でそんな採算の悪い研究をしているのだろうか、という意味で里奈は素っ頓狂な声を上げた。立派な外観だけでなく、施設内の巨大水槽や洗練された展示ルームを目の当たりにすると、どうしても期待が大きくなってしまう。芝浦や春樹の口から、貧弱な成功率は聞いていたはずなのに。

「つまり、二百個の卵を採取できても、そのほとんどが成長過程で死ぬということなんですか？」

里奈のストレートな質問に、安井はムッとした顔になって反論を始めた。

「いやいや、あなた、何を言ってるんですか。このセンターができるまでの完全養殖の成功率は一パーセント、ないしはせいぜい三パーセントですよ？　五パーセントという数字は飛躍的な意味を持ってるんです」

「す、すみません……」

着実に実績を上げていることは嘘ではないのだろう。が、里奈には亀の歩みにしか思えなかった。

「完全養殖の確率を上げるためにセンターでは色々な実験を試みているんです。最も難しいのは人工的に卵から孵った稚魚の餌です」

「餌？　天然ウナギの稚魚は何を食べてるんですか？」

「それがわかれば苦労はしません」

「は？」

「ウナギの生態は謎だらけです。産卵の現場だって長年謎に包まれていて、マリアナ海溝付近で産卵しているらしいことも、近年ようやくわかったぐらいなんです」

それらの謎がウナギの完全養殖を難しくしているのだと安井は説明する。

「色々な餌を試す中で、稚魚にサメの卵を与えてみたことが功を奏し、生存率が五パーセントにまで上がったんです」

これは画期的なことなのだと安井は自画自賛する。

「じゃあ、ここで生き残ったウナギの一匹あたりの原価っていくらぐらいになるんですか？」

バイヤーを志す里奈にとっては素朴な疑問だ。

これだけの設備の維持費と研究費、その上、マリアナ海溝で卵を持ったメスを捕獲する費用。想像を絶する金額になるはずだと予想しつつ、里奈は安井の返答を待った。

「それは機密事項です」

随分長い沈黙があったが、答えてはもらえなかった。

――下手をすれば一匹当たり数百万になるのではないだろうか……。少なくとも高級店で食べるレアな国産天然ウナギの方がはるかに安価だろう。

「あ、じゃあ、別の質問いいですか？　この研究センターは政府の肝いりで建設されたと聞いてるんですが、ウナギの完全養殖と周辺の養鰻場から出る汚水の浄化以外に何か研究されてることってあるんですか？」

里奈にはこんな湯水のように金を使う研究に政府が大金を投じている理由がわからなかった。

すると、安井の頬が一瞬硬直した。

「いいえ。特には。それだけ期待されているということです、ウナギの完全養殖の研究が」

安井は仏頂面になって首を横に振る。見学を打ち切られてしまいそうな険悪な空気が漂い始めた。

里奈は夕べ自分自身の目で見た、センター前の湾に棲息している「ウナギもどき」のことを切り出すべきか迷った。

こんなムードの中、下手に持ち出せば即退出させられそうだ。

「では、餌の工夫以外にどんなことをして、シラスウナギの生存率を飛躍的に上げたんですか？」

相手の自尊心をくすぐるような質問で時間を稼ぎながら、水槽の中を覗き込んだ。どこかにあの深海魚のような形をしたウナギもどきがいるのではないかと疑いながら。

「抗生物質や排卵を促すホルモン剤にも気を遣っています」

その時、里奈は安井が並べた言葉が引っかかった。

「あの……。抗生物質とかホルモン剤を使うんですよね。例えばそれがウナギを変形させる可能性ってあるんですか？」

「変形？」

その単語にビクリと肩を震わせるような反応をして押し黙った安井だったが、すぐに気を取り直したように口を開いた。

「言っておきますが、ここでは魚が変形するほどの薬品は使っていません。過去に停電のせいで水槽の水温が十九度以下になって、孵化した仔魚が奇形になったという事例はありましたが」

「水温……。じゃあ、飼育してるウナギが湾に逃げることってないんですか？　特にその……何ていうか、水温管理の失敗で、ちょっと様子が変わってしまったような個体が」

「あなた、何が言いたいんですか？　うちの研究に対して因縁でもつけに来たんですか？」

　安井は怒り心頭に発したような顔になった。

「何にしても様子がおかしくなった仔魚はすぐに死んでしまいます。そしてそれは衛生上、その都度、廃棄しています。水槽でも生きられないのに海で生きられるわけないでしょう」

「そ、そうなんですか……。廃棄ですか……」

　里奈は安井の勢いにたじろいだ。

「わかったら、もう帰ってください。SNSなんかに変なこと書かないでくださいよ？　名誉棄損で訴えますからね。ここが経産省主導で作られた施設だってことも忘れないように」

　安井は里奈の背中を押すようにして研究室の外へ追い出そうとする。

「あ、あとひとつだけ！　この湾の中で獲れたウナギみたいな気持ちの悪い生物がタケハラ水産によって漁協の加工場へ持ち込まれていることをご存じですか？」

　その時、一瞬、安井の目が泳いだ。が、すぐに首を横に振った。

「そんなこと、私は知りませんよ。でも、そういう事実があるとすれば、家畜の飼料とか畑の肥料にするためでしょ。小木曽漁協の年間売上の約十パーセントが、養鶏場の飼料と農業用の肥料の原料だと聞いていますから」

「なるほど」

安井の勢いに圧され、里奈は後ずさりしながらうなずいた。

――家畜用の飼料。

あのウナギもどきの正体は別として、それは一番、真っ当な利用方法であり、里奈自身もそうであってほしいと願う。

「さあ、もういいだろ！」

見学に来た客に対する態度とは思えないほど邪険に、里奈は部屋の外に押し出された。

通路に放置された里奈は仕方なくエレベーターホールへと向かった。

安井センター長の不自然な態度についてぼんやり考え込んだまま、里奈はちょうど開いていたエレベーターに乗った。そして、受付のある一階のボタンを押したが反応しない。

――しまった……。

自分のＩＤカードではエレベーターを動かせないことに気付く。見学が終わったら職員が受付まで案内してくれるはずだった。

気は進まないが、不機嫌な安井に頼んで受付の女性を呼んでもらうしかないか、とエレベーターを降りかけた時、目の前で扉が閉まった。

「あれ？」

動かないと思い込んでいたケージが急に下降を始める。

階下で職員が呼んだらしい。

ほっとしたのも束の間、里奈が乗っているケージは一階を素通りし、更に地階へと降りて行く。地下三階の表示が点灯していた。

――地下って、何があるんだろう……。

やがて開いた扉の前に、シャーリングの施されたフード付きの白い雨ガッパのような服に防護ゴーグル、ガスマスクのようなものに身を固めた人間が現れた。

分厚い青い手袋をはめた人差し指で外のボタンを押したまま、横に避けて里奈が降りるのを待っている。彼の身を包んでいるものは映画に出てくる防護服によく似ていた。

里奈はSF映画の科学者にでも遭遇したような気分になりながら、それでも怪しまれないよう軽く会釈をして仕方なくエレベーターを降りた。

相手も軽装の女がいることを訝るように、ちらちらと里奈の方に視線を投げながらもそのままエレベーターに乗り込む。その様子を見た里奈は、ここは一般の見学者が立ち入る場所ではないのだと認識した。

この状況は最初に言われた「館内では常に職員と同行」というルールからも外れている。

地下にはウナギの完全養殖とは直接関係のない施設、つまり養鰻場に繋がっているという例の汚水浄化システムがあるのだろうと里奈は想像した。

――それにしても、さっきの男の恰好は仰々しい。

好奇心に導かれ、右折しかできない通路の奥を覗き見た里奈の目に飛び込んできたのは「関係者以外立ち入り禁止」の立て看板だった。かまわず看板を越え、足を進めた。

地下三階のエレベーターホールから延びる通路は薄暗かった。

避難誘導標識のグリーンの光が床を照らしている。

モーターが低く唸っているような音がする方向へ向かった。

途中、通路を塞ぐように金属製のドアが立ちはだかった。しかも、ドアの脇には虹彩認証システムと思われるボックスが設えられている。これ以上入り込むのは難しそうだ。

気付けば扉の上には「浄化システム作動中」の文字が点滅している。

――やっぱり汚水の浄化設備か。

里奈はバーベキューの席で達彦が「汚泥浄化研究のセクションはウナギの養殖技術のセクションから完全に独立している」と言っていたのを思い出した。

ここに養鰻場から出る汚水や汚泥を浄化するシステムがあるのだと里奈は納得したが、それにしてはセキュリティが過剰だという印象を受けた。

特許や発明を含むシステムが使われているのか、それともウナギの養殖に使用された後の汚水には人体に影響を及ぼすような物質が含まれているのか……。

——あの防護服からして後者のような気がする。

そう考えるとこんな軽装でここに立っていることも危険に思えてくる。

諦めて引き返そうとした時、頑丈そうな扉の脇のセキュリティボックスが点滅し始めた。こちらからは操作していない。中の人間が解除して出てこようとしているのだろう。

直感的にここにいてはいけないような気がして、エレベーターホールへと急いで戻り、地下二階で止まっているケージが降りて来るのを待つ。

が、階数表示は一向に動く気配がなく、徐々に足音が近付いて来て、里奈はそわそわした。

——来た！

やっと下降してきたエレベーターにはやはり防護服を着た人が乗っていた。

その人物と素早くすれ違うようにしてケージに飛び乗り、一階のボタンを押した後、「閉」のボタンを連打した。が、やっぱり反応せず、扉は閉まらない。

——誰か！　誰でもいいからエレベーター、呼んで！　早く！

ジリジリする里奈の祈りが伝わったように、一階のランプが点灯した。

ようやく閉まり始めたドアの隙間から、不思議そうに振り返っている防護服と、こちらに歩いてくる複数の防護服が見えた。

ポーン。軽い音がして、エレベーターが一階に着いた。

「ああ……！　お客様！」

エレベーターの前に焦燥感を滲ませた顔の受付の女性が立っていた。多分、彼女が自分を捜すためにエレベーターを呼んだのだろう、と里奈は推察した。

「どこへ行かれてたんですか？　見学終了時間になってもお戻りにならないので、捜しに行こうと思っていたんです」

「すみません。急にお腹が痛くなっちゃって。トイレを探してたら迷ってしまって」

咄嗟に言い訳をしながら、これ以上の調査は諦めて受付にビジター用のＩＤカードを返却し、里奈は研究センターを後にした。

そのまま春樹の実家に戻ってすぐ、里奈は彼に研究センターで見聞きしたことの一部始終を話して聞かせた。

「今の国立海洋研究センターの安井っていうセンター長、何だか感じの悪い男だったわ。それにタケハラ水産が夜中に網を引き揚げてることも知ってるみたいな、何か隠してるような雰囲気だった。やっぱタケハラ水産が加工場に運び込んだものが何なのか調べるべきじゃないかな」

「俺もそれを考えてた」

春樹は昨日までの憂鬱そうな態度が嘘のようにきっぱりと言った。

「いいの？　漁協の闇を暴くことになっちゃう可能性もゼロではないよ？」

「わかってる」

取材について、ずっと悩んでいるように見えた春樹がついに肚を括ったように言う。

「今朝、これまでの調査をレポートにして会社に送ったんだ」

つまり、意を決して小木曽で行われている瀬取りや密漁のことを報告したという意味なのだろう。

「そしたら？」

恐る恐る尋ねる里奈に、春樹は誇らしげな笑顔を見せた。

「急遽、南田さんの、キャップ直属の記者になったんだ。俺みたいな新人がキャップ直属なんて、そんなの『チェイサー』編集部ではありえないことなんだ。やっぱこれは、デカい事件なんだよ」

「…………」

人気週刊誌のスクープ記者になるためには、故郷を売るぐらいの覚悟が必要なのかも知れない。が、真面目な春樹が会社にうまく操られているような気がして、里奈の気持ちは暗く沈んだ。

「今夜、加工場に潜入してウナギもどきの正体を見届ける」

悪の巣窟に乗り込む正義の味方のような口調に、里奈はますます不安になる。

「もし、里奈が想像してるように、抗生物質やホルモン剤を投与したせいでウナギが変形してるんだとしたら、たとえそれが肥料や飼料用の原料だとしても、いずれ人間の口に入るわけだから危険性がないとは言えない」

「それはそうだけど。でも、漁協が絡んでたらどうするの？」

「いや、それはない。こっそり漁協のシフト表を見て来たんだ。夜中、漁協は稼働してない。案の定、月曜と火曜の午前三時から二時間、タケハラ水産が加工場を使用することになってた」

「じゃあ、やっぱり竹原が単独でやってることなのね？」

「それははっきりとは言いきれない。竹原と山井が相手じゃ、漁協も強く言えないところはあるだろうし。小木曽で一番大きな養鰻業者とヤクザだ」

尊敬している上司に目をかけられているという自信からか、はたまた自分が彼らの悪事を暴くことで小木曽をクリーンな町にするという正義感からか、春樹の態度にはこれまでにないほどの充実感が溢れているように見える。

――もちろん、一番大きな理由は、この件が漁協主導で行われていないとわかったからだろうが。

「で、どうやって加工場に潜入するの？」

「組合の業務が終わった後、オヤジが保管してる鍵を使って俺が組合の倉庫に入る。漁協には業者用の立ち入りＩＤカードもあったはずだ。それをふたつ用意しとく。午前二時半にはここを出発するから、それまで仮眠とっとけよ。すごく疲れた顔してるぞ」

そう言われてやっと里奈は、自分が小木曽川の密漁現場へ行ってから今まで、ほんの数時間しか眠っていないことに気付いた。

午前二時半。目覚まし時計のベルを止めて身支度した里奈は、足音を忍ばせて香川家の裏口を出た。

春樹は車のトランクに漁協立ち入り業者用のＩＤカードと『タケハラ』のロゴが入ったゴム製エプロン、黒いカッパのようなフード付きのゴム製のツナギに長靴、手袋と防護用メガネをふたり分用意していた。

「タケハラ水産応援用って書いて、更衣室の奥の方に隠すように置いてあった古いヤツを借りてきた」

「重装備だね。かなり汚れる現場みたいね、タケハラの加工作業は」

自分が口走った言葉で、やはりアレを飼料か肥料に加工するのだろう、と確信する。

「で、これ全部ここで着ていくの？」

里奈はダウンジャケットを脱いでトレーナー姿になりながら受け取った装備の重さに驚く。

「ああ。漁協には更衣室があるけど、俺たちのロッカーはないからな。皆が着替え終わった頃、外から入って紛れ込もうと思ってる」

仕方なく、厚手のトレーナーとジーンズの上からゴム製の作業着一式を装着した。少し動くだけでキュッキュッと音がする。

「歩きにくいんだけど」

「だな。仕方ない。漁協の駐車場まで車で行って、他の作業員が集まって来たら降りて紛れて入ろう」


春樹の運転で目的地に着いてみると、漁協にはひとつの灯りも点いていない。それを見ただけで、里奈の口からほっと安堵の息が洩れる。

「この辺に停めて待つか」

幸い、駐車場には漁協のミニバンとトラックが数台停められていて、エンジンを切ってしまえば小型車でも目立たない。

待機中、つい助手席でウトウトし始めた里奈は遠くで聞こえるドッドッドッという放水音で目を覚ました。

「タンクからの放水が始まった。昨日と同じなら、もうすぐ網の引き上げが始まるはずだ」

　春樹が声を潜める。

「じゃあ、あと三十分ぐらいでトラックがここに来るはずね」

　やがてマイクロバスが一台、加工場の前に停まった。研究センター前の内海で水揚げする作業員が乗っていたものより一回り大きい。

　そのマイクロバスから十名ほどの人影が降りて来た。加えて、三々五々、徒歩で集まって来た人影が合流し、二十名ほどの集団になった。彼らは加工場の入口が開くのを待っているようだ。

　それは異様な光景だった。この深夜に分厚い黒いゴム製のフード付きの作業着を着て、ゴーグルをつけた人々が話す様子もなくバラバラに立っている。

　だが、彼らが着用しているものにはタケハラのロゴも漁協のロゴも入っていない。どうやら皆、自前の作業着で集結している。

「みんなタケハラ水産の作業着を着てると思ったのに、あの人たちは一体……」

　里奈が呟いた時、春樹が「降りるぞ」と声をかけた。

「なんか私たちだけタケハラ水産のロゴ入り作業着なんて、逆に目立ちそうね」

「今さら仕方ない。着ないよりはマシだろ。俺たちもこれ、かけて行こう」

　フードを被って車を降りようとした里奈に、春樹がゴーグルを差し出す。そこにも細いペンで書かれたタケハラの文字。

ゆっくりと、加工場の入口が開くのを待っているらしき人々に交じってしまえば、暗がりではロゴ入りの作業着もそれほど目立たない気がした。里奈と春樹はさりげなく、その集団に合流する。

それでも新参者はわかってしまうのか、それとも目敏くロゴを見つけられてしまったのか、しわがれた女の声に、

「あんたら、タケハラ水産ん応援ん人かい？」

と尋ねられた。疑っているような口調ではなかったが、女は自分の顔を見せたくないのか俯いたままだ。

「そうです」

緊張しながらもできるだけ自然なトーンで里奈が答えると、女はやはり下を向いたまま、

「今日は人手が足りよるかぃ、応援は後ろで見てればいい。途中、誰かと代わってやりな」

とアドバイスをした。

――つまり、集まる人数は日によって違うということか。

間もなく昨日と同じタケハラ水産のトラックが駐車場に入って来て、降りて来た男のひとりが加工場の鍵を開けた。

作業着の人々は皆、黙って足早に加工場の中に入って行く。里奈と春樹は最初に

声をかけてきた女について行った。

場内には何とも言えない臭気が漂っている。

里奈が初めてこの加工場に入った時も、異様な臭いが鼻についた。が、今、鼻孔をつく独特の生臭さはあの時よりはるかに強い。

昼間と同様、定位置が決まっているらしく、人々は迷うことなくひとつの作業台にふたりずつ並んでいく。居場所のないふたりは、女に言われたとおり、少し後ろに下がって作業を見守ることにした。

「ワークさん、入りまーす」

入口でそう声を上げた中年女性に引率された十名ほどの人々が、工場内に入って来る。

カッパのようなフードの下に見えるのはどこか一点を見つめている目許や、ぶつぶつ何かを言っている口許。そして落ち着きのない動きをしている者もいる。

――嘘……。この前、昼間に来た時にここで働いていた障がいのある若者たちなの？

ワークさんと呼ばれた彼らは、既に所定の位置についている人々の間に挟まれるように並んだ。

里奈から見える場所に少し首を傾げるような姿勢の作業員が立った。

――え？　タケシくん？

フードを目深に被っているので確信は持てない。が、体格やぎこちない動作が酷似している。

そういえば、入口で話しかけてきた女の声はセツコに似ていた。そう思ったものの、前に回り込んで顔を確かめるわけにもいかない。

やがて、作業台の前のベルトコンベアに載せられた赤いコンテナが大量に流れてくる。中には予想どおり目の飛び出した深海魚のようなアレ——グロテスクなウナギもどきがぎっしり入っていた。

もう死んでいるのか、全く動かない。

——あのコンテナって、ヴィアンモールに入荷するのと同じものなのかな……。それとも赤は赤でも食用と肥料用で二種類あるのかな……。

しかし、明らかにスーパーで扱っているものと同じ見慣れた赤いコンテナに肥料用の材料を入れて運ぶことには違和感を覚える。

——これはやっぱり……食用……？

その先を考えたくなくて思考を止める里奈の目の前で、ゴムの作業着を着た人々は自分の前に置かれたコンテナに手を伸ばし、その異様な外見に動揺することもなくウナギもどきを鷲摑みにする。

ウナギもどきは全く動かないので釘を打つ必要もなく、庖丁でスパン、スパンと頭とヒレが取り除かれ、腹が裂かれる。骨は軟骨のように柔らかいらしい。

が、その柔らかそうな背骨に沿って太い血管が走っているのか、赤い体液がビュービュー四方に飛び散る。皆がカッパのようなフードと防護メガネで完全防備しているのは、勢いよく飛び散る体液から身を守るためだったのだ。もし、飼育のために変形するほどの薬剤が使われているとすれば、それらも有害なのかも知れなかった。

——前に見た青いコンテナで運ばれていたウナギは背開きにされていた。あのウナギは釘を打たれても動いてたのに。

作業者は皆、黙々と働いている。機械のように。彼らの手でソレは頭とヒレを取り除かれていく。

——やっぱりあれはオバケ魚でもウナギもどきでもなくて、変形したウナギだったんだ。

疑念が確信に変わった里奈の前で、変形ウナギは長方形の切り身になっている。それはすぐに串打ちされ、脂の乗った艶のある、ヴィアンモールに入荷されるものと全く同じ姿になった。

里奈と春樹の目の前に設置されているゴミ箱に、不気味な頭とヒレがポンポン投げ入れられていく。

——もし、飼料や肥料になるとしたら、このゴミ箱の中身の方だろう。身の方には蒲焼き用の串打ちまでしているのだから。

斜め前に立っているワークさんが「黄色は黄色。青は青。赤は赤」と歌うように口ずさんでいるのを聞いて、里奈はどきりとした。

やはり『小木曽のうな丼』になるウナギは、今、目の前をベルトコンベアで運ばれている赤いコンテナで入荷され、最終的な仕上げが施されてから販売されている。

――私はいつもこれを買い、食べていたのだろうか……。ヴィアンモールはこんなものをお客様に売っていたんだろうか……。

そう思うと、里奈は気分が悪くなり、胃液が上がってくるのを感じた。

思わず横を見ると、春樹がその場に座り込んでいた。

春樹の異変に気付いたらしくタケシが、あどけない瞳で不思議そうに見ている。

「ちびっと止むるよー！　応援の人が倒れたかいー！　誰か医務室に連れて行っちゃって！」

その張りのある声はやはりセツコに間違いない、と里奈は確信した。

セツコはベルトコンベアを止めて、監督らしき男に手を上げる。

この悪目立ちはまずい。部外者であることがバレたらどうなるんだろう、里奈がそう思った時には、声をかけられた男がこちらへ大股で歩いて来ていた。

それは、山井だった。

目深に被っているフードのせいで顔は見えないが、頬の傷は一度見たら忘れられない深さだ。

「アイタタ。こりゃ困った。香川んとこん坊ちゃんかい」

やけに嬉しそうな顔で春樹の顎を持ち上げた山井がくるりと後ろを向き、「おーい！」と手を振った。

すぐさま、加工場の入口辺りに立っていた警備員がふたり走って来る。

「タケハラ水産ん事務所に連れてけ。こっちんお姉ちゃんも。ふたりとも出版社のスパイや」

老人たちは畏怖の表情で、障がいを持つ若者たちはぽかんとして、ふたりが連れ去られるのを見ている。

「動かすぞ！」

何も見なかったような顔でセツコが再びベルトコンベアを作動させる。他の者も全く動じた様子もないまま仕事に戻る。ただ、タケシだけは心配そうな目をして、チラチラと里奈の方を見ていた。

すると、険しい顔をした老人が「タケシ。見てはいかん」と睨んだ。

里奈は絶望的な気持ちになりながらも、動きにくい作業着のまま腕を引かれ、外へ出される。そんな状況下でも里奈は、警備員ふたりと山井を相手に戦う術を考えていた。

が、周囲には竹刀になるようなものも見当たらない。

抵抗する術もなく、里奈と春樹は分厚いゴムの作業着を着たままの恰好で、トラックの荷台に乗せられた。

——まだ夜が明けない。

山井と警備員の間に挟まれて動けない里奈は、猛スピードで疾走するトラックの荷台から真っ暗な日向灘を見た。

「お前らここで見張っちょけ。社長を呼んで来る」

事務所に到着し、トラックから降ろされた里奈は扉横の傘立てにあるビニール傘に手を伸ばそうとした。が、運悪く、その瞬間を山井に見とがめられ、

「妙な真似したら、絞め殺すぞ」

と恫喝される。

「おい。こいつらん作業着を脱がせて池に連れて来いて」

トレーナーとジーンズだけにされたふたりはガムテープで後ろ手に縛られ、初めてタケハラ水産を訪れた日に見学した養鰻用のビニールハウスに連れ込まれた。

暗がりの中、ムッとするような湿気と臭い。真っ青な顔をした春樹が池の中に嘔吐した。その吐瀉物に群がる無数のウナギ。

——バラバラにされて、ここに捨てられたら、骨だけになるかも……。

気丈な里奈もさすがに血の気が引くのを感じながら、ばしゃばしゃと水音を立てて身をくねらせる真っ黒いウナギの背中を見ていた。

第四章

一

一九九〇年八月／小木曽村

実家を出ても行く所はなかった。

陽が傾く村を当てもなく歩いているうち、狭い路地に迷い込んでいた。

小木曽にいた頃には立ち入ったことのない飲み屋通りだ。

通りといっても、居酒屋と小さなスナックが一軒ずつあるだけ。その居酒屋から白い調理服を着た店員が出て来て、看板の電源を入れた。温かい光が『居酒屋マツ』という店名を浮かび上がらせる。

一瞬で酒に溺れたい気分になる。

「もうやってるんですか？」

「はい。どうぞ」

愛想のいい店員が笑顔を見せる。

少しベタベタするカウンターの端に席を取り、煤けた壁のメニューを見て鹿児島の焼酎と宮崎の地鶏を頼んだ。

だが、どちらも味がよくわからない。

ただ酔うためだけに飲み、飲むために次々と塩辛い肴を注文した。

ボーイをしていた銀座の店では閉店後よく、ママが系列のバーに連れて行ってくれた。そこで初めてウイスキーを飲んだ。最初はこんなものに高い金を出す意味がわからないと思ったが、いつしかそのスモーキーな香りと深みのある味わい、そしてグラスの中に漂う気品の虜になっていた。

片瀬は日本酒が好きだった。連れて行かれた料亭で米粒を三割九分まで磨いたプレミア付きの大吟醸を飲ませてもらったことがある。癖のないすっきりした飲み口が料理の美味さを際立たせていた。本当は自分が誰かに酒を奢る立場になりたい。恐縮しながら他人の金で飲ませてもらう劣等感。

酒にまつわる記憶が走馬灯のように去来する。

「そういえば、いよいよ小木曽にも焼却場ができるげな」

「ああ。来月や。あれができたら村に相当な補助金が出るげなぞ」

後ろのテーブルに座っている漁師らしい二人組が話しているのが聞こえた。

村の外れに建設されるゴミ焼却場の話題だ。

「なんで前ん村長はあんげ建設に反対しちょったんだ?」

ゴミ焼却場の建設に反対していた前の村長とは俺の父親のことだ。

誘致の話が舞い込んできた当時、村長だった父親は全国のゴミ焼却場に関する情報を収集した。そして、まだ高校生だった俺に、小木曽村が誘致を検討している焼却場についてよく話して聞かせた。町議会で説明を行う前のリハーサルをするみたいに。

主な内容は県庁から強く推奨されていたメーカーに対する不信感についてだった。

父親はリスク分散するため、小木曽だけでなく、他の自治体とも連携して広域処理の路線を進めた。が、なかなか利害調整が整わなかった。

そうこうしているうちにメーカーの談合や汚職問題がリークされて建設計画は頓挫し、いつの間にか焼却場の建設は別の自治体に決まってしまった。

だが、小木曽から少し離れた町に新設された立派な焼却場は、しばらくすると炉の性能が想定していたよりずっとパワー不足だったことが判明し、訴訟沙汰になった。

各地で同じような訴訟が起きていることを知った時、父親の判断は結果的に正解だったのかも知れないと思った。そして、こんな片田舎の村長がこつこつと情報を集めて目先の補助金より村の将来を考え、懸命に立ち回ったらしいことがわかって、感動すら覚えた。

「今ん技術じゃあ、大して公害もねえっちゅう話なんになあ。雇用も増えてえれえ景気がようなるって話だぞ？」

漁師たちの話によれば再び小木曽にゴミ焼却場を建設する話が持ち上がり、反対する者がいなくなった町議会の承認を経ていよいよ建設に着手するらしい。

それを手放しで喜ぶ目先のことしか考えない村民に、父親のことを「無能だ」「村議会の癌だった」と揶揄され、腹が立った。

だが、無知な人間を相手にしても仕方がない。俺はムカつく心をアルコールで冷まし続けた。

「あんカタブツが村長を辞めてくれてよかったわ」

漁師のひとりがそう言い放って大声で笑った時には、相当酔いが回っていた。

「うるせーぞ！　お前ら声がデカいんだよ！」

椅子を立った自分の上体がふらついているという自覚があった。それでも、平衡感覚の狂った体を、ふたりの座っているテーブルに向かわせていた。

「なんや？　よそ者が！」

漁師のひとりが声を上げて立ち上がる。

脳みそが焼酎の中に浮かんでいるような感覚で、全く恐怖はなかった。

「表に出ろ！」

店に迷惑をかけてはいけないという冷静さもある。喧嘩など一度もしたことのない自分が腕っぷしの強そうな漁師に喧嘩を売っている時点でどうかしているということもわかっている。

――かまうものか。遺書はポケットに入っている。このまま殺されてもいい。そんな自暴自棄な気持ちもあった。

店を出た所でいきなり胸ぐらを摑まれ、頭突きをされた。

「うっ……」

額に受けた強烈な衝撃と痛みで、急激に恐怖が湧き上がってくる。

ふらふらと後ろへ下がったところを、後から出て来た連れの漁師に羽交い絞めにされた。

どん、と腹部に鈍い衝撃を受けた。完全にサンドバッグ状態だった。

「ぐ……っ」

喧嘩慣れしている男の拳が鳩尾の辺りに入って悶絶した。息が止まった。

ハッハッ、と必死で呼吸を取り戻しながら地面に崩れ落ち、泣きながら命乞いをした。

「や、やめてくれ……！　死にたくない……！　俺が悪かった。助けて！　助けてくれ！」

男の足に縋りついた。

が、容赦なく振り払われ、顔面を蹴られて視界が真っ赤に染まった。

二

二〇二〇年十二月／南九州

「山井さん。こっちんお姉ちゃんは今すぐウナギん餌にしてもいいかも知れんけんど、さすがに香川ん息子まで殺しちゃまずうねえか？」

山井にうかがいを立てるように、竹原がやんわりと意見する。

「どっちも死体さえ揚がらんといいんや」

後ろ手に縛り上げられ、灯りの点けられた養鰻池の傍に跪かされた里奈と春樹の上に、ふたりをどうやって始末するかを話し合う山井と竹原の声が降ってくる。

恐怖のためか春樹は放心した様子で跪いたまま池の向こうの壁を見つめていた。

――今は自分しか頼る者はない。

肚を括った里奈は、ふたりの悪党に体当たりして池に落としてやろうとタイミングを計る。その隙に外へ飛び出して近隣住民に大声で助けを求めるしかない。

頭の中に悪党どもを池に突き落とすイメージを思い描きながら、じっとふたりの動きを注視していた。

「豊。倉庫からロープ、持って来い」

山井が竹原に命じた。

そのロープで何をするのかは考えないようにして、山井がこちらに背中を向けるのを待つ。

だが、なかなかタイミングは訪れない。ここぞという時、恐怖が自分の判断を鈍らせるのではないかという不安と戦いながら里奈は躊躇う足に力を溜めていた。

「これでいいか」

倉庫から出て来た竹原が黄色と黒の標識ロープを山井に手渡す。

「ああ。これでいい」

唇を歪めるようにして笑った山井が里奈の目の前にロープを垂らした。見せつけるように。里奈はそれが喉に食い込む感触を想像し、全身の血が凍るような寒気を覚えた。

彼女の頭上から山井の抑揚のない声が降った。

「おなごは後でいたぶって楽しむとするか」

気が変わったように山井が春樹の方に移動し、彼の細長い首にロープを巻き付ける。春樹はもう抵抗するのを諦めているように、震えながら首を振るばかりだった。

春樹が殺される！　そう思った瞬間、凍り付いていた里奈の体が動いた。

「ん──ッ！」

里奈は唸るような声を上げ、立ち上がるのと同時に山井に体当たりを試みた。が、山井は軽く身を躱し、彼女の体はバランスを崩し、勢い余ってコンクリートの床に倒れ込んだ。山井が体勢を変えたせいで春樹の首にかかっていたロープが少し揺れた。それだけで春樹は失神し、座ったまま横向きに倒れる。

「あはははは。組合長ん息子はヘタレだが、こっちん姉ちゃんは威勢がいいじゃねえか」

倒れた春樹の首からロープを外した山井が、ゆっくりと里奈に近付いて来る。あっさりと殺す順番を変更したように。

距離を縮めてくる山井を見て絶望的な気持ちになりながらも、それでもまだ里奈は何か戦える手段はないものかと周囲に視線を走らせる。

せめて竹原の足許にあるバケツを蹴ることができれば、と里奈は不可能だとわかりきっている想像を巡らす。

その時、遠くからサイレンの音が聞こえてきた。

山井が振り返って竹原と顔を見合わせる。里奈にはそのふたりの顔が、一体どの悪事が露見したのだろうかと言っているように見えた。

サイレンはどんどん近付いてきて、タイヤがタケハラ水産の敷地の砂利を踏み鳴らす音がした。

あちこち歩き回った足音の後、コートを着た刑事らしき男がふたり、制服の警官を五名ほど従えてビニールハウスに入って来た。

「竹原豊、山井恭介。和田センター長殺害ん容疑で逮捕状や」

ふたりの前に突き出された礼状には、里奈が予想だにしなかった容疑がしたためられていた。

「どこに、そんげん証拠があるっちゃね？　おかしな言いがかりつけたら警察でも許さんぞ」

山井は動じることなく、むしろ額から詰め寄っていくような態度を取りながら巻き舌で刑事たちに凄む。

が、刑事は怯むことなく、同じように山井に顔を寄せながら、

「お前らふたりがセンター長を研究センターの屋上から投げ落とすところがばっちりカメラに映っちょるっちゃね」

と言い返す。

「カメラやと？　そんげなもん、どこにあるっちゅうっちゃね」

センター敷地の海側に防犯カメラがないことを確信しているのか、既にデータを消去した後なのか、山井の口調は自信満々だ。

「映像は署でゆっくり見せてやるわ」

刑事の方も余裕で答えた後、首を捻った。

「あの映像が一体どんげしち撮られたのかんかはわからんが、科警研ん分析で合成なんかでねえことだけはわかっちょるっちゃね」

刑事がそう言いきっても、山井は悪態を吐き続ける。

だが、手錠をかけられた竹原は完全に狼狽した様子で狂ったようにわめき出した。

「違う！　和田センター長を殺《や》ッたんは組合長ん香川や！」

――え？

若い警察官にガムテープを外してもらい、ホッと安堵の息を洩らした里奈の耳に、竹原のとんでもない言葉が飛び込んできた。

しかし、春樹は竹原の叫び声で、ようやく正気に戻ったように、

「オヤジが？」

と、驚きをあらわにして竹原を見つめる。その春樹を、竹原の不敵な目が睨みつけた。

「お前んオヤジが和田を突き飛ばして、和田は後頭部を打って死んだんや。俺たちゃ死体を始末してやっただけなんちゃ」

「お前、何ゅ寝ぼけたこと言いよるっちゃね。センター長ん死因は低体温症や。お前らが真冬ん海に投げ落としたかぃに決まっちょるやろうが。死亡推定時刻も映像とドンピシャや」

その刑事の話を聞いて里奈は胸を撫で下ろしたが、春樹はまだ顔を強張らせたままだった。

「山井恭介。午前五時十三分、逮捕や」

刑事はふたりが和田を海に投げ落とした映像がある限り言い逃れはできないと

言って抵抗する山井にも手錠をかけ、二名を連行する。

「俺が和田を殺すメリットがどこにあるっちゃねー！」

竹原はパトカーに乗せられる寸前まで往生際悪く叫んでいた。

――タイミングがよすぎる。

再びサイレンを鳴らして走り去る県警のパトカーを啞然として見送る里奈の前に、まだ養鰻場に残っている警官のひとりがしゃがみ込んだ。

「大丈夫か？　で？　あんたたちもアイツらに何かされたん？」

警官は解放された被害者を労わるような優しい口調だ。

つまり、別件で逮捕状を執行しに来たら、たまたま拉致された人間を発見した、ということなのだと里奈は理解した。

「えっと……」

「ちょっとしたことで、アイツらに絡まれてここに連れて来られて……あ、でも大丈夫なんで」

里奈が口ごもっている隙に春樹が釈明した。その言葉は震えている。咄嗟に事実を隠蔽する春樹を里奈は黙認した。

――経緯をまともに打ち明ければ、漁協で見たことまで話さなければいけなくなるのだから。

何かトラブルがあったのなら、今日にでも県警まで被害届を出しにきなさい、という言葉と名刺を残し、警官は心配そうにしながらも頑なに大丈夫と言い張った春樹たちを一瞥して出て行った。

里奈はまだ震えている春樹の横にしゃがみ、黙ってその手首に少し残っているガムテープを外してやった。

「加工場で見たこと……秘密にするつもりなの?」

「頼む……。もうちょっとだけ……。頭の中を整理する時間がほしい」

体の自由を取り戻しても、まだ座り込んだままの春樹が髪の毛を掻き毟るようにしながら訴える。

加工場の人たちの手で食用に加工されていた不気味な変形ウナギ。直接ではないにしてもセンター長殺害に父親が関与しているかも知れないという疑惑。そして何よりも殺されかけたことが春樹から平常心を奪っているようだった。

「わかった。とにかくここから出よう」

里奈はまだ膝を震わせている春樹に手を貸して、何とか立ち上がらせた。

ふたりがふらふらと養鰻場を出ると、がらんとした駐車場に今やすっかり見慣れたセダンが停まっている。

「お疲れさん。命拾いしたみたいやな」

助手席のパワーウィンドウが滑らかに下りて、沢木隆一の晴れやかな笑顔がのぞいた。

「まさか……。あなたが県警を呼んでくれたの？」

春樹に肩を貸しながら里奈が車に近付くと、沢木は窓越しにいつもの飄々とした口調で言った。

「頼まれたもんで」

「頼まれた？　誰に？」

「セツコ婆ばや」

沢木が意外な人物の名前を口にする。

「セツコさん？　セツコさんがあなたに？」

里奈は拉致される自分たちを無視するように、ベルトコンベアのボタンを押して作業を再開した老女を思い出す。

「婆ばから、組合長の息子を助けてやってくれって電話があってなぁ。無下に断られへんかった」

漁協で働くセツコにとって組合長の賢一は、定年後も長く自分を雇ってくれた上司であり、大切な存在なのだろう。その息子を見殺しにすることはできず、沢木のような男を頼ってしまったのかも知れない。

——鮫のような人。腹の下にくっついていればこれほど心強い人間はいない、か。

里奈の脳裏に以前読んだ記事の総会担当者の言葉が思い出される。ただし、それなりの見返りが要求されることは間違いない。

セツコのことが心配になる里奈の前に沢木の運転手が降りて来て、後部座席のドアを開けた。

「家まで送ったるわ。無事に家に帰るまでが遠足やで」

小学生に注意を促す教師のような言い方だった。

最初からそのつもりで沢木は助手席に座っているのだと里奈は気付いた。ふたりが拉致されたことも、警察が来てここで解放されるであろうことも、全て知っていたとしか思えない。

「だ、大丈夫です。歩いて帰れま……」

沢木の申し出を断りかける春樹を里奈は後部座席に押し込み、後から乗り込む自分の体で彼をぎゅうぎゅう奥へ押しやった。

もう心も体もヘトヘトに疲れ切っている里奈は、ここから春樹の実家まで歩くことを想像しただけで吐きそうだったからだ。

ドン。後部座席のドアが閉められてすぐ、里奈は助手席に身を乗り出し、単刀直入に聞いた。

「センター長の自殺のこと、刑事が証拠の映像があるって言ってたけど、あなたがリークしたの？」

もし、先ほどの竹原の言葉が事実なら春樹のためにも詳細を聞いておきたい。

そんな里奈の問いに、沢木が相変わらずやのう、と呆れ顔を見せる。

「もうちょっと寝かしときたかったネタやってんけど、しゃーない。婆ばから、組合長の息子が拉致られた、って連絡が入ってすぐ動画を配信したんや」

「配信？　警察に届けるんじゃなくて？」

里奈がおうむ返しに聞き返すと、沢木はにやりと片方の口角を持ち上げた。

「そないなことしたら、俺がセンターを見張ってることがバレてまうやんか。それよりライブ映像と偽って世界中に配信したら、善良な市民から通報が入りまくって県警も動かざるをえんようになるやろ」

それがさも可笑しいことであるかのように沢木が声を立てて笑った。人の生き死にを冗談にできる男を、里奈は人間以外のものを見るような気持ちで見つめる。

――この男にとって私や春樹が死ぬことなんて大したことじゃないのかも知れない。

セツコが春樹の命乞いをしてくれなかったら、目の前で自分たちが殺されても見て見ぬふりをしたに違いない。

ひとしきり笑った後、沢木が続けた。

「案の定、アップしてすぐ、県警に『海洋研究センターの屋上から人が海に投げ落とされる動画が炎上してる』って電話が殺到したらしいわ」

町の警官はタケハラ水産とグルだが、さすがに県警までは抱き込めていないのだと沢木はまだ笑っている。

「あれって自殺じゃなかったんですね」

「殺しや」

「どうしてそれをあなたが知ってるの？　どうやってその映像を手に入れたの？」

「言うたやろ？　この南九州で起きることは全て俺の耳に入るんや」

里奈はルームミラー越しにその自信に満ち溢れた顔を見つめる。

もしかしたら、研究センターだけでなく、あらゆる場所にカメラや盗聴器を仕かけているのかも知れなかった。

絶対に敵に回したくない男だ、と里奈は沢木の顔を見据える。

「俺に頼んできた婆ばも苦渋の決断やったと思うで？　婆ばにとっても大事な職場やからな、加工場は。アレを関係者以外に見られたら、タダではすまん。むしろ自分の手であんたらを葬り去りたいぐらいやろ」

——この男は湾に蠢く変形ウナギを食用に加工していることも知っているのだ……。

里奈を嘲るように沢木が吐き捨てた。

「ひとつ言うとくけどな。こないなことになったんも、ヴィアン・リテーリングのせいやで」

「ヴィアン・リテーリングの？」

沢木を恐れながらも、聞き捨てならないと里奈の語気は強まる。

「養殖用のシラスウナギの漁獲量が激減してきたにもかかわらず、ヴィアン・リテーリングは漁協に『出荷量を増やせ』て言うてきたんや。それができへんのやったら、グループ商社が扱うＡＳＥＡＮ産の稚魚を不足分だけヴィアン・リテーリングの言い値で買え、てな」

「ヴィアン・リテーリングが小木曽漁協に？　嘘でしょ……」

愕然として聞き返す里奈の目を、ルームミラー越しに、鋭い光を宿す沢木の瞳がじっと見つめた。

「そうや。あんたの会社が、や」

断言されて里奈は言葉を失う。

「もちろん、漁協は断った。地元の利益が損なわれるからや。間違いなく味も落ちる。ブランドもクソもない。そうしたら、ヴィアン・リテーリングは『契約した出荷量を保てないならＡＳＥＡＮ産の稚魚を他の地域の養鰻業者にもバラまく。転注だ』って脅してきよった」

「まさか……ウチの会社がそんなこと……」

産地との良好な関係を維持していることがヴィアン・リテーリング調達部の強みだと思っていた里奈は、沢木の話に動揺を隠せない。

「つまり、ヴィアン・リテーリングの圧力のせいで、『アレ』を……小木曽漁協が主導してアレを出荷してるってことなの？　あんな気持ちの悪いウナギもどきを」

里奈も未明の加工場でセツコやタケシの姿を見た時、薄々そうかも知れないと思った。が、それはタケハラ水産の独断でやっていることだと思いたかった。

「ウナギもどきとは失礼な言い方やな。あれはあれで、れっきとしたウナギやで。ちょっと変形してるだけやないか」

「ちょっと？　アレが？」

「あれは正真正銘、センターで扱っているシラスウナギが成長したもんや」

「それ、本当なの？」

「ほんまや。完全養殖の研究の途中で弱ったり死んだりしたウナギは浄化水と一緒に湾に放流される。それがたまたま湾の中で生き残ったもんやねん」

センターから廃棄されるウナギの大半は変形しており、生命力が弱い。湾内ですぐに死んでしまうことを前提に投棄している。

ところが、生命力の強いものが内海の環境に適応して生き残り、繁殖を繰り返していたのだと沢木は言う。

「沖に張られた網のせいで、天敵になるような大型魚も湾内におらんせいやろ。まあ、あれを初めて食うてみた山井と竹原の食い意地には脱帽やけどな」

変形ウナギは泳ぐ力が弱く、ふだんは湾内の海底に潜んでいる。

が、午前三時のタンクからの放水後、水流で巻き上げられた個体が数分程度、海面近くを泳いでいる。大きな目がついてはいるが視力は未熟で脳みそもない、あるのは嗅覚だけ。だから匂いの強い餌をつければ簡単に釣れる。そして、外気に触れればすぐに弱る、と沢木は続けた。

「けど、瀬取りやら輸入もんとはわけが違う、元はほんまもんのニホンウナギや」

「信じられない。不気味な深海魚にしか見えないわ」

「たしかに『アレ』の頭は軟骨みたいに柔らかいし、奇妙な瘤もある。けど、気持ち悪いんは見た目だけや。なんでか普通のウナギよりちょっと腐敗が早いっちゅう欠点はあるけど食用にする部分に基準値以上の抗生物質だのホルモン剤だのは残ってへん。加工品としては、ちゃんと水産庁の検査基準をクリアしてるんや」

それがあの加工場に足を踏み入れた時の異様な臭気の原因だったのだろうか。里奈の鼻孔にあのなんとも言えない臭いが甦る。

「けど……。抗生物質やら排卵促進剤やらのホルモン投与。それに自然界では起こりえない湾内での食物連鎖。何が原因で変形してるのか解明されてないウナギを食べ続けることが人体にどんな影響を与えるかは未知数でしょ？　たとえ今、基準値をクリアしているとしても……」

言いながら里奈は暗然とした。消費者が、加工前のあの醜悪な姿を見たらどう思うだろうと考えて。

「養鰻場で竹原が叫んどったことは事実や。それだけは覚えときや」

「え？」

ドキリとしたような顔で短い声を上げたのは春樹だった。

「最初に和田を突き飛ばして重傷を負わせたんは組合長の香川や」

「オヤジが……。どうしてそんなことを……」

里奈は竹原の言葉を言い逃れだと思っていたが、春樹は真っ向から受け止めていた。

「変形ウナギの存在は以前からこの町の中で囁かれとった。けど、小木曽の人間はこの町の利益にならんことは絶対に口外せえへん。それに目を付けたんは竹原や。手引きしたんは今のセンター長である安井。加工して出荷してるんは漁協。それを前のセンター長、和田に知られた。和田は学者肌の生真面目な男やったから、養殖研究で実験に使ったウナギを食用に出荷するなんて絶対に許さんて言うたやろな。香川の説得は難航したはずや」

まるでふたりの口論を聞いていたかのような口ぶりだった。が、この男ならセンター長室に盗聴器を仕かけることなど朝飯前だろう。沢木の口から何を聞かされても、里奈はもう驚かなかった。

「それでオヤジが和田っていう元センター長を……」

声を途切れさせた春樹の呼吸が乱れてきた。

落ち着かせようと、里奈は彼の背中をさすりながら反論した。

「けど、死因は低体温症だって、警官が言ってたわ」

「その時、救急車を呼べばよかったものを、よりによって香川は竹原に助けを求めてしもた。結局、和田は山井と竹原の手で海に投げ落とされて命を落とすハメになったんや。香川もアイツらと同じドロ船に乗ってしもた」

沢木が唇を歪めるようにして口角を持ち上げる。

下手に騒げば春樹の父親にも累が及ぶぞ、と沢木は暗に脅しているのだ。

恫喝に屈しまいと言い返しかけた里奈を、沢木の強い視線が止めた。

「お前らの正義が不正を暴くことやとしたら、どんなことをしてでもこの小木曽の繁栄を守るんが俺の正義や。邪魔もんは徹底的に排除する。敵に回さん方がえぇで。俺は竹原や山井みたいにぬるいことはせんからな」

その強烈な眼光に、一瞬にして気持ちが萎える。

里奈は自分の意気地のなさに失望しながら車を降りた。気が付けば、春樹の実家の前に着いていた。

車を降りた春樹は自宅の塀にもたれ、しばらくの間、黙って俯いていた。が、やがてズルズルとゆっくり崩れるようにしゃがみ込み、少年のように膝を抱える。

かける言葉が見つからない里奈は隣に屈んで寄り添い、春樹の慟哭をその腕に感じていた。

――正義って何だろう……。

沢木が口にした単語が里奈の頭の中をグルグル回っていた。

今、生まれて初めて「正義」の意味を考えているような気がした。

——もし……。あの変形ウナギのことが世間に知れ渡ったら小木曽のウナギも町の信頼も地に堕ちる。そうなったら、漁協で働く人たちは……この町の人たちはどうなるんだろう。

親切な人たちが暮らす豊かな町。漁協を居場所にしている高齢者や障がいを持つ若者たちの未来を思うと、何も見なかったことにしたくなる。

「会社に相談する」

そう言って立ち上がると、自宅に入った春樹は無言のまま二階へ上がってしまった。

里奈も自分に用意されている二階の客間に戻った。

消耗しきっている身を畳の上に投げ出し、ごろんと仰向けになって天井を見つめる。

「疲れた……」

少し眠ろうと思って横になったものの、変形ウナギが加工される場面を見てしまった衝撃と拉致された時の恐怖が何度も繰り返し甦っては、入眠の邪魔をする。

だが、最も強烈に網膜に焼き付いているのは、沢木隆一の「本気」の目だった。

——春樹は会社にどこまで話すつもりなんだろう……。

想像すると、思考回路はどんどん冴えていく。

が、それでも疲労が生む睡魔によって徐々に頭の回路は蝕まれ、里奈は知らず知らずのうちにウトウトと眠りの深淵に落ちていった。


不意に階下で起きた大きな笑い声とカーテンの隙間から洩れてくる光に気付いた里奈はハッとして畳の上に身を起こす。

――今、何時だろう?

彼女は寝坊した学生のように室内を素早く見回した。

床の間の横の違い棚に置かれた時計の針は午前十一時をさしていた。

他人の家の客同士が顔を合わせるのはいかがなものかと思いながらも、状況が状況だけに、どういう関係の人間がこの家にいるのかだけは確認しておきたい。

部屋着にしているスエットの上に丈の長いカーディガンを羽織り、音を立てないように階下へ下りて静かに客間へ近付いた。

「いやいや、どうぞおかまいなく」

襖の向こうから軽やかな声がしている。誰かがもてなされているような会話が里奈の耳に届いた。

「あ……!」

ちょうど盆を持って客間から出て来た春樹の母親と鉢合わせた。上機嫌で銀座の有名な和菓子屋の紙袋の中を覗いていた。

「ああ。里奈さん。今、お呼びしようと思うちょったところなん。上司ん方がお見えや」

「え？　上司？」

里奈の脳裏に水産部門の芝浦、次に店のレジ・インフォメーション部隊を取りまとめている主任の厳しい顔が浮かぶ。

「おいおい。上司のこと忘れちゃったわけ？　俺だよ、俺。南田」

その声がする方を見ると、春樹の母親の向こう、客間のソファに深々と座って足を組んでいる男が笑顔で手を振っている。

──南田……。これが、『チェイサー』のキャップ……。春樹が尊敬してやまない男。

隣に座っている春樹の、タケハラ水産から脱出した後とは違う表情も見えた。里奈の目にはその顔が記者としての自信を取り戻しているように映る。

ただ、南田の容姿は里奈が想像していたルックスと正反対だった。

春樹から、南田は以前、大手新聞社の政治部の記者だったと聞かされていた。そして今はその天才的な嗅覚を生かし、企業の不正を追っていると。その経歴からして、里奈は勝手にギラギラした男を想像していたのだ。

が、ソファに座って微笑んでいるのは、青白い顔をした、これといって特徴のないひょろりとした中年男性だ。

――けど、さすがに行動は機敏だ。春樹から連絡を受けてすぐ、朝一番の飛行機に飛び乗ってきたのか……。

そう直感した里奈を南田が手招きする。本当の部下にするように。

「蔵本君。ほら、君もそこに座って。今、小木曽漁協の組合長さんから話を聞いてるところだから」

南田は完全に里奈のことを三井出版の社員として扱っていた。

仕方なく同僚の顔をして春樹の隣に腰を下ろし、正面に座っている香川賢一の顔を盗み見る。

彼はいつものように人のよさそうな笑みを浮かべ、海洋研究センターとの連携や地元の養鰻業者との協力体制について、漁協や自治体のパンフレットを広げて説明している。その様子からして南田はまだ産地偽装や食品偽装については踏み込んでおらず、賢一も前センター長殺害容疑で山井と竹原が逮捕されたことを知らないのだろう。それに気付いた里奈の緊張は一気に増した。

賢一の説明にうなずきながらパンフレットを閉じてセンターテーブルに置いた南田が、

「小木曽漁協さんが地元の活性化のために尽力されていることはよくわかりました」

と優しげな笑みを浮かべた後、ジャケットの内ポケットを探りながら「ところで」と身を乗り出す。

「お聞きしたいのはこの写真のことなんですが」

骨ばった白い指がテーブルの上に置いたのは、変形ウナギの頭部の写真だった。それはどうやら達彦の子供が撮った動画の一部を切り取って拡大し、プリントアウトしたもののようだ。

「こ、これは……」

賢一が写真を凝視したまま絶句した。

それは変形ウナギの存在を知っている人間の反応だと確信し、里奈は絶望して目を閉じる。

「これねえ、亡くなった和田さんの口の中に入ってたのを、警官が見つけて海に捨てたものらしいんです」

春樹はやはり南田に全てを報告しているらしい。それを察した里奈の耳に、南田の喋り方はひどく白々しく聞こえた。

「え？　これがセンター長の口ん中に？」

賢一はぎくりとしたように目を見開いて、更に顔を近付けて写真を見る。

「だ、誰がそんげことを……」

「ええ。私も最初にこれを見た時は猟奇殺人を連想しました。死体の口に深海魚を押し込むなんておぞましい、と。けど、よく見てください。歯型があるでしょ？」

「歯型？」

顔を強張らせ、額に汗を滲ませた賢一が南田に聞き返す。その正直な反応は、外部の人間に変形ウナギの存在を知られたことへの狼狽と、和田の遺体の口の中にそんなものが入っていたとは夢にも思っていなかった驚嘆とを如実に表していた。

「歯形の角度的に、和田さんは自分でこのウナギもどきの頭を食い千切ったんだと思うんですよねえ」

躊躇ったり無理強いされたりしたような痕跡はなく、ウナギもどきの頭部はひと噛みで切断されている、と南田は説明する。

「なして……。どうして和田さんはこんげものを口に……」

カラカラに乾いた声帯を何とか震わせているような弱々しい声で賢一が尋ねる。

「どうしてですかねえ」

南田はさもわからないというようにかぶりを振り、足を組み替える。

賢一は息子の上司の口から発せられる次の言葉を怖れながらも、続きを聞かずにはいられないといった様子で固まったように上半身を前傾させていた。

「和田さんはこのウナギもどきを告発しようとしていた。違いますか？」

南田の鋭い問いに、賢一は肩を跳ね上げるようにして身を引いた。

「冷たい海の中に投げ落とされた彼が、こんな気持ちの悪い生物を自ら口にしなくてはいけなかった理由は他に見当たらないでしょう」

今度は南田がセンターテーブルに身を乗り出した。

「ここからはあくまでも私の推理なんですが」

そう前置きをした南田が賢一を見据えたまま、ゆっくりと口を開く。

「和田さんの後頭部にはさほど大きくない打撲痕があったそうです。それは致命的な傷ではなく、死因は低体温症だった。何より、警備員が元センター長は自分で飛び降りたという証言をしたこともあって、後頭部の打撲については遺体発見当時には問題にならなかったようです。が、打ちどころによっては一瞬、意識を失うレベルの脳震盪ぐらいは起こしていたかも知れませんねえ」

「脳震盪……？」

賢一は遠い目をして呟く。里奈にはその顔が、朦朧とする和田の姿を思い出しているかのように見えた。

「ああ、そうだ。ネットで騒ぎになってるこの動画、まだご覧になってないですか？」

南田がスマホを操り、研究センターの屋上から水面へと落下する人影を捉えた映像を見せる。賢一の目が大きく見開かれた。

「和田さんですよね？　海に落ちた和田さんが溺れまいともがいて、しばらくの間、水面に水しぶきが立っているのがわかります。これ、複数の箇所に設置されたカメラが録画したものらしくて、いくつかのアングルから映画みたいにばっちり撮れてるんですよ。そりゃ、バズりますよね」

和田が絶命する様子を捉えた監視カメラの映像を無表情で編集している沢木の横顔を想像し、里奈は自分の指先が冷たくなるのを感じた。

「え？　じゃあ、和田さんが死んだんは……」

賢一はおどおどしながらも、ぎょろっとした目を更に見開き、南田を凝視する。

「あの日の海水の温度は氷点下。たとえ負傷していなくても助け上げられなければ死ぬでしょ。死を意識した和田さんは、ちょうど放水の始まったタンクの水流で巻き上げられたウナギもどきを摑んでその頭を嚙み千切った。その存在を世間に公表したいと、一縷の望みを託して。……いや、これはあくまでも私の推理ですよ？」

賢一は無言で、ナレーターのように淀みなく語る南田の顔をじっと見つめていた。言葉ひとつ発することのできない賢一を、春樹が断罪した。

「あんたはもう町の名士じゃない。俺は全部知って、覚悟を決めた。これからの人生、俺も、和田センター長を見殺しにした男の息子という十字架を背負って生きていく」

春樹の覚悟を聞いて、里奈は無意識のうちに両手の指を固く握りしめていた。

自分の書く記事によって、彼自身も町の名士の息子から犯罪者の息子へと転落していく。その決心に至るまでに春樹はどれほどの苦しみを味わったのだろうか。想像するだけで里奈の胸は締め付けられる。

「春樹……。すまん……」

やがて香川賢一はゆっくりと項垂れた。そして重々しく口を開き、彼の知る全てを告白した。

タケハラ水産が変形ウナギの存在を知ったのは五年ほど前だという。湾内の環境に順応し、繁殖していた不気味なウナギもどきを、竹原と山井が恐る恐る焼いて食べてみたそうだ。

意外にもその味が小木曽で養殖していたニホンウナギに引けを取らないと知った竹原は、変形ウナギの回収に乗り出した。

が、和田はカタブツだったため、次席であった現センター長の安井と警備員に賄賂を渡して協力を得たのだった。

シラスウナギの漁獲量が激減する中、ヴィアン・リテーリングから出荷数増加要請の圧力をかけられていた賢一は苦渋の決断をし、タケハラ水産から持ち込まれる変形ウナギの加工に手を染めてしまったのだと苦しげに説明した。

――ヴィアン・リテーリングからの一方的な契約変更や転注を免れるため……。

既に沢木から聞かされてはいたが、里奈はその真相に改めて愕然とする。

「本来は生命力が弱く、海へ放流すれば死ぬと判断されていた変形ウナギが食用として出荷されていることを知った和田センター長は、さぞかし激怒して漁協に抗議してきたんじゃないですか？」

「そのとおりです。和田さんからん電話を受けたわしゃ、すぐに研究センターに駆けつけて、変形ウナギの出荷は小木曽ウナギんブランドを守るためやと出荷ん継続を見逃してくるるよう頼んだ」

が、あのウナギを市場に出すことは倫理に反することだと怒り狂う和田と賢一は言い争いになったという。

「あん時ん和田さんは別人んごつ憔悴して、形相は鬼んようやった」

と賢一はその時のことを思い出したように両手で髪の毛を掻き毟る。

今すぐ出荷を止めろ、と激昂して摑みかかってきた和田と賢一は揉み合いになり、和田がつまずいてデスクで頭部を強打したのだという。

「和田さんが揺すっても動かなくなって、もうどうしたらいいかわからなくなって」

賢一はその場を逃げ出し、タケハラ水産の竹原に相談したのだと告白した。

そして、そこにいた山井がすぐさま遺体を海へ捨てることを提案したのだった。

「山井さんが、三時ん放水ん音に紛れて捨てれば大丈夫や、自殺に見せかくることがでくる、っちゅうかぃ」

竹原と山井が和田を屋上まで運び、海に投げ落とした時刻は午前三時。

賢一は恐ろしくて遺棄を手伝うことはおろか、立ち上がることもできずにセンター長室で震えていたが、タンクからの放水の音で時刻を知った。

「あん時和田さんが死んだと思い込んじょって……。まさか生きちょるとは知らんかったんや」

苦しそうに嗚咽を洩らす賢一を前にして、もう誰も口を開かなかった。

三

何も知らずに鼻歌まじりに台所で洗い物をしていた母親には、春樹の口から事実が伝えられた。

重苦しい空気の中、賢一が「仕事の整理をしてくる」と言って、ふらふら家を出た後のことだ。

春樹の母親は息子から事情を聞いて驚いた様子は見せたものの、「そう」とうなずいただけでいつものように食事の準備を始めた。里奈にはその彼女の顔が、あまりのことに茫然としているのか、実感が湧かずにぼんやりしているのかよくわからなかった。

その後で、春樹は里奈に毅然と言った。

「オヤジが帰って来たら自首を勧めようと思う。和田センター長に怪我をさせたのも、竹原たちの行為を止めなかったのも事実だからな」

ところが、昼前に出て行った賢一が夕方になっても自宅に戻って来ない。心酔する上司が帰って行ったせいもあってか、春樹は憑き物が落ちたように狼狽し始めた。

「オヤジ、まさかどこかで死んでないよな……」

そんな不吉なことを口走った春樹は、急に焦った様子で漁協と県警に電話した。が、どちらにも姿を現していないという。

「俺のせいだ……。オヤジが自殺したら」

今になって、自分が父親を追いつめたと自責の念に駆られている春樹を、里奈は叱咤した。

「縁起でもないこと言わないでよ！　とにかく、お父さんの捜索願を出さないと！　普通の状況じゃないんだから」

子供ではないし、普通なら一晩くらい様子をみてから警察に連絡するのだろうが、状況が状況だ。

おろおろする息子とは対照的に、春樹の母親は「あん人に自殺するような度胸はねえやろ」とどっしり構えている。

「なんかなし、ご飯食べて。それからどんげするか考えよう。人間、空腹やとロクなこと考えんかぃ」

おっとりしているが、実家は代々網元で、荒っぽい漁師たちを束ねてきた家の娘というだけのことはある、と里奈は彼女の落ち着きに感心した。

春樹の母親が鶏肉と根菜が入った煮しめと、東京で見る三倍くらいの大きさがある具沢山のいなり寿司を作ってくれた。

全く箸が進まない春樹が気がかりだったが、その日の夜の飛行機で大阪へ帰らなければ、明日の出勤シフトに間に合わない。

里奈は後ろ髪を引かれる思いで香川邸を後にする。

そして、空港のロビーで意外な人物と再会した。

「奇遇やな」

「沢木……さん……」

親しげに声をかけてきた男の名前に辛うじて「さん」と敬称を付けたものの、里奈は何と続けていいかわからなかった。

「俺もしばらく九州を離れることにしたんや。これから騒々しくなりそうやし」

そう言われて見れば、ベンチに座っている彼の足許には大きなスーツケースが置かれている。

「騒々しくなる？」

聞き返す里奈に、沢木はまあ座れ、と言うように無言で自分の横をポンポンと叩く。

「近々、例のアレが記事になるんやろ？」

今日の午前中に香川家の客間で話し合われたばかりのことも知っているような口ぶりだ。

「どうしてそれを……」

おずおずと彼の隣に腰を下ろした里奈はそう尋ねかけてやめた。この男のネットワークは計り知れない。

「あれほど言うたのに、暴露してまうとはなあ」

「それが彼の……春樹の正義だから」

正義ねえ、と沢木は冷笑する。

「まあ、秘密っちゅうもんは、どない隠してもいずれどこかに綻びが出るもんや」

それは想定内だと言わんばかりの口調だったが、「それにしても」と溜息交じりに首を振った。

「小木曽にアホほど注ぎ込んだ金も、これでパアや」

「お金を注ぎ込んだ？　あなたが？　けど、研究センターを誘致したのは西岡議員だし、養鰻業を盛り上げたのは漁協でしょ？　それとも、廃校のウナギプールの話をしてるの？」

沢木は一体、故郷のどこに大金を使ったというのか、里奈には皆目わからない。だが、沢木の失望だけは伝わってくる。

「まあ、ええわ」

彼はいくらでも金を生み出すことができる錬金術師のような余裕を見せて軽く笑った後、立ち上がってカウンターの方へと向かった。が、その途中、ふと足を止

め、

「そうや。これ、あんたにやるわ」

と振り向きざま、何かを差し出した。拳銃でも向けられるのではないかと身構えた里奈に、沢木がジャケットの内ポケットから取り出したのは古びた小さな鍵だった。

「それは……」

「廃校の体育館の鍵や。あの養鰻プール、あんたにやるわ」

「ええッ?」

意外な申し出に、里奈は思わず声を上げた。

「あんたも小木曽を無茶苦茶にする片棒を担いだんや。責任持って、あの藍ウナギの面倒を見たってや」

その言い方には、あの施設に対する沢木の強い愛着が感じられた。

相手は沢木。責任重大な依頼だ。事情も知らずに、そう簡単には決められない。

「それを引き受けるかどうか決める前に、ひとつ聞かせて」

「またかい」

しかし、沢木はうんざりしたような顔をする。

「どうしてあなたみたいな人があんな真っ当な仕事を引き継いだの? いや、シラスウナギの出所は真っ当ではないようだけど」

それを言い出せば、正当なルートだけから入荷している養鰻場はほんの一握りだということを、今回のことで里奈は痛いほど思い知らされた。

ただ、知りたかった。

そもそも関西の裏社会で総会屋として生きていた沢木が、どうして当時は寒村だった小木曽に戻って国産ウナギの養殖事業を始めたのか、里奈には見当もつかない。

「あれは一九九〇年の話や」

すると沢木はベンチに戻り、今から三十年も前の話を始めた。「この話、ちょっと長うなるで」と、前置きをしてから。

「当時、女子行員の横領やら暴力団との癒着やら大淀銀行は仰山の不祥事を抱えとった」

大淀銀行は二〇〇〇年に経営破綻した。が、それまでは西日本最大の都市銀行だった。

行内の不祥事で株主の利益を損ねてしまった大淀銀行は、荒れることが予想される株主総会を穏便に終わらせるため、経営サイドに味方するいわゆる与党総会屋として沢木を雇った。

それは里奈も就活の時に、うんざりするほどネットで読んだ。

だが、そこから沢木が語り始めたのは関係者以外には知りえないであろう話だった。

「俺と銀行の間を仲介する窓口は、まだ入社二年目の間宮徹《とおる》っていう銀行員やった」

「え？　二年目？　どうしてそんな新人を？」

経験の浅い行員が、沢木のような海千山千の総会屋に当てがわれた理由が里奈にはわからない。

「総会屋がどういうもんかを熟知してるようなベテランの行員は断る仕事や。かといって調整能力がない人間には務まらん」

沢木は自分と銀行との仲介役には優秀で好奇心の強い若手の行員を選べと銀行側に命じたのだという。

「俺は間宮を大いに気に入った。頭がようて機転が利く。何より、小木曽の出身やった」

大抵のエリートは沢木のような男と距離を置こうとするものだ。

ところが、間宮徹は沢木になつき、プライベートでも子犬のように彼について来たという。そこには同郷の人間というシンパシーがあったのだろうかと、里奈は会ったこともない若きエリートの危うさを感じた。

「間宮は何百人とおる同期の中でも将来を嘱望されるバンカーやった。それでも、実家の養鰻業を継ぐべきかどうか悩んでるて相談された。せやけど、当時の小木曽村は限界集落や。銀行マンとしての前途を捨ててまで戻る場所ではないやろ、言うて引き留めた」

それでも、間宮徹の悩みが尽きることはなかったと沢木は言う。彼が銀行に就職した理由も、彼の父親が営むような商売が融資を受けるための条件や方策を知りたかったからだった。

「俺はそんな純朴な間宮が可愛いてなあ。政財界の大物が使うような料亭やら普通の銀行員には入られへんような高級クラブやら、あらゆる贅沢を教えた。それだけやない。バンカーにとって将来有益と思われる人脈にも間宮の顔を売って繋いだ。つまらん田舎で養鰻やるより、都会で金融やる面白さを教えたかったんや」

里奈はテレビでしか見たことのないバブル期の夜のミナミの町を思い浮かべる。

「呑み込みが早うてそつがない。そして誰に対しても誠実な男やった。俺は生まれ変わったら間宮のような人間になりたいと思うた。いや、その当時、俺の中で間宮はもう俺の分身やった」

沢木の目はフライト情報を表す掲示板の辺りを陶酔するように見つめている。そうやって、当時のことを懐かしく思い出すような顔で更に続けた。

「そのうち俺は自分の手で仕込んだ間宮が、いつか大銀行の頭取になる日を夢見るようになった。日本経済に影響を与えるようなバンカーに、や。せやから真面目すぎる間宮に裏の経済、法律の抜け道、清濁併せ呑むことの大切さをみっちり教育した」

里奈は沢木が惚れ込むような若者を想像してみるが、なかなか頭の中に像を結ばない。

「けど、祭は長く続かへんもんや。バブル崩壊で大淀銀行は巨額の不正融資を隠し通す体力がなくなった」

いつかはそんな日が来ると予感していた沢木は金を海外の口座に置き、証拠となるようなものも抜かりなく隠滅していたという。

タックス・ヘイヴンという言葉が里奈の頭に浮かんだ。

「俺は自分が逮捕された時、間宮は銀行での立場を守るために俺の海外口座を大淀銀行に報告するか、全てを持ち逃げするかのどっちかやと想像してた。それならそれでええと思うててん。弟子が師匠を超える瞬間や」

つまり、自分を裏切る銀行員に数百億とも言われる隠し財産をくれてやろうとしたのか、と里奈はその豪胆さに呆れた。

「そこまで……」

啞然とする里奈に沢木はぽつりと言った。

「それやのに、アイツは違った」

掲示板を見つめたままの沢木の横顔が悲哀に満ちているように見えた。

「俺は警察での取り調べ中に、金を摑ませてた刑事から、間宮が首を吊ったことを知らされてん」

「ええッ？」

思いもよらない展開に、里奈はここが空港ロビーであることも忘れ、大声を上げてしまった。

「間宮は自分が銀行の金二百億を横領した、ていう遺書をパソコンに残して自殺してん。せやけど、自殺にしては不審な点が仰山あったんや」

「不審な点？」

「几帳面な男やのに、自宅は泥棒が入ったように荒れてたらしい」

「まさか殺されたっていうの？　一体誰に？　じゃあ、大淀銀行があなたに不正融資した二百億はどうなったの？」

里奈が金の行方を尋ねると、沢木は切ないことを思い出したように目を伏せて弱々しくかぶりを振った。

「金は海外の口座にそのまま残っとったわ。間宮には銀行名も口座番号も全部教えといたのに。そやのに、アイツは律儀にも俺の金の在り処を銀行に伝えるどころか、殺されても吐かんかったんや」

間宮の死が自殺ではなく殺人だと断言する沢木の目が、里奈には潤んでいるように見えた。

「俺の金なんか……あんな泡銭、どうでもよかったのに……」

怒りと悲しみを振り絞るように沢木が吐き捨てる。

「やっぱり、殺されたの？　その間宮って人……」

「検死報告を見たから、間違いない」

どうやら金を摑ませているという刑事は沢木の言いなりらしい、と里奈は溜息を吐く。

「躊躇い傷にしては深い傷が仰山あった。最後は動脈まで傷つけて、力なんて入らへんはずやのに、そんな状態で首を吊るて、違和感あり過ぎやろ」

暴力とは無縁の世界で生きてきたであろうエリート行員が、想像を絶する痛みと恐怖の中で殺された……。その時の間宮を思い、里奈は震えた。

「一体誰に……」

「金で買われへん情報はない。時間はかかったけど、実際に手を下したんはアメリカ国籍の元海兵隊員やとわかった。その裏には、間宮に全責任を負わせて監査が入る前に二百億を取り戻そうと画策した銀行幹部がおった。検察も疑惑だけでは手出しできへん大銀行のナンバーツーが、や」

そう語った沢木の顔から完全に表情が消えている。

拳ひとつ分の距離を置いて座っていても、沢木が怒りを押し殺しているのが空気を介して伝わってきた。それが昨日起きた事件であるかのような熱量を伴って。

里奈にはとうてい、沢木がそのふたりを放置したとは考えにくかった。

「ど、どうなったの？　そのふたり……」

聞くのが恐ろしかった。が、聞かずにはいられなかった。

「死んだ」

それはまったく感情のこもらない一言だった。

「不思議なことに、ふたりとも間宮と全く同じ場所に同じような躊躇い傷を仰山作った状態で首をくくって死んでん」

「え？」

里奈はぎょっとして沢木の顔を見る。

「ただ、死体は出てない」

「どうして……」

どうして死体が出ていないのに、そのふたりの死に様を知っているのか……。その理由を明確にしたいと思っているのに、里奈の声帯は凝固したように震えず、なかなか声が出せなかった。今自分の隣に座っている男以外に、そんな残忍な復讐をする人間がいるとは思えないからだ。

「なんでやろなあ」

ほんまに不思議や、と首を傾げた後でヘラッと笑う沢木を見て、里奈は全身の皮膚が粟立つのを感じた。

が、沢木はさも自分はそのことに関わっていないとでも言うように、「因果応報やな」と白々しく付け加えた。

「せめて、アイツがずっと気にかけてた小木曽で養鰻やってるっていうオヤジさんに香典でも渡そう思て、こっちに帰って来たんや。けど、そのオヤジさんも入院してもうててなあ……」

病室まで行って、香典という名目で小切手を渡そうとしたら、「見ず知らずの人間からこんな大金を受け取るわけにはいかない」と断られたという。

「けど、間宮の父親が入院費もままならん状態やということはわかっとった」

それでも、自分のことより養鰻場の世話ができないことを気にかけていたという。

「渡す、受け取らん、の押し問答になって……。けど、最後には、あんたがちゃんと見積もった金額で、あの養鰻場を買い取ってもらわれへんか、って頼まれてん。それはずっと父親の養鰻業のことを気にかけてた間宮自身の遺言であるような気もしてなぁ……」

と沢木は語尾を沈めた。

「とはいえ俺はずぶの素人や。その時はちょっと色をつけて買い取ってやって、すぐにでも業者に売り飛ばそう思うてた」

里奈にはそのドライな考え方が沢木らしいように思えた。

「なのに、どうして？」

「けど、実際にあの廃校跡の養鰻場を見たら、間宮が銀行員としての将来を捨ててでも小木曽に戻ろうと考えた理由がわかったような気がしてなあ」

あの時、口には出さなかったが、里奈自身もプールを泳ぐ藍ウナギたちを見て、ここで完全養殖ができたら、もっとたくさんの藍ウナギを育ててヴィアンモールに出荷してもらえたら……と想像しかけた。

「あなたがあの養鰻場を受け継いだ経緯はよくわかった……」

悪党にも罪悪感というものがあるということも。

「けど……」

自分は小木曽に縁もゆかりもない人間だ。その上、春樹の実家が複雑な状況に陥っている今、再びあの場所へ赴く日が来るとは思えない。

「管理は専門の人間にやらせてるねん。安定供給ができるぐらいになったら、あんたは責任者として売り先を考えたってくれ」

「それは……力になりたいけど」

その時に力のあるバイヤーになれていたらの話だ、と里奈は語尾を濁す。何しろ今は勤務先であるヴィアン・リテーリングに対する信頼も揺らいでいる。

「とにかく、近いうちに譲渡の書類を送るから、確実に受け取れる住所を教えろ」

里奈は、沢木の眼力に圧倒され、言われるがままに手帳のページを切り取って大阪の住所と電話番号を書いた。そして、そのメモと引き換えに鍵を受け取る。

「でも、どうして私に……」

沢木なら他にも人脈がありそうだ。

「さあなあ。あんたが何となく間宮に似てるからかなあ」

「私が？」

「真っ直ぐに物事を見ようとする。そして、肝が据わっとる。俺を恐れん人間は珍しい」

そう言って笑った後、沢木が言葉を繋いだ。

「完全養殖が成功したら加工場も作って、あんたがタケシみたいな子の居場所を小木曽に作ったってくれ。今の漁協よりまっとうな場所を」

「タケシくん？」

意外な人物の名前が沢木の口から飛び出したことに里奈は驚く。だが、それを聞いて彼が自分を選んだ理由がわかった気がした。

「私の弟のこと……調べたのね？」

沢木はそれには答えず、曖昧な表情を浮かべて笑っている。

「けど、どうしてあなたがタケシ君のことを気にかけるの？」

「あれは俺の妹の子供や」

あまりにもさらっと返されたせいで、彼の血縁関係を頭の中で整理するのに時間を要した。

「それって、つまり……」

頭の中にタケシが懐いている老女の顔が浮かぶ。

「嘘！　あなた、セツコさんの息子なの!?」

また驚きの声を上げる里奈の鼓膜に、「わしん子供はどいつもこいつもロクデナシや」と言ったセツコの声が甦る。

「俺も妹も婆ばに勘当された身や。しばらくオカンやということも忘れてたぐらいや。それだけに、組合長の息子を助けてやってくれ、て俺に頼んできたのは、相当悩んでのことやろ。無下にはできへんかったわ」

自分に牙を剝く者たちは容赦なく排除し、その一方で縁を切られた母親の頼みを聞き、障がいのある甥っ子の将来を考えている。

——この男は一体……。

里奈は茫然として、得体の知れない男の顔を見る。

そういうことや、と笑った沢木は、手首の高級時計に視線を落とし、立ち上がった。そして何の挨拶もなく特別な会員専用のカウンターへと歩いて行った。

四

大阪へ戻った里奈は、翌日からヴィアンモールに出勤した。

五日ぶりに出勤した職場は、初売りの準備が始まっていること以外は何も変わっていなかった。

が、彼女は売り場点検のための巡回でも、鮮魚コーナーの惣菜を直視できなくなった。小木曽の象徴として展示されている藍ウナギも、見る度に憂鬱な気分になる。今日も惣菜の売り場には赤いコンテナで入荷するウナギを加工した『小木曽のうな丼』が並んでいる。

里奈はそれを今すぐ撤去したい衝動に駆られる。お客様から「どれが美味しいのん？」と尋ねられれば、青いコンテナで入荷するウナギを薦めざるをえなかった。たとえ、高価すぎて買ってもらえないとわかっていても。

が、これも来週『チェイサー』の最新号が発売されるまでのことだと自分を殺し、目を瞑った。

その反面、小木曽漁協のやっていることがスクープされてしまったら、あの町はどうなってしまうのだろうかという不安で胸がじりじり焼かれる。

レジのシフトが終わった後、里奈はバックヤードにいた芝浦に相談があると持ちかけた。

「ああ。ちょい待ち。もう俺も上がるから」

愛想よく応じてくれた芝浦と一緒に、里奈は店の奥にある休憩室に入った。

幸い、室内には誰もおらず、つけっぱなしのラジオから古い歌謡曲が流れている。

それが春樹の母親の鼻歌を連想させ、里奈の胸の奥が鈍く痛んだ。

――春樹は父親が失踪してしまったままのこの状況でも、あの変形ウナギをスクープし、故郷である小木曽を告発するのだろうか。

　そんなことを考え、哀愁を帯びた流行り歌のフレーズに気を取られている里奈に、芝浦がパイプ椅子に腰を下ろしながら「ほんで？　相談て？」と歯切れよく尋ねる。

「実は……。私、お休みをもらって小木曽に行って来たんです」

「え？　小木曽に？」

　迷いながらも、里奈は小木曽での顚末を全て芝浦に話した。

「それ、ほんまなん？」

　にわかには信じられない様子の芝浦に、里奈は「本当です」とうなずいて、春樹からスマホに転送してもらったいくつかの画像を見せた。不気味な変形ウナギのアレを。

「これが赤いコンテナの中身、つまりヴィアンモールのうな丼になっているのは、おそらくこの生物なんです」

　それを見た瞬間、ガテン系の板前が「ひいっ！」と声を上げ、丸椅子から腰を浮かした。

「マ、マジか……」

　まだ動揺が収まらない様子で椅子に座り直した芝浦は、自分の無力さを白状するように弱々しく呟いた。

「すまん。話がデカすぎて……、俺で対応できる話とは思われへんわ」

「ええ。これは上層部にしか判断できない内容だと思います。なので明日、東京の本部に行って全てを話したいと思うんですが……」

新入社員に過ぎない里奈が、いきなりトップに会えるはずもなく、このような重大案件を相談できるあてもないのだが。

芝浦の口添えもあり、翌日の休みをもらえた里奈は梅田から東京へ向かう夜行バスの中で調達部のトップである箕輪《みのわ》部長にメールで面談の申し入れをした。小木曽で見聞きしたことに変形ウナギの画像を添えて。

心のどこかで、全く相手にされないかも知れないという不安はあったが、始業時刻と同時に足を踏み入れた本社ビルの受付で、箕輪の秘書だという女性が待っていた。

しかも、通されたのは最上階にある役員会議室だった。

箕輪とは面識がない。だが、彼の隣に座っている老人には見覚えがある。

「会長……」

それはヴィアンモールの売り場に続く従業員通路の壁に社訓と一緒に飾られている写真の人物だ。ヴィアン・リテーリングの名誉会長、伝説の商人と呼ばれる幸村将太だった。

幸村は七十年前、戦後の復興途上にあった大阪の中心地で青物屋『コウムラ商店』を開いた。

店といっても戦災孤児だった幸村に店舗を構えるだけの資金はなく、ひとりでリヤカーを引いて近郊農家から買い集めた野菜をテントの下に並べただけの露店だ。が、彼が売る野菜はその新鮮さと安さでたちまち評判になったという。

それから五年、ともに野菜を運ぶ仲間も増え、幸村は地道に得た利益と信用を元手にスーパーマーケット『コウムラ商店1号店』を現在の大阪市中央区にオープンさせる。

このコウムラ商店が高度経済成長の波に乗り、都市部のみならず地方の郊外にまでチェーン店を拡げた。これが今や国内外に二百店舗もの直営店ヴィアンモールを展開する日本最大の小売り流通グループ、ヴィアン・リテーリングの前身だ。

思わぬ人物の出現に里奈は緊張した。

が、これはヴィアン・リテーリングがそれだけ小木曽から入荷するウナギを重視している証拠だと彼女は再認識する。新入社員が発信した「小木曽から入荷するウナギに重大な問題が発生している」というメールに、名誉会長が反応するほど。

幸村将太は包み込むような微笑を湛え、里奈の顔を見ていた。

対照的に、箕輪の方は威嚇するような鋭い目で里奈を見据えている。新入社員ごときが、と言わんばかりの顔だ。

それでも、訴える機会は今しかないと肚を括り、里奈は口を開く。

「まず、この映像を見てください」

彼女はスマホに残していた変形ウナギの頭部が波間を漂う動画をふたりに見せた。メールで送った静止画像よりインパクトがある。

箕輪は、うっ、と身を引いた。幸村はただ黙って画面を凝視している。

「これはヴィアンモールに赤いコンテナで運び込まれて来る小木曽産のウナギの加工前の頭部です」

箕輪は信じられない、と言いたげな表情で唇を震わせている。

が、幸村はただ黙り込んでいた。里奈には、その顔がこの事実を知っていた表情だとも、知らなかったそれだとも判断がつかない。

「この写真が、来週発売の『チェイサー』に載ります」

里奈の告白に、箕輪が立ち上がった。

「チェ、『チェイサー』? 来週? どうしてそんなことを君が知ってるんだ!」

神経質そうな声で問い詰める箕輪に対し、里奈は気持ちを落ち着かせて、小木曽へ行った経緯、小木曽で見聞きした全てを話した。

そして、一番訴えたかったことを最後に言った。

「こんなことになった責任の一端は、ヴィアン・リテーリングにもあると思うんです。絶滅危惧種のシラスウナギの入手が困難になり、養殖ウナギの水揚げが激減しているという現地の窮状に配慮せず、締結当時の条件を押しつけるこの会社にも……」

「君！　新入社員の分際で会社を批判するつもりか！」

箕輪の恫喝で、里奈は自分のやっていることが何人もの役職者の頭を飛び越えた直訴であるということを改めて認識する。

それでもやらずにはいられなかった。不当なクビをも覚悟した時、幸村が、

「そうかも知れへんな。ウナギはないならないで、もっと大切に、つつましく食べていかなあかんかったんや」

と、里奈が言いたかったことを口にした。

そしてセンターテーブルの方へ少し身を乗り出すようにして、

「君の言いたいことはようわかった。で、その記事、ほんまに出てまうんか？」

と低い声で尋ねた。

「多分……」

春樹は迷っているかも知れないが、あの南田という男はスクープを躊躇するようには見えなかった。

「君！　どうにかならないのかね！」

また箕輪の甲高い声が「スクープを取り下げろ」と上からの物言いで迫ってくる。

「私には何とも……」

困惑する里奈に幸村が、

「わかった。小木曽のことは善処するわ。それでええんやな？」

と言いながら、ゆったりソファにもたれた。

「はい！　小木曽にはまだ真っ当なウナギがあります。青いコンテナの分だけでもこれまでどおり、小木曽への発注は続けてもらえるよう、お願いします！」

深々と頭を下げる里奈に、幸村は「任せなさい」と請け合った。

そして、役員会議室を出て行く里奈に、「報告してくれてありがとう」と温かい声で感謝の言葉をかけた。


翌週の水曜日、発売された『チェイサー』に春樹が書いたと思われる記事が載った。

見開きの一ページ目に、小木曽漁協によるウナギの食品偽装に関する記事と、醜悪なウナギもどきと、それを加工したうな丼の画像。

次のページにヴィアンモールの名前と、売り場写真が大きく掲載されている。大阪の基幹店に展示されている小木曽の藍ウナギの水槽の写真とともに。

記事は密漁や瀬取り、そして大量の変形ウナギを交ぜてまで原価の安いウナギを大量に出荷し続ける小木曽漁協と、それらを店頭に並べ続けるヴィアンモールを徹底的に告発する内容になっていた。

この写真週刊誌を手にした読者は、あの不気味な生物がどのようにして水揚げされたのか、そしてどのようにして漁協で加工され、ヴィアンモールの店頭に並ぶのか、その過程を具体的に知ることになる。スーパーの調理場で香ばしく焼き上げられたこの生物が、消費者の口に入るシーンを生々しく想像したに違いない。

そして、次のページには水産庁が発表した年度別のシラスウナギの投池量と、『チェイサー』が独自に調べた成魚の国内流通量の比較表が掲載されていた。

投池から出荷までの期間には一年から一年半と幅があると竹原は言っていた。つまり、今、流通している成魚がいつ投池されたシラスウナギなのかを調べるには、気が遠くなるような地道な調査が必要だったはずだ。

だが、その一覧表を見るかぎり、毎年、投池量と流通量には異常な乖離があり、いつ、どこで交ざり込んだのか、出所不明のウナギが日本中で供給されていることがわかるようになっている。

このことからも、変形ウナギの問題は小木曽に限ったことではなく、日本全国で流通しているウナギの需要と供給の問題なのだ、と記事は結ばれていた。

――たしかに小木曽とヴィアンモールだけが特別じゃないのかも知れない。

他の地域でも、瀬取りや密漁を当たり前のように行っている可能性は大きい。ひょっとしたら変形したウナギだって出荷しているかも知れない。変形の原因である薬剤の種類や残留濃度はまちまちだとしても。それほど、日本国内でのウナギの需要は大きく、莫大な利益を生むのだ。

小木曽は氷山の一角にすぎないのかも知れない……。とはいえまだ行方不明の春樹の父親が、どこかでこの記事を読んだらますます出て来られなくなるのではないか、と心配で仕方ない。

そんな里奈の不安をよそに、『チェイサー』の記事は世の中に大きな波紋を広げ、その号はあっという間に完売した。

ヴィアンモールの目玉商品のひとつである、安くて美味しい国産ウナギが、実は不気味な変形ウナギであり、知らないうちに消費者の口に入っていたというニュースが世間に与えた衝撃は強烈だった。

このニュースはすぐにテレビやネットでも取り上げられ、連日報道された。里奈が研修をしている基幹店の前にも記者が取材に詰めかけ、営業妨害だとガードマンが排除するという一幕もあった。

当然のことながら、ヴィアンモールへの来店者数は激減した。世間体を気にして、辞めていくパート社員やアルバイトもいた。

店内には『チェイサー』発売以降、浮足立つような落ち着かない空気が流れている。

数日が過ぎた頃、どこからか今回のスクープに里奈が関与したという噂が広まっていると、芝浦に耳打ちされた。そして「嫌なこと言われたら、俺に言いや」と庇ってくれようとする。

「大丈夫です。間違ったことをしたとは思ってないので」

既に上司でもない芝浦に迷惑をかけたくなくてそう言ったが、同僚からの敵を見るような視線に居心地が悪い思いをすることもあり、辛くないわけではなかった。それでも春樹の立場に比べれば、と自分を慰めた。


一週間が経っても騒ぎは収まらなかった。

既に休業し、閉鎖状態になっている小木曽漁協前やタケハラ水産の駐車場からのテレビ中継を毎日のように目にする。

だが、その後方に映り込んでいる国立海洋研究センターは、里奈が初めて見た時と変わらず、屹然としてそこに立っていた。

センター長の安井は生き残りを目論んでいるのか、

「ホルモン剤や抗生物質による魚類の変形は、どこの養殖場でもあることです。それは膨大な母数からしたらほんのわずかです。今回の問題はそれが食用として出荷されたということです。それについては、当研究センターは全く関与しておりません」

と開き直り、不正や偽装はタケハラ水産と漁協が勝手にやったことだと言い張った。

その後、農水省や保健所の立ち入りで加工場に残されていたウナギが検査された。

魚類を変形させる可能性がある薬品が規定の項目ごとに厳しく検査され、検体のうち約九十五パーセントの個体から薬品の残留が確認された。が、それが変形の原因になったかは不明、また国の基準値も超えておらず、もちろんただちに人体に影響が出るほどの残量でもないと判明し、報道された。

ＤＮＡ検査も行われ、ＤＮＡ的にも国産ウナギであることは間違いないという。ぞっとするほど変形しているが、残留薬品の基準値も守られている。こうしたグレーゾーンとも言える結果に、これは食品偽装にならないのか、と問う食の安全性を取り上げる番組が増えた。

食の専門家たちはニュースやワイドショーで今回の変形ウナギの問題を追及しつつ、これはウナギ全体の安全、ひいては魚介類全ての安全の問題であると声を上げた。

誰にとっても身近な問題である、と。

それだけに、あの変形ウナギのショッキングな画像が流れるだけで視聴率が上がると言われた。

そうして、当該の『チェイサー』が発売された十日後、ヴィアン・リテーリングは深夜になってようやく会見を開いた。

「知らなかったこととはいえ、消費者の皆様には不快な思いをさせてしまい、申し訳ありません。今のところ、その報告はありませんが、万一、本件による健康被害が発生した際には、誠心誠意対応させていただく所存です」

トップ三役が謝罪し、小木曽漁協との提携を破棄すること、今後は産地の選定には慎重を期することを発表した。

「そんな……」

テレビで会見を見た里奈は、幸村に託した小木曽漁協への寛大な措置は実現しなかったことを知った。

会見の終盤には、名誉会長の幸村将太までが白々しくよろよろと杖をついて記者会見場に現れ、「知らなかったこととはいえ」と三役と同じ言葉を繰り返し、悔し涙を浮かべて頭を下げた。

役員会議室で見た老獪な幸村の堂々たる風貌と、弱々しく頭を下げている老人が同一人物とは思えない。里奈は狐につままれたような思いで画面を見つめた。

漁協に対する無理な契約や不利な条件提示に関しては一言も触れられず、ヴィアン・リテーリングは偽装食品を摑まされた会社として世間からやや同情的な目で見られ始めた。――結果、小木曽だけが悪者になった形だった。

やがて風評被害により、どこのスーパーでもウナギが売れなくなった。

ヴィアン・リテーリングは代替産地として中部地方の養鰻業者からの入荷を開始したが、国産ウナギは常に品薄で、輸入ものばかりが目に付くようになった。

いつの間にか、ヴィアン・リテーリング水産部門の目玉商品はウナギからマグロに変わっていた。

失望した里奈はヴィアン・リテーリング調達部門の関係者に片っ端からメールを送った。小木曽漁協との契約破棄を見直し、再建に力を貸してほしいと嘆願するために。

だが、それに対する回答は誰からもなかった。

メディアが小木曽の変形ウナギに関するニュースを扱わなくなった頃、博多に潜伏していた春樹の父親も発見された。

賢一は和田センター長への傷害罪や、漁協ぐるみの偽装を主導した詐欺罪などで起訴されたが、執行猶予がついた。

ただ小木曽町にはいられなくなって、春樹の家族は福岡に引っ越したという。そんな一連のことを里奈は春樹からのLINEで知った。

『ヴィアン・リテーリングと小木曽漁協の不公平な契約についてはスクープしないの?』

賢一が戻って来た安心感もあり、里奈はスクープのことについて触れた。

『小木曽だけが悪く言われるのはおかしいよ』

そのメッセージに対する返事はなく、ずっと既読スルーのままだ。里奈にはその沈黙が「小木曽だけの問題じゃない、もっと大きな闇を見ろ」と言っているように思えた。

そのくせ、あのスクープの後、正式に『チェイサー』編集部への異動辞令が出たことや破格の待遇であることなどを長々と送って寄越した。

里奈は『おめでとう』のメッセージを送るべきか迷ったが、考えた末、笑みを浮かべる仔豚の当たり障りないスタンプを送ってやりとりを終わらせた。

五

二〇二一年二月／東京
里奈は研修の終了を待たずして埼玉にある流通倉庫へ回され、それを機に東京の実家に戻った。

食品バイヤーを夢見ていた自分が、なぜ倉庫にいるのかわからない。

だが、ヴィアン・リテーリングの会見を見た時、既にこの会社への期待も未練もなくなっていた。

ただ、窮地に立たされた企業は結局どこでも同じことをするのではないかという不信感もあり、転職する決心もつかないまま異動の日を迎えてしまった。

「君は強いの？　それとも鈍いの？」

倉庫に配属された日、上司になった伊東《いとう》が敷地の中を案内しながら洩らした。

彼は大仏のような顔をしている。が、その慈悲深そうな外見とは対照的に、恐ろしく毒舌だった。

「は？　鈍い？」

「だって、東京のいい大学、出てるんでしょ？　本当なら研修の後、本社に戻るはずの人材がいきなりこんな埼玉の奥地に飛ばされてさ。普通なら辞めちゃうでしょ」

そう言っている伊東自身、定年が近そうに見えるにもかかわらず主任クラスのままでこんな所に燻っているということはワケアリなのだろうと里奈は察する。

「やっぱ普通は辞めちゃうもんなんですかね……」

里奈は伊東に尋ねるような口調で、自分自身に問いかける。

今回の異動について会社から明確な説明はなかった。

だが、小木曽の不正告発に関わってしまったことや、その後、小木曽との関係見直しの嘆願をしまくったこと以外、左遷の原因に思い当たるところはない。

間違ったことはしていないのに、明らかに研修から外され、希望する部署に配属されなかったことには納得がいかない。こんな会社に居続けることに意味があるのだろうかとも考えた。

だが、このままこの会社を離れることは小木曽の人々に対してあまりにも無責任であるような気がしていた。

――気の弱いところがある春樹ひとりだったら、研究センターの中に忍び込んで不正の核心に迫るような証拠を見つけることはできなかったかも知れない。

沢木が言ったように自分はスクープの片棒を担いだのだとわかっている。

小木曽の人々に壊滅的なダメージを与えておいて、別の会社で安穏と過ごすことは許されないような気がしていた。

「ま、ウチはそれぐらい打たれ強くないと続かないから、ウエルカムだけど。ひっひひ」

伊東は息を引き込むような独特な笑い方をした。

「はあ……」

次の日から里奈は倉庫の一角にある事務所で、来る日も来る日も伝票を作成し、受領印を押し続けた。手先しか動かさない仕事は、里奈にとって退屈で仕方なかった。


それでも三カ月が経ち、この職場で何か遣り甲斐を見出そうと考えた里奈が伊東に、

「私、フォークリフトの免許でも取ろうかなって思うんですけど」

と相談した時、彼は意外なことを言った。

「蔵本君、君は本気でここに腰を落ち着ける気なの？」

「ええ、まあ……」

「ふーん。食品バイヤーになるの、諦めたんだ」

それを聞いた里奈は、自分が入社した時に提出した希望や職能プランを伊東が閲覧したのだと知った。

「食品に未練がないといえば嘘になりますけど、もう、ここでバイヤーになるのは無理だと思います」

「そうなんだ。じゃあ、もう興味ないかも知れないけど、小木曽の海洋研究センター、撤退するらしいよ？」

「え？　研究センターが？」

小木曽は漁協も養鰻場も閉鎖され、漁港としての機能も果たさなくなっていると聞いた。

当然といえば当然なのだろうが、変形ウナギの出荷については無関係の立場を貫き通してきたセンターまでが撤退するという。

――何もかも、なくなってしまう。

里奈は複雑な気持ちになった。

「でも、主任、どうして……」

自分が『チェイサー』の記事に関わったことを知っているのは芝浦と会社の上層部だけのはずだ。それとも、当時店内で流れていた噂まで知っているのだろうか。

里奈は不思議な気持ちで伊東を見上げる。

「僕は蔵本君のお目付け役だからね。君に関することは、ひととおり教えられてる。今度、会社に不利益なことしたら即解雇だってさ」

「だから今の小木曽のことまで調べてるんですね？　けど、それって私に言っちゃダメなんじゃないですか？　黙って見張らないと」

「まあ、そうなんだけど」

と言って伊東はまた、ひひひ、と笑う。

「私、幸村名誉会長に小木曽のことで直訴したんです。ご存じかも知れませんけど」

「もちろん知ってるよ」

伊東は即答した。

「会社としては君みたいな扱いにくい社員は、不当解雇と言われないレベルの理由を付けて辞めさせたいと思ってるだろうねえ。というか、君に落ち度があればすぐに報告しろって言われてる。会社のエンピツ一本、自宅に持ち帰っただけでもね」

「そんなセコいことしません。けど、そういうのも私本人には言わない方がいいと思いますけど」

里奈の指摘に、伊東はまた奇妙な声を立てて笑った。

「ひひひ。口が軽くて隠しごとのできない性格だからね。そういうところがダメなんだろうねえ、僕は。で、ついでに言っちゃうと、ここは社内で一番、有給が取りやすい部署なんだよ」

「は？　それって私に小木曽へ行って来いってことですか？」

「見届けたいんでしょ？」

「それはそうですけど……。伊東さん、ほんとにダメですね、スパイとしては」

「だね？　けど、面白いじゃん、君みたいな子。ひひひっ」

「あははは」

ふたりが笑う声が、倉庫の高い天井に響いた。

六

二〇二一年五月／南九州
国立海洋研究センターが小木曽町から撤退すると聞いた翌週、里奈はさっそく有給を取り、その最後を見届けるため、五カ月ぶりに小木曽町を訪れた。

春樹にも連絡しようかと思ったが、自分とは違う複雑な思いがあるだろうと考え、里奈は結局彼には何も伝えずに単身で小木曽へ向かった。

「ああ……」

タクシーの車窓から見える景色に、里奈は思わず溜息を洩らした。

小木曽町への訪問を歓迎するウナギのイラストが描かれた看板が、無残に折られていたのだ。その行為は不正によって繁栄した小木曽への怒りによるものなのだろうか、殺伐としたものを感じる。

湾内の家並みは五カ月前とそれほど変わっていないように見えたが、生活感が消え去っていた。

外を歩いている町民は皆無。

洗濯物が干されている家もなく、かつての活気は全く感じられない。

町の人々は世間の目に耐えきれず引っ越してしまったのか、息を潜めるようにして生活しているのか、いずれにせよ里奈が見た町は生気を失っていた。

加工場で働いていた高齢者たちの皺深い顔に浮かんでいた笑みと、「ワークさん」と呼ばれていた障がいのある若者たちのキラキラした瞳を思い出す。

――彼らはどこへ行ってしまったのだろう……。

里奈の胸は苦しく締めつけられた。

「ここで停めてください」

彼女は廃墟となった漁業組合の建物の前でタクシーを降りた。漁協の壁にはスプレーでデフォルメされた変形ウナギの絵が落書きされている。

里奈が足を進めた漁協の駐車場に短髪の青年がひとり立っていた。

表情や動作は少年のまま体だけが成人したようなその姿に見覚えがあった。

――タケシ君……。

彼の傍に祖母のセツコはいない。

何と声をかけようかと、里奈が考えあぐねているうちにタケシはすっと漁協の前を離れた。

組合で働けなくなったことが関係しているのかどうかはわからないが、最後に加工場で見た時よりも挙動に落ち着きがなく、症状が重くなっているように感じられた。

無言で県道を歩いて行くタケシのことが心配になった里奈は、彼の後を追った。ひとつの記憶を辿りながら。

ある夏の日、里奈は弟の正登に小学校の遠足で行った公園の話をした。

里奈は小学二年生で、正登は保育園の年長だった。その頃の弟は女の子と見紛うぐらい愛くるしく、大きな目を見開いて里奈の話を一生懸命に聞いていた。

里奈は弟がこれまでになく羨ましそうな顔をして「行ってみたい」と言うので、うっかり「日曜日に、自転車で行ってみる?」と誘ってしまった。

いざ出発してみると、幼い姉弟にはその道のりは遠く、途中で道に迷ってしまった。陽も暮れてきたので里奈は、「今日は諦めてもう帰ろう、また連れて来てあげるから」と言ったが、正登は「嫌だ」「絶対に行く」と言ってきかなかった。戸惑う里奈をそこに置いて、正登は行ったこともない公園を目指して補助輪のついた自転車を漕ぎ始めた。仕方なく里奈は弟の後を追った。途中、里奈の自転車の後輪がパンクしても正登は帰ろうとしなかった。

目的地もわからないままひたすらペダルを踏む弟の後を、里奈はパンクした自転車を押して追いかけた。

自分たちがいる場所もわからず、また迷いながら家に帰ることを考えると耐えきれなくなり、里奈は泣きながら自転車を押し続けた。

両親から溺愛されている弟に万一のことがあったら、自分はあの家にいられない、と子供ながらに思いながら。

結局、泣いている里奈に気付いたサラリーマンが事情を聞いて、家に電話を入れてくれた。駆けつけた父親が、連絡をくれた男性に、「すみません。この子は目的を決めてしまうと途中でやめられないんです。そういう障がいがありまして」と説明しているのを聞いて、里奈は初めて弟に障がいがあることを知ったのだった。

あの日と同じように里奈は不安な気持ちを抱え、一途に歩くタケシの後を追った。

彼は国立海洋研究センターの前で立ち止まった。

白亜の建物だけは以前と変わらない重厚さを持って、そこに立っている。

建物の一部はネットで覆われ、解体工事が始まっている。タケシは入口で建設会社の車両整理をしている警備員に近付き、訥々と話しかけた。

「ぎょ、漁きょ……。し、仕事、いつ……」

漁協で働いていた時よりも言葉が出にくそうな不自由な発声で、加工場の仕事がいつから始まるのかと聞いているのが里奈の耳にも届いた。

「また来たんか！　ねえねえ！　もう漁協はねえんや！」

おそらく慣れているのであろう、警備員はつっけんどんに答え、タケシを無視してトラックの運転手が提示する入門証を覗き込んでいる。

これから解体工事が始まるせいか、大型車両や重機の出入りが激しい。

何度言われても、タケシは同じ質問を繰り返す。

「ぎょ、漁協。仕事、い、いつ」

働くことが大好きだったという彼は、またいつか加工場で働ける日を待ちわび、こうして毎日、漁協の様子を見に行ったり、周辺の人々に尋ねているのだろう。

それがわかって、里奈の胸は潰れそうになった。

しつこくその場に居座り、何度も同じ質問を繰り返すタケシに苛立った警備員が、

「うるさい！　邪魔だ！」

と言いざま、乱暴に彼を突き飛ばした。

タケシは混乱したように、地面に跪いたまま自分の手のひらで自分の頭を叩き始める。

「タケシくん！」

慌てて駆け寄った里奈を、ハッとしたように見上げたタケシだが、何の感情も表すことなく黙って立ち上がった。

里奈のことを覚えている様子はなく、そのまま、とぼとぼと去って行く。

背中を丸めるようにして歩いて行くタケシの姿に、里奈は胸を掻き乱された。熱くなる瞳を何とか逸らし、彼女は漁協に戻った。小木曽の終焉を自分の目で見届けるために。

漁協の入口に張られているチェーンを跨いで敷地に侵入し、鍵がかかっているだろうと思いながら手をかけてみたドアノブは回り、扉は簡単に開いた。

恐る恐る漁協の内部に足を踏み入れた里奈は、受付カウンターの奥にある事務スペースに目をやった。

捜査が入ったのか関係者が持ち出したのか、キャビネットというキャビネットは開いたままで、ファイルや書類らしきものは何も残っていない。まだ新しい事務机が無機質に並んでいるだけだ。

里奈は受付前の通路を通り抜け、階段を上がってみた。

組合長の賢一が失踪した後、食品偽装が露呈し、漁協が閉鎖されてからまだ半年あまり。だが、三階の廊下は既に何年も放置されているかのように埃っぽい。

組合長室。

その表示がある扉を押してみた。

泥棒でも入ったのか、室内は荒らされ、金目のものは全て持ち去られていた。

ただ、窓を背にした場所に全部の引き出しが開いている大きな執務机が残されている。

かつてここに賢一が座っていたのだろうか、と里奈は立派な椅子を感慨深く眺める。

ブラインドを上げて窓を開けると、目を細めてしまうほど眩しい光が室内に差し込む。

里奈は額に右手を翳して研究センターの建物に目を凝らした。

双眼鏡で覗くと、ちょうど解体された巨大なタンクが運び出されるところだった。今まさに、かつて小木曽町のシンボルとなっていたタンクが分割され、ガルウィングのトラックに格納されるところだ。

「あれ？　何？　あのトレーラー……」

ガルウィングのトラックの後ろに隠れるようにして、巨大なトレーラーが十数台、連なっているのが見える。そしてトレーラーの上に積載されているのは、恐ろしく頑丈そうな、青くて長いタンクだ。

——何を運ぶのかしら……。

双眼鏡で見ると、トレーラーに『ＡＬＰＳ《アルプス》』というマークがついている。そのマークが気になった。

——ＡＬＰＳって……。

里奈は急いでスマホを操る。

やっぱりそうだ。

——多核種除去設備。

里奈は以前、放射性物質の除染を取り上げたドキュメンタリー番組を見て、ＡＬＰＳの名前を知った。

汚染水から六十二種類もの放射性物質を取り除くことができる浄化装置の名前だ。ただ、そのＡＬＰＳシステムを使っても、トリチウムという除去不可能な放射性物質が残るという。

そして、東北では不幸な原発事故の後、毎日大量に発生するこのトリチウム水が年々増え続けている。

「どうしてここに……」

疑問を抱えたまま見つめていたトレーラーの前を横切るようにして一台の車が走って来た。

里奈が双眼鏡の向きを変えて目を凝らすと、停車した黒塗りのセダンの後部座席に座っている男が、隊列を成して敷地から出て行くトレーラーを眺めているように見える。

「あれは……」

経済産業省のトップ、地元選出の代議士、西岡幸太郎だった。

全てのトレーラーが出発した時、壁の向こうからカシャカシャと金属音のようなものが聞こえた。

不審に思った里奈が足音を忍ばせて廊下に出てみると、カシャカシャという音は隣の会議室から聞こえてくる。

開けっ放しになっている室内を覗くと、窓際の壁に身を隠すようにして、カメラを構えている男の後ろ姿が見えた。聞こえていたのはシャッター音だったのだと里奈は一眼レフのレンズを窓の外に向けている男に目を凝らす。

「春樹……？」

里奈にはその横顔が心なしか以前よりも男らしくなったように思えた。

しばらくして、やっと里奈の気配に気付いた様子で春樹が振り返る。

「蔵本、お前なんでここに……」

「そっちこそ、なんで」

「俺は……。従兄から連絡をもらってここに来たんだ」

「従兄って、あのタツ兄って人？」

里奈は砂浜でバーベキューをごちそうになった日のことを、既に遠い昔の出来事のように思い出した。

「そう。タツ兄、研究センターが撤退するのを機に東京の大学の研究室に戻ったんだ。家族と一緒に」

「そうなんだ……」

達彦にしてみれば、春樹の記事のせいで小木曽を離れざるをえなくなったわけだ。

都会に慣れていない家族を連れて。嫌みのひとつでも言われたのだろうかと不安になる。

が、春樹は予想外のことを語り始めた。

「タツ兄はゼミの教授の紹介で海洋研究センターに就職したんだ。で、排水研究部にいたんだけど、それは養鰻施設から出る汚水や汚泥浄化の研究をするためじゃない」

「え？　浄化の研究じゃない？　じゃあ一体……」

「俺もタツ兄が大学で放射能汚染土壌の減容化技術の研究をしてたことは知ってたんだけど」

「減容化？　減容化って、何？」

里奈はぽかんと口にした。生まれて初めて聞いた言葉を。

「汚染水や土壌から放射性物質を取り除いて廃棄物をコンパクトにする研究だよ。一週間前に東京でタツ兄に会って全部聞いたんだ。あの研究センターの地下には養鰻場から出る水を浄化する部署と、放射性物質を浄化する研究をする部署があったってことを」

それを聞いた里奈の脳裏に、ついさっき見たタンクのマークと、以前迷い込んだ研究センターの地下で見た防護服の男たちの姿が髣髴とした。記憶の点と点が線になる。

「じゃあ、やっぱりあれはトリチウム水だったのね。さっき、青いタンクを積んだ大きなトレーラーにALPSっていうマークが書いてあったの」

ああ、俺も見た、と春樹が苦しそうに息を吐いた。

「表向きはウナギの養殖場から出る汚泥浄化ってことになってたから、汚染水を扱ってたことは知らない職員がほとんどだったらしい。俺もタツ兄から聞いて驚いたんだけど、国立海洋研究センターの本来の目的は、定期的に事故のあった原発から運び込まれてくるトリチウム水の海洋投棄実験だったんだ。汚染水は毎日四百トンずつ増えていく。二日に一個、千トンのタンクを作らなければ間に合わない状況だ。汚染タンクのオーバーフローは二〇二二年の夏だと言われてる」

「ええっ？　タンクが一杯になるまでに、もう二年もないの？」

「ああ。だからタイムリミットを目前にして政府も焦ってるんだよ」

春樹自身の声にも焦燥が含まれている。

「けど、汚染水の海洋投棄なんて、それを小木曽の人たちは黙認してたの？」

「知るわけがない。どこの漁村が汚染水の投棄を認めるんだよ。いくら一定レベルまで浄化して、外海に出るまでには人体に影響のないレベルにまで希釈されるって言われたって、風評被害は免れない」

「じゃあ、地元の人たちには内緒で海洋投棄してたっていうの？」

「地元どころか、政府とセンターのごく一部の人間以外、誰も知らない極秘プロジェクトだよ。長期的に人体に影響がないという結果が出れば、日本中に同じような施設を作るつもりだったんだ。けど、そのプロジェクトもあのウナギの一件で解散させられたらしい」

それを聞いた里奈は暗然と黙り込んだ。

「ただ、汚染水から他の放射性物質を除去したトリチウム水については、一定の安全性が認められてるんだ。海外ではもうトリチウム水の海洋投棄が行われてる。外海に出るまでに生物に影響が出ないほどに薄まることが証明されてるからだ」

とはいえ、達彦は住民に公表しないまま投棄実験を重ねてきたことをずっと心苦しく思っていたという。これが政府の極秘プロジェクトであり、守秘義務を伴う仕事だったから家族にも言えなかったのだと。

「タツ兄がそんなことに関わっていたなんて知らなくて、ほんとに驚いたよ」

里奈は去年会った達彦の誠実そうな瞳を思い出していた。

「だけど、タツ兄、『チェイサー』の記事で変形ウナギの存在を知って違和感を覚えたって」

「違和感って?」

「タツ兄いわく、研究センターでウナギの完全養殖の研究に使われてる抗生物質やらホルモン剤やらは基準値も守られていたし、ウナギをあそこまで変形させるものではないだろうって」

それを安井センター長の口から聞かされた時は半信半疑の里奈だったが、達彦が言うのであれば真実かも知れないと考え直す。

「それに、トリチウムも遺伝子を傷つける物質じゃない。生物濃縮もしないと言われてる」

里奈は一瞬、言葉を失った。

「え？　トリチウム水でも生物の変形はないの？　じゃあ、一体、何でウナギはあんなに変形してたのよ！」

「タツ兄は浄化水の中にトリチウム以外の放射性物質が残存してたんじゃないかって疑った。ウナギの変形を知ったタツ兄は、過去のデータを調べて、投棄された水量と試験データを照合したらしいんだ。そしたら計算が合わなかったって。それで更に調べたら、本来は告示濃度以下まで除去されてなきゃいけないはずのヨウ素131やストロンチウム90、それ以外の放射性物質も残留してたことを突き止めてしまったらしい」

「データに改竄があったってことなのね？　じゃあ、あのウナギの変形はまさか……」

頭の中に閃いたひとつの想像に里奈は恐怖を覚えた。

「ちょ、ちょっと待って。さっき、浄化された汚染水は外海に出るまでに人体に影響が出ないくらいにまで薄まるって言ったよね？」

「そうだ。ただ、それはあくまでもトリチウム水の話だけどな」

「じゃあ、放出してる研究センターの前の海は？」

ふたりは同時に黙り込んだ。

ようやくカメラを下ろした春樹は憂鬱そうな目で里奈を見ている。間違いなく同じことを考えている。

――もし、投棄されている水にトリチウム以外の放射性物質が混ざっているというのが本当なら？

――もし、まだ十分に希釈されてないセンター前の内海に生物がいたら？

――もし、完全養殖の途中で弱ったウナギが、ネットで囲われた海に放流されていたら？

――もし、放流されたウナギが外敵のいないあの湾で……放射性物質が完全に浄化しきれていない内海で成長し、繁殖し続けていたら？

里奈は背中がぞわりと粟立つのを感じた。

「……多分、タツ兄も同じことを考えてデータを掘り返して、俺に連絡してきたんだろう」

湾内で成長した変形ウナギが食用に出荷されていたことを知った達彦の衝撃は想像に難くない。

「それってつまり、『チェイサー』で暴露してほしいってことなの？」

「タツ兄はそこまでは言わなかった。けど、そういう意味なのかも知れない」

だが、達彦がウナギの変形の原因が放射性物質であることを疑っているのは間違いない。

「ねえ。農水省と保健所がやったっていう変形ウナギの検査って、何を調べたのかな？」

放射能洩れが疑われるような地域では、水産庁の放射性物質に関する検査も厳格になるはずだ。

しかし、小木曽周辺には原子力関連施設がない。

放射能による汚染を疑われない地域で獲れたウナギに、放射性物質の残留検査が厳しく行われるとは思えない。

「変形ウナギの検査って、抗生物質とかホルモン剤とか、ウナギを変形させる可能性がある一般的な薬品の残留検査だけだったんだよね」

「政府があえて放射性物質の残留検査をやらせなかった可能性もゼロじゃない。そもそも小木曽の水質や海産物の検査をやるのも海洋研究センターの仕事なんだから、国の責任も問われることになる」

「嘘でしょ……」

春樹の瞳が苦悩の色を深めた。

「西岡の圧力も考えられる」

「西岡……！　そんな……。自分の故郷なのに？」

　里奈の脳裏に小木曽出身の経産大臣の顔が髣髴とした。ついさっき見たセンターの解体工事を見守っていた姿も。

「百歩譲って、西岡はデータの改竄を知らなかった可能性もある。政治家なんて放射性物質の専門家でも何でもない。これは安全性が証明されているトリチウム水です、って言われてデータが揃ってればそれ以上調べようがないし、叩いて埃が出るのも嫌だろうから、あえて突っ込むこともしないだろう」

「何にしても、どんなに万全を期したプロジェクトであっても完璧なんてありえない。こうして偶然に偶然、悪意に悪意が重なれば想定外のことが起こりうるってことなのね」

　もし、達彦が疑ったようにウナギの変形が放射性物質を含んだ汚染水のせいだったとしたら、全て説明がつく。

　里奈の中で引っかかっていた部分が一本の線で繋がった。

　そしてやっとわかった。

　――元センター長の和田が、変形ウナギの出荷を知って尋常ではないほど怒り狂った本当の理由が。

「海に突き落とされた和田センター長は、死を前にして、変形ウナギの頭を噛みちぎって口に含んででも、その存在を世間に知らしめなくてはならないって思ったのね……」

「放射性物質の中には沈殿しやすいものがあって、泥の中で生活するウナギは影響を受けやすい生物の一種だって、タツ兄が言ってた」

里奈はセンター前の内海の底に見た、赤く光るふたつの球体のようなものを思い出した。もはや変形の原因は疑いようがない。

里奈は暗然としながら窓辺に寄り、白亜の建物を見つめた。そこにいたのが幻だったかのように、いつの間にか西岡が乗っていた車が消えている。

「もし、この海洋投棄が政府主導で行われてる極秘プロジェクトだとしたら、小木曽近海で獲れた魚介類の検査も完全に実施されているのか疑わしいわね」

里奈の想像に、春樹も「ああ」とうなずいてから続けた。

「実は南田さんが海洋投棄に関する経産省の内部文書を摑んだんだ。このプロジェクトが西岡大臣主導で行われてたことを裏付けるメールだ」

「西岡は汚染水を地元で引き受けることで、党内での権力を掌握したのね、きっと」

「だが、それも終わりだ。事務官の下書きフォルダにあったメールと職員の証言。それにデータを合わせてスッパ抜いてやる」

故郷を売った男を失脚させてやる、と断言する春樹の目には決意が漲っている。

ここまできたらとことん真実を追求する、という強い意志が里奈の胸に迫る。

やがて、ふたりが見守る中、解体されたタンクを積み込んだトラックが出発した。

その間もセンターの解体工事は続いている。

「沢木はこのことを……放射性物質のせいでウナギが変形してることを、知ってたのかな？　いくら情報通でも政府のトップシークレットを知る術ってないよね」

「あるさ」

あっさりと答えた春樹がポケットを探って数枚の写真を取り出した。

それは高級車の後部座席から降りて来る沢木の写真だ。同じ場所、違う日付で何枚もある。

「ここは神楽坂にある料亭の裏の車寄せだ」

「それで？」

「同じ日に西岡が予約してる」

「同じ日……。でも、それだけじゃ、会ってる証拠にはならないんじゃないの？　偶然かも知れないし」

たまたまふたりが同じ日に同じ高級料亭を使った可能性もある。

「この店には座敷はひとつしかない。そして、一日一組の予約しか取らない。つまり同じ日に入店したということは同席したってことだ」

「嘘……」

「こっちが西岡の車だ」

そう言って見せられたパールホワイトのベンツには見覚えがあった。

「マイバッハ?」

里奈が南紀の祖父の自宅付近で目撃したのと同じ車種だった。春樹が沢木に似た人物が乗っているのを見たというあの車だ。

「これって偶然なの? それとも、あれは西岡の車で、あの時、西岡も沢木と一緒に後部座席にいたってことなの?」

「それはわからない。一緒に南紀の温泉に行くような仲だったのかも知れない。だが、そっちは今となっては調べようがない。ただ……」

と里奈が見せられた画像は料亭の予約ノートだった。

手書きのノートの数ページ分が写されていて、西岡の名前と「二名」という予約人数が月に二、三回の頻度で並んでいる。会食の相手が沢木であることは、仲居に確認しているという。

「沢木と西岡はこんなに頻繁に密会してるの?」

ともに小木曽出身である沢木と西岡。

同じ年に、同じ小木曽に生まれたかつての悪童と神童。正反対の生き方をしてきたと思われるふたりの人生がいつどこで交わり、親密な関係になったのか……。

里奈には想像もつかなかった。

七

一九九〇年八月／小木曽村

「わっ！」

何かがトン、と右膝の辺りに触れたような気がして目が覚めた。

ハッと目を開けると、こちらを振り返った猫が丸い尻を見せて足音もなく走り去る。

俺が寄りかかっているブルーのゴミバケツを漁っていた野良猫が、俺の右膝を踏み台にして飛び降りたらしいと気付いた。

湿った路地に薄日が差している。

「痛っ……」

何が何だかわからないままに起き上がろうとした瞬間、全身に痛みが走って一瞬、息が止まった。

「クソッ！」

不快な痛みで夕べの記憶が甦った。ふたりの漁師に殴られ、みっともなくこの路地に這いつくばった記憶だ。地面に転がった後も相当蹴られたような気がするが、はっきりとは思い出せない。

どうやら一晩中ここでノビていたらしい。

――畜生……！

今日はもう、富永が言っていた期限、三日目だ。今日中に俺の死体が発見されなければあの男は動き出すだろう。

「くっ……」

屈辱と痛みに顔を歪めながら何とか立ち上がり、右足を引きずりながら路地を出た。

頭の中にカボチャのコロッケを作って待っている母親の顔が浮かんだが、こんな状態で家に帰るわけにはいかない。

電話をかけて夕べ帰らなかった理由をでっち上げる自信もなかった。

立ち上がった俺は帰巣本能に突き動かされるようにして、ある場所へ向かっていた。

小木曽湾の入口にある消波ブロックの端だ。

たまに釣り人の姿がある防波堤。そこから足を延ばせば、小学生でも簡単に飛び移ることができる消波ブロックの群れがある。外海の潮の流れに規則性があるらしく、よくそこに水死体が上がると聞いた。

この辺りには浜に打ち上げられた水死体や鯨のことを恵比寿と呼び、見つけたものには福をもたらすとか、大漁の前兆であるという言い伝えがある。発見されれば手厚く葬ってもらえるような土地柄なのだ。

死ぬのならあそこから海に飛び込むしかないと、まだ決心のつかない機内でぼんやりと考えていた場所だ。

昔は、父親に叱られると家を飛び出し、誰もいない所へ行くまで絶対に涙を零さない子供だった。

あの頃と同じように人通りのない山道を選んで歩いたが、大人になった俺の足では十分足らずの距離だった。それなのに、目的地に着くまで涙腺の崩壊を維持できなかった。

——俺は結局、何者にもなれないまま死んでいくのか……。

だが、せめて金だけは遺せるかも知れない。汚名と引き換えに。通帳を見た母親の茫然とする顔が目に浮かぶ。封建的で無骨な父親に尽くしながら、俺のために学費を送り続けてくれた母親の顔が……。

「うっ……ううう……」

大人の背丈ほどもあるイヌムギが茂る山道を早足で歩きながら、口から勝手に嗚咽が洩れ出した。

——なんでこんなことになった？　俺はどこで道を誤ったんだ？　俺はいつ、汚職まみれの代議士より値打ちのない人間になり下がった？

繰り返し、自分に問いかけ、山を下った。

不意に視界が開けた。もう湾の入口だ。

幸いにも、そこから地続きになっている防波堤には人影がない。

大股で歩いて防波堤の端まで行き、慎重に消波ブロックに片足を下ろした時、俺は自分の目を疑った。

「あっ……！」

先客がいる。自分のかつての指定席だった消波ブロックの上に。

その男の顔を見た途端、涙は引っ込んだ。

「さ……沢木……！」

自分よりも先に消波ブロックの上で片膝を抱えていた男が、「西岡？」と意外そうな顔をして俺を見上げる。

この男の姿を最後に見てから約十年。それでもずっと意識していたその顔が目の前にある。

「お前、なんちゅう顔、しとんねん」

不良だった頃と変わらない不敵な顔つき。変わったのは訛り。人を小馬鹿にするような関西弁だ。

俺は慌てて右手の甲で瞼を擦ってから、革靴で慎重に消波ブロックの上に降りた。そして、これまでけっして近寄らなかった同級生の隣に腰を下ろした。――もう何もかもがどうでもよかった。

「お前みたいな秀才でも喧嘩すんねんな」

一瞥したただけで喧嘩による怪我だとわかるのは、泥で汚れたスーツのあちこちに靴の跡が残っているからか、それとも暴力的な男の直感なのか……。

自分が仕切る総会に野党総会屋を送り込んできたヤクザは容赦なく始末したという噂を思い出して身震いする。

だが、目の前の沢木からは血なまぐさい空気は感じられない。どこか弱った獣のように精彩を欠いているように見えた。

だが、お前も何かあったのか、などと軽々しく尋ねられるような間柄でもない。

「やられて泣くぐらいなら喧嘩なんかすんなや。けど、仕返しに行くんなら加勢すんで」

沢木から一方的に踏み込んでくる。冗談とも本気ともつかないトーンで。

「俺は喧嘩に負けて泣いてるんじゃない。人生が詰んじまったから、泣けてくるんだ」

そうぶちまけると沢木は「へえ」と興味をそそられたような顔になる。

「なんで俺が、あんなクソみたいなヤツのために人生終わらせなきゃならないんだ！」

初めて片瀬をクソ呼ばわりし、事情を知らない沢木に向かって怒鳴っていた。

だが、沢木が動じる様子はない。それどころか黙って持ち上げた唇の端に更なる興味を漂わせている。

そこからは堰を切ったように自分がここへ来た経緯をぶちまけていた。

「そりゃあ多少、不遜なところがあったかも知れない。それでも実直に生きてきた。父親を超えようと必死にだ」

そんな自分に降りかかった災厄をこんな悪党に話したところで理解してもらえるはずがない。そう思いながらも、現状を吐き出す言葉が止められない。

――ただ、誰かに聞いてほしかった。そう。誰でもいいから、最後に。

だが、全てを聞き終わった沢木は嘲笑うように言った。

「お前が政治家ねえ」

人がもう自殺するか殺されるのを待つしかない身だと打ち明けているのに笑っている。

怒りを通り越し、呆れてしまった。これだけの苦境を聞いておいて「そこかよ」と気が抜けた。

そのうえ、

「小木曽の人間が東京弁喋るんは、気ぃ悪いわ」

と緊迫感のない口調でズレたことを言う。

「それはこっちのセリフだ。お前のその、他人を小馬鹿にするような関西弁は似合いすぎてて気分が悪い」

ふっ、と横顔で笑った沢木は、急に故郷の訛りで喋り始めた。

「お前、そん代議士ん娘に惚れちょったんか？」

沢木の口から驚くほどスムーズに故郷の言葉が出てくる。この男が小木曽に戻って来たという話は誰からも聞いたことがないのに……。

「まさか。誰があんげギスギスしたおなご。俺はもっとぼんやりしたおなごん方が好きや」

こんな時に好みのタイプの女の話をしている自分が信じられない。

が、不思議なことに、沢木とは小木曽の言葉で会話する方がしっくりくる。俺自身、たまに帰郷した時もずっと標準語で喋っていたというのに。

「俺はもう死ぬるか殺さるるかしかねえんや……」

呑気な顔をしている沢木にもう一度、そこを強調した。

「けんど、そん富永やらいう男が三日過ぎてお前を見つけ出すことができんかったら、どんげなるんやろか？」

その言葉でタイムリミットを再認識し、既にこちらへ向かっているかも知れない機上の第一秘書を想像して背筋を冷やす。

「そりゃあ……片瀬に捜査ん手が伸ぶる前に自分ひとりで全てを被って死ぬるか、俺以外ん誰かを身代わりに立てて一緒に死ぬるか……いや、アイツに限って俺を見逃すことはねえやろう」

「そんなら、富永が諦むるまでお前を誰にも見つからん場所に匿うてやろうか？」

「しきるんか？　そんげんこつが」

身を乗り出す俺に沢木が飄々と笑う。

「ここから無人島へ行く船を出してやる。知っちょるんは俺だけや」

「まこつか？」

藁にも縋る思いで沢木に身を寄せていた。

「けんど、生き延びてどんげするつもりだ？」

それが大して価値のないことであるような言い方で沢木が切り返す。

たしかに片瀬に切り捨てられた今、俺に戻る場所はない。思い描いていたような未来も。

「わからん。先んことは全くわからん。けんど、昨日まででん俺は政治家になって、こん小木曽を再生してえと思うちょった」

「お前、それ、本気で言いよるんか？」

沢木が俺の心の奥底を見透かすように聞き返す。

「いや……。違うんやわ。多分、そりゃ俺ん夢じゃねぇ。オヤジが『何事も一番でなければ意味がない。故郷に銅像が建つぐらいの人間になれ』って耳にタコがでくるぐらい言うちょったかぃ、洗脳されちょった」

今までも心のどこかでそれに気付いていながら、どうして俺は国政を目指したのだろうか……。

「そうじゃ。俺は……ここに住んじょる田舎者どもがたまがるぐらいん権力がほしかった。オヤジも含めて。いや、あのオヤジを平伏させた役人どもも自分の足許に傅かせるんような、とんでもない権力がほしかった」

込み上げる涙を堪え、声を振り絞っていた。

片瀬に踏みつぶされた自分の夢が哀れで、嗚咽を殺しても溢れ出る涙が頰の傷に沁みてヒリヒリする。

聞いているのかいないのか、沢木はそれきり黙って沖を行くタンカーの方を眺めている。

こんな男に自分の夢を語ってしまったことを後悔した。が、今はこの男しか頼る相手はいない。

小木曽にいた頃は全く接点のなかった俺たちは、日光が温めた消波ブロックの上に並んでしばらく海を見ていた。

が、しばらくして沢木が「俺もや」と乾いた声で笑う。

「俺もこんげ退屈な村にじっと燻っちょる田舎者どもをびっくりさせたかった」

「お前ん場合、やり方が悪どすぎるやろ」

「悪どいヤツにいいごつやらるる人間よりマシや」

そう言い返され、ぐうの音も出なかった。かたや五千万のために殺されようとし、かたや二百億もの金を手に入れて飄々としている。

「そうじゃ。俺は甘かった。ぬりい田舎者やかぃ、片瀬に捨てられたんや」

片瀬から簡単に切れるトカゲの尻尾だと思われていたこと自体が腹立たしい。自分と富永が罪を被れば、片瀬の入閣は間違いない。ふたりの秘書を犠牲にして片瀬が手に入れる大臣の椅子。

俺は片瀬の踏み石になるようなちっぽけな人間か？　いいや、違う。断じて違う。片瀬を超える権力がほしい。とんでもない権力が。

切実にそう願った。――悪党の手を借り、情けなく無人島に逃げようとしているこの期に及んで。

「俺は総理になりたかったんや――！」

太平洋に向かってやけくそになって叫んでいた。

故郷の海に向かって何度も叫ぶとすっきりした。先のことは無人島とやらで考えようと思えるほど心が軽くなった俺に、沢木がぽつりと言った。

「それなら、俺がお前を総理にしてやるわ」

「え？」

軽い調子で何を言いだすのかと沢木の横顔を見る。

「なんぼで買ゆるんや？」

「か、買う？」

「やかぃ、総理ん椅子を手に入るるとに、なんぼかかるんや？　百億か？　二百億か？」

「いや……。金で買ゆるもんじゃねえ」

「世ん中に金で買えんもんはねえ。あるとしたら、のうなった命と運ぐらいだ」

沢木が断言するとそんな気がしてくるから不思議だ。

「たしかに金がなけりゃ、選挙に出ることも後援会活動をすることもできんのは事実だが」

「それなら俺が持っちょるだけん金と人脈を使うて、お前を総理にしてやる」

他の者の言葉なら眉唾ものだが、沢木が摑んだ途方もない金については、新聞や雑誌に嫌というほど書き立てられている。

——本当に？

声も出ないまま目だけで聞き返した。

「お前を島に送ったら、俺は大阪へ行く」

「大阪へ？　何ゅしに？」

話の流れからして自分に関わることかと思い、恐る恐る聞き返した。

「俺の分身を殺した人間とそれを指示した人間を攫わなあかん。ついでに東京まで足を延ばしてその富永いう男も消したるわ。でないとお前も枕を高うして寝られへんやろ」

人を殺すことなど何でもないことのようにさらりと言う沢木に、俺は口の中に溜まっていた唾を飲み下した。

「そんげこつをして、足はつかんのか？」

「大阪に新しい焼却場ができてん。それがよう燃えるねん。何も残らんほど」

何度も利用しているような言い方に思わず身震いした。恐怖に喉を塞がれたようになって声が出ない。

「そん代わり……」

と沢木はそれまでとは一転して重々しい口調になる。

「そん代わり？」

ドキリとして身構えた。

「その代わり、お前はこれから先、俺がどんな頼みごとをしても断られへん」

その声はゾッとするほどの狂気を孕んで俺の鼓膜に張り付いた。

突きつけられた条件の重みに、ゆっくりと擦りつぶされるような恐怖を覚える。

今頃になって、元総会屋に対する警戒心が全身を覆う。

身を硬くする俺の肩に腕を回し、沢木が囁いた。

「そんなこと、死ぬことに比べたら大したことやないやろ」

さっきまで俺を油断させていた故郷の言葉はいつの間にか消えていた。ドスのきいた関西弁が俺に自分の立場を思い出させる。沢木の助けがなければ自ら命を絶つか殺されるかの二択である現状を。

「簡単なことや。俺はお前の味方になる。その代わり、お前は俺がどんな無理な頼みごとをしても、粛々と引き受けて実行する。それはこの先、お前がそのとんでもない権力とやらを手に入れた後も、総理になった後も変わらん。それだけや」

沢木の横顔は薄く笑っていた。自分の言っていることがさも愉快なことであるかのように。

太陽は燦々と照りつけているのに、背中が凍っている。

俺は知らず知らず、沢木の顔を睨むように凝視していた。

沢木の息遣いを間近に感じているだけで、ドス黒い力が腹の底から全身に漲るのを感じる。

片瀬を潰してやる。俺を甘く見たことを後悔させてやる。

——俺は総理になる。どんな手段を使ってでも。

八

二〇二一年五月／南九州
「私、もう行かなきゃ。今日中に東京に帰らないといけないから」
腕時計に目を落とした里奈は会議室のテーブルに置いたノートパソコンに文字を

打ち込み始める春樹を残し、漁協の建物を出た。

外の、死んだような景色を見ると、また罪悪感が押し寄せて来る。

——私たちはあんなに生き生きと生活していた小木曽の人たちの居場所を奪ってしまった。

ひとつの集落を崩壊させてしまったのだ。

自分たちのしたことは本当に正しかったのだろうか。

タクシーを探しながら、里奈は自問自答を繰り返した。

——私たちに彼らの居場所を奪う権利があったのだろうか……。

後悔に苛まれた。

が、里奈が導き出せる正義はひとつしかない。

——けど、自分たちが食べているものがどんなものなのか、どこから来て、どう育てられて、どうやって流通しているものなのか、消費者が知らなくていいはずはない。


だが、春樹が証拠を摑んだ放射能汚染水の海洋投棄というスクープは、『チェイサー』の記事にならなかった。

「一体いつになったら、変形ウナギの真実は記事になるの?」

海洋研究センターが小木曽から撤退した一カ月後の日曜日、業を煮やした里奈は春樹に電話を入れた。

「あの記事はもう出ない」

スマホから聞こえた声には力がない。

「は？　どういうこと？」

「俺、『チェイサー』を外されたんだ」

春樹は校閲を行う部署に異動になったという。

「どこかから圧力がかかったの？」

里奈の脳裏に西岡の顔が髣髴とする。

「それすら教えてもらえなかった。ただ、ボツだって。それで終わりだよ」

「それでいいの？」

「いいわけない。けど……。どうしようもない……」

電話越しにも意気消沈している様子が目に見えるようだった。

「春樹、会わない？　今から」

埼玉勤務になって東京の実家に戻っていた里奈は、春樹から聞いていたアパートの住所近くまで出向くことにした。

春樹が指定したカフェは、青山の閑静な住宅街の中にあった。

「春樹、こっちよ！」

里奈が待つカフェに現れた春樹は、小木曽で最後に見た意欲的な姿とは別人のように覇気を失っている。

「南田さんが会社を辞めたんだ。あれを記事にできないような出版社にいる理由がないって、デスクに辞表を叩きつけて」

その時の南田の姿を思い出したように春樹は頬を上気させた。

が、里奈は部下を虜にしたまま自分だけ辞めていく南田の責任感のなさに呆れる。

「はあ？　あんたを置いて？」

「出版社なんてそんなもんだよ」

無責任な上司は出版社に限らず、どこにでもいるだろう。だが、春樹をさんざん振り回した挙句、さっさといなくなった南田の仕打ちは酷すぎる気がした。

だが、南田のことを悪く言えば言うほど春樹が傷つくのもわかっていた。

「そう……なんだ……。実は私、先週の金曜日に会社を辞めたの」

「え？　辞めるとしたら埼玉の倉庫に異動になったタイミングだと思ってたから、もうずっとヴィアン・リテーリングで働く覚悟をしたんだと思ってた」

まあね、と里奈はコーヒーにミルクを入れてスプーンでかき混ぜる。

「会社にリベンジしてやろうと思って、本社に辞表、出してきたの」

「リベンジ？　辞めたのにどうやって？」

「私、小木曽に行くの。沢木に廃校跡の養鰻場をもらったから」

「え？　養鰻場をもらった？　沢木に？」

弾かれたように目を上げた春樹がまじまじと里奈を見た。

「まあ、色々な経緯があって」

自分が彼の可愛がっていた銀行員に似ているから、と言われた話は割愛した。

「この際、沢木がどんな人間であろうと関係ない。沢木が残した廃校の養鰻場だけは彼の良心だと思うから。あそこで藍ウナギの完全養殖の勉強をしながら試行錯誤してみる。とにかく自分の手で小木曽を何とかしたいの」

春樹は異星人でも見るような顔で里奈を見つめている。

「本気かよ……。住民がほとんどいなくなったような町だぞ？」

「働く場所ができれば、また人口も増えるんじゃないかな。風評被害もあるし、どれぐらいかかるかわからないけど」

「世間はそう簡単には忘れないだろ」

かもね、と里奈はカップを手に取って笑う。

「出版社で冷や飯食わされてるんなら、春樹も一緒に行かない？」

「え？　俺が小木曽に？」

「そう、一緒に」

里奈は期待を込めてテーブルに身を乗り出す。

「ありえない。俺は自分が壊した故郷に帰るような度胸はない。変わり果てた小木曽の町を見るだけで胸がえぐられるわ」

お前にはデリカシーというものがないのか、と言いたそうな目が里奈を見ている。

「小木曽があんなことになったのは、繁栄の手段を間違えたからよ。間違った土台の上には歪な町しか建たない」

春樹はハアと深い溜息を吐いた。

「蔵本の言うことはいつも正しいよ。けど、世の中は正論だけで成り立ってるわけじゃないだろ」

「わかってるわよ、そんなこと。けど、あんな得体の知れない魚を食用として出荷してたなんて許されることじゃないでしょ」

「そりゃそうだよ。けど、もう少し時間をかけて過ちを正す方法もあったんじゃないかって思ってる……。今更だけど……」

「後悔してるの？　小木曽の不正を記事にしたこと」

改めて里奈が尋ねると、彼はまた黙り込んだ後、訥々と呟くように言った。

「今回のことでよくわかった。どんなに正しいことでも報道しない方がいいことがあるんだって。実際、汚染水のことは報道されてないじゃないか。そんなことをしたら、国民が政府を信用しなくなって大混乱に陥るからだよ」

「迎合するの？　記者なのに？」

里奈の言葉に春樹は声を荒らげた。

「俺はもう記者じゃない。それでも転職する自信がなくて辞められない。俺は蔵本みたいに、強く正しくなんて生きられねえんだよ」

「私は強くも正しくもないよ！」

ぐずぐずと言い訳する春樹に、里奈は即座に言い返した。テーブルをドンと拳で叩く。それは里奈自身、驚くほどの剣幕だった。

「私……」

これまでずっと胸に秘めていた記憶が里奈の口から溢れ出ようとしていた。大きな声を出したせいで、気持ちを封じていた栓が飛んでしまったような気分だった。

「私ね……」

言いかけて躊躇い、彼女はもう一度、口を開く。

「私の頭の中の仮想領域に、ひとつの記憶があるの」

「仮想領域？」

里奈の言い回しを訝るように春樹が聞き返した。

「私が弟の正登に『雨の後、施設の裏の水路に蛙がいっぱいいたよ』って囁いてる記憶」

春樹は里奈の弟が水路に落ちて死んだという話を思い出したのか、「え？」と弾かれたような顔になった。

「でも、弟が亡くなった前後の記憶が曖昧で、それが夢なのか現実なのか、よくわからなくて……」

そこまで言っただけで口の中が乾き、グラスの水に手を伸ばす。

「お父さんに打ち明けたら『施設でお前が正登とふたりきりになったことは一度もない。それは妄想だ』って言われた。けど、心のどこかで弟がいなくなればいいと思ってたのは本当なの。ずっとそんな風に思ってたから弟が死んだ時にそれが現実だったような気がしちゃったんだと思う」

アダムとイブを唆した蛇のように弟が危険な場所へ行くように仕向けたという記憶は、ずっと我慢を強いられてきた歪んだ深層心理が生んだ妄想だった。

「どうしてそんな……」

「休みの日は必ず家族三人で弟のいる施設に行ったわ。弟は狭い所や人込みや環境の変化を極端に嫌ったから、家族でどこかへ出かけることはできなかった」

中学三年生の頃の記憶を辿りながら、里奈は自分の指先が凍るように冷たくなっていくのを感じた。それはドライアイスを押しつけられているような耐えがたい痛みだった。痛みを堪え、里奈は語り続けた。

「不満を言ったこともある。けど、お母さんは、ふた言目には『マアちゃんが可哀相でしょ？　いつも施設でひとりなんだから』って……。私は反論できなかった。納得はいかなかったけど、それは家族として正しい考えだってわかってたから」

淡々と話しているつもりの里奈の目から涙がこぼれた。

慌てて瞼を擦った後で視線を向けると、春樹が怯むような顔をしていた。

里奈にはその表情が、絶対に泣かない女だと思っていたのに、と言っているように見える。春樹の狼狽に気付かないふりをして里奈は話を続けた。

「私、小木曽漁協の加工場を見るまでは、正登が働いてる姿なんて想像したこともなかったの。自分だけの世界に閉じこもってるあの子しか知らなかったから。あの頃、正登はもう十三歳になってたけど、保育園の頃と全く変わらなかった。だから、あの子はこれから先も永遠に幼児のままなんだと思ってた。けど、加工場で働いてる人たちを見た時、あの子が生きてたらここで働きたいと思ったかも知れないって考えたの。どうしてもっと正登のことを理解しようとしなかったんだろうって……」

再び溢れてくる涙を指先で拭い、呼吸と気持ちを整えながら里奈は訴え続けた。

「あの時までは正登の明るい未来なんて考えたこともなかった。ずっと家族で面倒を見ていかなきゃいけないいんだろうって思ってた。けど、あの時初めて、私は正登の未来を信じなかった自分を責めたわ」

「蔵本……」

涙が止まらない里奈にかける言葉を見つけられない様子で、名前だけを呼んだ春樹が瞬きを繰り返している。

困らせているのが申し訳なくて、里奈は睫毛を伏せた。

「だから私は、あの加工場をなくしたくなかった。どことなく正登に似た子もいたし、亡くなったお祖母ちゃんに似た人もいたから」

加工場の中に入った時、もう二度と会うことができない人たちが暮らしている天国に足を踏み入れたような錯覚に陥ったことを、昨日のことのように思い出す。

「ウナギもどきの加工を見た後でもまだ、あの場所を温存できないものかって考えたりした」

そこまで言ってからもう一度涙を拭い、里奈はしっかりと顔を上げた。

「けど、今は迷ってない。今度こそ、自分の手で、正登みたいな子たちが働けるような場所を作りたい。もう一度、この手で、あの場所を取り戻したいの」

里奈は自分でも驚くほど、八年前のことを引きずっていた。それを小木曽に行って痛感したのだった。

「私の手で、小木曽の人たちに健全な職場を提供したい」

「けど、どうやって……」

里奈は湿ってしまった空気を吹き飛ばしたくて、涙が溜まった瞳のまま笑顔を作った。

「実は一昨日、沢木から養鰻場の権利書が届いたの。私が急に東京へ戻ったから、転送されて来たんだけど」

春樹はまた弾かれたように目を大きく見開いた。

「沢木、本気なのか……」

「その書類に藍ウナギの養殖に関する研究資料が添付されてた。それを見てわかったわ。沢木は本気で藍ウナギの完全養殖を目指してたってことが」

沢木が送ってきた資料からは、泥臭い試行錯誤の跡がうかがえた。

日付の古い順に眺めると、前半は手書きのノート、途中からはワープロかパソコンで入力したデータへと変遷していた。間宮という銀行員の父親の研究成果を沢木が引き継いだのだろうと里奈は想像した。

「あと間宮水産のバランスシートも入ってて、当面の運営費用は十分に賄えるだけの内部留保金があった」

春樹は「マジかよ」と目を丸くする。

「私、沢木が送ってきた本気の資料を見て、気付いたことがあるの」

「気付いたこと？」

「西岡と繋がってる沢木は当然、放射能汚染水のことも知ってたはずよね？　けど、もしかしたら、最初は沢木も、汚染水にはトリチウムしか残留していないって信じてたのかも知れないって。でなきゃ、自分が真剣に食品の研究をしてる所で投棄なんて許さないんじゃないかって。けど、真実を知って、海洋研究センターの本当の目的から世間の目を逸らすために、小木曽漁協を切り捨てたんじゃないかって気付いた」

ウナギの成育のために投与する抗生物質やホルモン剤などによる変形と、放射性物質による奇形とではインパクトが違い過ぎる。放射性物質の半減期が長いことは一般人でも知っているからだ。一度、事故が起きれば、半世紀以上は環境汚染の風評がついて回る。たとえ変形していなくても、小木曽と名が付くウナギは孫子の代まで敬遠されるだろう。

沢木は頭のいい男だ。本気で藍ウナギを育てていたあの男は、汚染水のことが露見することだけは回避したかったのだろう、と里奈は直感した。

「ねえ。西岡が党内であんなに発言権があったのは、多分、一番厄介な放射能汚染水を自分の地元で処理してたからだと思うの。けど、春樹のあの記事は少なくとも西岡の暴挙を止めた。でなきゃ、あんな男がこの国の総理になってたかも知れないのよ?」

西岡は現在、体調不良で入院中ということになっているが、どう考えても地元のゴタゴタに巻き込まれたくないがための雲隠れだろう。

「それはそうかも知れないけど……」

「もし、春樹が記事を書かなければ、数値の怪しいトリチウム水を日本のあちこちで海洋投棄するプロジェクトだって、まだ続いてたかも知れない」

記者ではなくなったこのタイミングで功労を称えられ、春樹は困ったような顔になる。

「私、廃校跡の養鰻場で幻の藍ウナギを自分自身の手で育てて、いつか本当に安全なウナギを食卓に届けたいの。それが私の願い……」

願い、と春樹は重々しい口調で独り言のように呟いた。

「いつか必ず、安全な国産ウナギのブランドを確立してみせる。ヴィアン・リテーリングが『売ってください』って頭を下げてくるような藍ウナギを完全養殖してみせるわ。それが私のリベンジだから」

正直、素人である里奈から見ても、廃校での完全養殖はかなり困難なものに思える。

しかも、里奈には技術も経験もない。あるのは、あの廃校をかつての小木曽漁協のような場所にしたいという情熱と、いつかヴィアン・リテーリングに契約を切望させるぐらい良質な藍ウナギの養殖を成功させてみせるという、自分でも無謀と思える反骨精神だけだ。

春樹は「少し考えさせてくれ」と言って、目の前のコーヒーにも手をつけないでカフェを出て行った。

――その横顔が、やっと弟のそれと重ならなくなった。

エピローグ

それ以来、春樹から連絡はない。

だが、彼もいずれ小木曽に戻って来るような予感がする。家族でも恋人でもないが、里奈には彼の行動パターンが手に取るようにわかった。

ひとりでも小木曽に赴く決心をしていた里奈は、九州へ行くことを報告するため、南紀に住む祖父の庄助を訪ねた。

電車の窓から見える太平洋の雄大な景色が小木曽へ続く海岸線を思い出させる。

最寄りの駅からタクシーに乗って祖父の家がある漁村へと向かうと、湾の入口に見慣れない工事現場が見えてきた。

山を切り拓いた広大な土地が、高い塀で囲われている。

わずかに見えるのは建設中の白い建物の屋上付近と巨大なタンクだけだが、それは既視感を伴う形状だった。

「あれは……」

見えてきた看板に建造物の名称がしたためられていた。

『国立海洋研究センター建設予定地』

その建設現場を見上げている近隣の村人らしき老女と丸刈りの青年の後ろ姿は、里奈にセツコとタケシを髣髴とさせた。

本書はフィクションです。

◉謝辞
本作の書籍化にあたり、多くの方にご協力ご尽力いただきました。

この場をお借りし、御礼申し上げます。

方言監修をしてくださった明林堂書店神宮店大塚亮一様には何度も原稿に向き合っていただき、南九州の場面に厚みとリアリティを増してくださったことに感謝いたします。

それから、施設・設備監修、その他あらゆる面でのアドバイス、資料のご提供をしてくださったＴＭ様、その他多くの書店員様はじめ、本作が読者の方の手に届くまでの過程に携わってくださった全ての皆様に心より感謝申し上げます。

◉主要参考文献

『ウナギNOW　絶滅の危機!!　伝統食は守れるのか?』静岡新聞社　南日本新聞社　宮崎日日新聞社編　静岡新聞社
『ウナギの博物誌　謎多き生物の生態から文化まで』黒木真理編著　化学同人
『サカナとヤクザ　暴力団の巨大資金源「密漁ビジネス」を追う』鈴木智彦　小学館

保坂祐希（ほさか・ゆうき）
二〇一八年、『リコール』（ポプラ社）でデビュー。社会への鋭い視点と柔らかなタッチを兼ね備えた、社会派エンターテインメント注目の書き手。大手自動車会社グループでの勤務経験がある。著書に『大変、申し訳ありませんでした』（講談社タイガ）、『黒いサカナ』（ポプラ社）、『「死ね、クソババア！」と言った息子が55歳になって帰ってきました』（講談社）ほか。

偽鰻

保坂祐希

2024年4月5日　第1刷発行

発行者　加藤裕樹
発行所　株式会社ポプラ社
〒141-8210　東京都品川区西五反田3-5-8
JR目黒MARCビル12階
ホームページ　www.poplar.co.jp
フォーマットデザイン　bookwall
組版・校正　株式会社鷗来堂
印刷・製本　中央精版印刷株式会社

N.D.C.913/397p/15cm　ISBN978-4-591-17993-2

P8101481

ポプラ文庫好評既刊

リコール

保坂祐希

キャピタル自動車社員の藤沢美希は、工場勤務から役員秘書へ異動の辞令を受ける。やがて、経営陣が主力車種「バレット」の事故原因を隠蔽していると疑った役員と共に調査を開始するが……。社員たちの熱い想いが巨大組織を変えていく――。自動車業界の闇を描いたエンタメ企業小説の傑作！